KB237473

파멸왕

우각 신무협 장편소설
ORIENTAL FANTASY STORY & ADVENTURE

십지신마록(十地神魔錄) 3부

5

dream books
드림북스

파멸왕 5
아즉멸제(我卽滅帝)

초판 1쇄 인쇄 / 2010년 7월 21일
초판 1쇄 발행 / 2010년 7월 28일

지은이 / 우각

발행인 / 오영배
편집장 / 김경인
편집 / 윤대호, 신동철
펴낸 곳 / (주)삼양출판사 · 드림북스

주소 / 서울특별시 강북구 송천동 322-10호
대표 전화 / 02-980-2112 팩스 / 02-983-0660
편집부 전화 / 02-980-2116 팩스 / 02-983-8201
블로그 / blog.naver.com/dreambookss

등록번호 / 제9-00046호
등록일자 / 1999년 3월 11일

ⓒ 우각, 2010

값 8,000원

ISBN 978-89-542-3823-6   04810
ISBN 978-89-542-3767-3   (세트)

십지신마록(十地神魔錄) 3부
파멸왕
5
아즉멸제(我卽滅帝)
우각 신무협 장편소설
ORIENTAL FANTASY STORY & ADVENTURE
dream books
드림북스

滅王

목차

제 1장

아즉멸제(我卽滅帝)

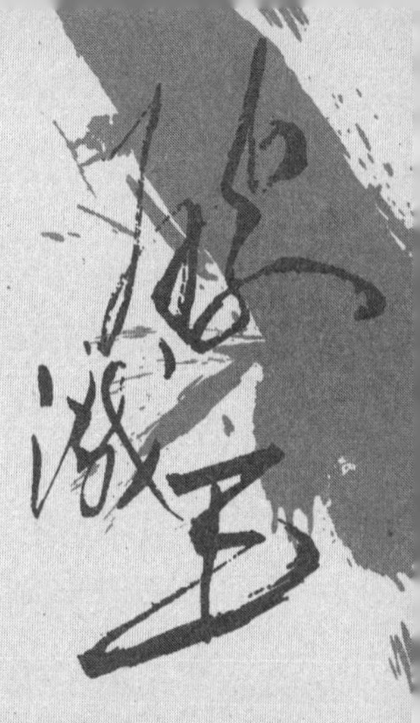

　단월은 고개를 들어 북쪽을 바라보았다. 그런 그녀의 모습
에 남정옥이 의아한 표정을 지었다.

　"왜 그러십니까?"

　"아, 아니에요. 그냥 기분이 좀 이상해서 그래요."

　"아마 신경이 바짝 곤두서서 그럴 겁니다. 이제까지 적잖은
고초를 겪지 않았습니까?"

　"그런 것 같아요. 하지만 아직 안도하기는 일러요. 은구사
자는 결코 평범한 사람이 아니에요."

　"확실히 그는 범상치 않더군요. 반천련의 실체는 무얼까요?
그런 자가 일개 하수인이라니 정말 쉽게 믿어지지 않습니다."

남정옥이 본 은구사자는 가히 일대종사의 기도를 풍기고 있었다. 남정옥조차도 그를 상대로 쉽게 우위를 장담할 수 없을 정도였다. 그런 자가 일개 하수인을 자처하고 있었다.

은구사자를 수하로 부리고 있을 정도의 무인이라면 그 무력이 얼마나 될지 쉽게 짐작도 가지 않았다.

현재 단월과 남정옥은 모처에 감금되어 있는 상태였다. 구속구가 채워져 있지 않다뿐이지, 구주천가에 있을 때와 다를 바 없는 상황에 처해 있었다.

"휴!"

남정옥이 한숨을 내쉬었다.

산 넘어 산이요, 늑대를 피해 들어왔더니 호랑이가 기다리고 있는 형국이었다. 이런 상황이라면 누구라도 절망적인 표정을 지을 수밖에 없을 것이다. 하지만 단월은 달랐다. 실제로 그녀의 지금 심정이 어떻든 간에, 겉으로 보이는 그녀의 모습에는 한 치의 흔들림도 없었다. 실로 여장부라고 봐도 무방한 모습이었다.

'그녀는 정말 강하구나. 그에 비하면 나는……'

또다시 나오는 것은 한숨뿐이었다.

하지만 남정옥은 될 수 있으면 자신의 표정을 단월에게 들키지 않으려고 노력했다. 반천련과 구주천가 사이에서 누구보다 힘들어할 사람은 단월이었다. 그녀에 비하면 자신의 고민이나 처지는 그리 힘든 것도 아니란 생각이 들었다.

그때 단월의 목소리가 들려왔다.

"지금 천하는 요동치고 있어요. 우리는 어쩌면 거대한 변혁의 시기를 맞이하고 있는지도 몰라요."

"무슨 말입니까?"

"남 호위님도 아시다시피 이십 년 전 마해의 침공 이후로 천하는 너무나 평화로웠어요. 구주천가라는 강력한 구심점 아래 별다른 혈란 없이 태평성대를 구가해왔지요. 하지만 나는 근래 그런 생각이 들었어요. 과연 지금이 평화의 시대인가 하고요."

"이십 년 이내 별다른 사건사고가 없었다는 것 자체가 구주천가가 얼마나 강력하게 천하를 장악하고 있는지를 보여주는 반증 아닙니까?"

"그래요. 지금은 억지로 만들어진 평화 시대에요. 구주천가라는 거대한 조직이 만들어낸 평화시대. 그런 구주천가에 대한 반발로 반천련이라는 조직이 태동했어요. 허나 과연 그뿐일까요? 과연 반천련 하나만이 구주천가에 반발하는 것일 뿐일까요? 겉으로는 그 어느 때보다 평화롭게 보이지만 실제로 안은 그 어느 때보다 곪아있는 것 아닐까요? 세상일이란 것은 그래요. 하나의 힘이 너무 강하면 그에 준하는 반발력이 일어나기 마련이지요. 단지 이제까지 구주천가의 강력한 힘 때문에 반발력이 표면으로 드러나지 않았을 뿐이에요. 하지만 이젠 그것도 한계에 달했어요."

단월의 음성은 나직하지만 확고했다. 그녀는 자신의 생각을 굳게 믿는 듯했다.

남정옥이 나직이 한숨을 내쉬었다.

"설령 그렇다고 하더라도 누가 있어 감히 구주천가의 아성을 흔들 수 있을까요? 구주천가는 지난 칠백 년 동안 완벽하게 천하를 지배해왔습니다. 그들의 힘은 가히 파천황이라고 할 수 있습니다. 저는 반천련이 제아무리 강하다고 하더라도 구주천가를 어찌할 수 있을 거라고는 생각하지 않습니다. 더구나 구주천가에는 다른 세력들에겐 존재하지 않는 절대적인 무인이 존재합니다."

"십전제 천우경 대협을 말하는 건가요?"

"그렇습니다. 이십 년 전 그날 이후 무력을 쓰는 것을 극도로 자제하고 있지만, 저는 사람의 본성이 어디로 가는 것은 아니라고 생각합니다. 구주천가에 위기가 닥치면 또다시 그가 세상에 나설 것이고, 그렇게 된다면 모든 반발은 절로 가라앉게 될 겁니다. 십전제는 능히 그만한 무게를 가진 이름입니다."

"그래요. 십전제라는 이름이 주는 위압감은 능히 천하제일이라 할 수 있어요. 그 때문에 구주천가라는 이름이 더욱 위압감을 가지는 것이구요. 하지만 나는 천하에 십전제 못지않은 무인이 또 존재하지 않을 거라고는 생각하지 않아요."

"아가씨."

남정옥이 안타까운 눈으로 단월을 바라보았다.

그는 십전제 천우경과 같은 무인이 세상에 존재하리라고는 생각하지 않았다. 십전제라는 이름 하나만으로도 버거운데, 만약 그에 필적하는 또 다른 무인이 있다면, 이 세상으로서는 재앙이나 마찬가지일 것이다. 그 때문에 그는 그런 무인이 이 세상에 존재하지 않길 빌었다. 그러나 단월의 생각은 그와는 다른 듯했다.

"지금 이 순간, 천하는 변화하고 있어요. 지금 당장은 수면 밑에 가라앉아있지만, 언젠가는 분명 수면 위로 드러날 거예요. 그때의 파급력은 상상을 초월할 거예요. 지금 우리가 할 일은 그때까지 버티고 견디는 거예요."

"아가씨?"

"오래 참고 견디는 자가 승자가 되는 싸움이에요. 나는 그렇게 믿고 있어요."

단월의 얼굴은 확신에 차있었다. 그런 그녀의 얼굴을 보며 남정옥은 더 이상 어떤 말도 할 수 없었다.

단월은 무영문의 소문주이기도 했지만, 오기(五奇)의 일원이기도 했다. 뛰어난 두뇌만큼이나 빼어난 무력의 소유자가 바로 그녀였다. 그녀를 볼 때면 남정옥은 세상이 불공평하단 생각을 하곤 했다. 뛰어나도 너무 뛰어난 인물. 한 사람이 이런 능력을 모두 갖출 수 있다는 사실이 불공평하게만 느껴졌다.

하지만 그녀의 빛나는 눈동자를 볼 때면 남정옥은 자신도 모르게 그녀의 사상과 생각에 휩쓸렸다. 그녀에겐 주위 사람들을 끌어 모으는 신비한 힘이 있는 것 같았다.

단월은 무영문이라는 일개 문파의 소문주에 불과했지만, 천하의 흐름을 읽고 있었다. 무영문으로 전해지는 정보를 바탕으로 천하를 읽고 밑그림을 그려가는 능력은 일개 무부에 불과한 남정옥으로서는 도저히 따를 수 없는 부분이었다.

'이런 여인과 혼인을 할 자격을 가진 남자가 누가 있을까? 어떤 남자가 있어 이런 여인을 감당할 수 있을까?'

여인이 너무 똑똑하면 박복하단 이야기가 있다. 물론 흘러다니는 이야기에 불과할 수도 있었지만, 남정옥은 그런 사례를 꽤나 많이 봐왔다. 그 때문에 단월이 혹시 그런 전철을 받지 않을까 걱정했다.

그렇게 남정옥이 상념에 빠져 있을 때 문이 열리며 은빛 가면의 사내가 들어왔다. 은구사자였다.

"두 분께서 지내는데 불편함은 없으신지 모르겠구려."

"안에 갇혀있다는 사실만 빼면 지낼 만해요."

"그 점은 미안하게 생각하오. 허나 이해해주시오. 본련에서도 만전을 기해야하는 일이라서."

"그 점은 이해하고 있어요."

"다행이구려."

은구사자가 고개를 주억거렸다.

단월은 은구사자의 가면사이로 드러난 눈동자가 유독 빛난다고 생각했다.

'과연 그의 정체는 무엇일까? 그냥 이름 없는 무부? 아니야. 저 정도의 남자가 정말 이름 없는 무부에 불과할 리 없어.'

가면으로 자신의 본모습을 숨겼지만, 은구사자에게서 느껴지는 기운은 결코 범상한 것이 아니었다. 일개 사자라고 보기엔 그의 기도가 너무나 뛰어났다. 이런 남자가 누군가의 밑에 있다는 사실이 쉽게 믿겨지지 않을 정도였다.

'과연 이런 남자를 수하로 부리는 존재는 누구일까? 얼마나 뛰어난 자이기에 이 정도의 남자를 수하로 부리는 것일까?'

생각하면 생각할수록 반천련주의 정체가 궁금해지는 단월이었다.

은구사자의 말이 이어졌다.

"오래 기다리셨소."

"이제 우리를 어떻게 할 것인지 결정했나요?"

"후후!"

은구사자가 의미를 알 수 없는 웃음을 흘렸다. 이제 그가 어떤 결정을 내렸느냐에 따라 단월의 대응도 달라질 것이다. 그만큼 중요한 순간이었다.

"본련에서는 일단 두 분을 받아들이기로 했소."

"정말인가요?"

"그렇소! 이제까지 여러분들을 조사했지만, 이상한 점은 발견하지 못했소. 그렇기에 일단은 믿기로 했소."

은구사자는 '일단은'이라는 단어에 특히 힘을 줬다.

일단 들이기는 하되, 완전히 믿지는 못한다는 뜻이었다. 그래도 일단은 시험에 통과했다는 뜻이기도 했다.

그의 말을 들으면서도 단월의 표정은 쉽게 변하지 않았다. 너무나 담담하기에 오히려 말을 꺼낸 은구사자가 당황할 정도였다.

"단월 소저는 나의 말이 별로 달갑지 않은가 보구려."

"우리는 당신들의 시험을 통과했을지 모르지만, 당신들은 아직 나의 시험을 통과하지 못했어요. 나는 아직 당신들을 믿지 못해요."

단월의 당돌한 말에 은구사자가 미간을 찌푸렸다.

이제까지 은구사자가 만났던 대부분의 사람들은 몇 마디 말을 섞으면 그의 분위기에 말려들기 마련이었다. 나이가 많건, 적건, 경험이 적고, 많음은 상관없이 대부분이 은구사자의 의도대로 대화방향이 흘러갔다. 하지만 눈앞에 있는 단월은 달랐다.

분명 궁지에 몰린 것은 단월이었지만, 그녀는 결코 은구사자의 뜻대로 휘둘리지 않았다. 도움의 손길을 내민 것은 은구사자였지만, 휘둘리는 것도 오히려 은구사자인 듯했다.

"어떻게 하면 본련이 단월 소저에게 믿음을 줄 수 있겠소?"

"나를 련주와 만나게 해주세요. 그러면 당신들을 믿고 함께 하겠어요."

"그게 가능하다고 생각하시오?"

"나는 어떤 일이든 격이 맞아야 한다고 생각해요. 내가 비록 나이는 어리지만, 그래도 한 문파의 소주인이에요. 그러니 나와 격식을 맞춘다면 반천련에서도 그에 합당한 인물이 나서야 해요."

"본 사자로는 자격이 안 된다는 뜻이구려."

"미안하지만 그래요."

"으음!"

은구사자가 침음성을 흘렸다.

지금 이 순간 가면속의 얼굴은 황당한 표정을 짓고 있었다. 이제까지 수많은 사람들을 만나왔지만, 단월처럼 대놓고 자격이 모자란다고 말한 사람은 맹세코 단 한 명도 없었다.

'배짱이 좋은 것인가? 그도 아니면 단순히 무모한 것인가?'

은구사자는 새삼 단월을 생각할 수밖에 없었다.

그와 반천련은 능히 무영문을 이용할 수 있을 거라고 생각했다. 하지만 단월과 대화를 하면서 그녀가 결코 녹록치 않은 인물이란 사실을 깨달았다.

이런 종류의 인물은 확실히 자신의 편으로 끌어들일 수 없다면, 차라리 일찍 제거해야 후환이 없다는 사실을 은구사자는 잘 알고 있었다.

지금 이 순간 은구사자는 단월을 어찌할 것인지 생각하고 있었다.

장내에 잠시 동안 정적이 감돌았다.

먼저 정적을 깬 이는 은구사자였다. 그가 결론을 내리고 말했다.

"좋소. 단월 소저를 본련주께 안내해주겠소. 허나 반드시 명심해야 할 점이 있소."

"경청하겠어요."

"단월 소저께서는 반드시 자신의 말에 책임을 져야 할 것이오. 만일 단월 소저가 어떤 목적을 갖고 본련에 접근한 것이라면 내 맹세코 단월 소저와 무영문을 가만두지 않을 것이오."

"먼저 접근한 사람은 당신이지, 내가 아니에요."

단월이 똑바로 은구사자를 노려보았다. 그녀의 눈빛은 결코 은구사자에게 뒤지지 않았다.

두 사람 사이에서 불꽃이 튀는 듯했다. 잠시 서로를 노려보던 두 사람은 약속이라도 한 듯이 동시에 고개를 돌렸다.

먼저 말을 꺼낸 이는 은구사자였다.

"좋소! 두고 보겠소. 한 시진 후에 이곳을 뜰 것이오. 그때까지 준비를 끝마치시오."

"그렇게 빨리 말인가요?"

"빠를수록 좋은 일이 아니오. 그럼 나는 먼저 나가보겠소."

은구사자가 '휙' 소리 나도록 몸을 돌려 밖으로 나갔다.

그가 나간 직후 단월이 나직이 한숨을 내뱉었다.

"휴!"

그녀의 손등이 미세하게 떨리고 있었다.

극도의 긴장이 풀리자 육체가 멋대로 반응하고 있었다. 그만큼 은구사자에게서 느껴지던 압박감은 대단했다. 천하의 단월이 떨림을 억지로 참을 정도로 말이다.

"괜찮으십니까? 아가씨."

"나는 괜찮아요."

단월이 큰 숨을 몰아쉬며 그렇게 대답했다. 하지만 대답처럼 편한 모습은 아니었다.

단월이 겨우 허리를 펴고 창밖을 바라봤다.

'무림은 야수의 세계. 과연 내가 이곳에서 살아남을 수 있을지 모르겠구나.'

그녀는 자꾸만 약해져가는 마음을 다잡으려고 노력했다. 하지만 요동치는 마음은 쉽게 진정이 되지 않았다.

＊　　＊　　＊

"후욱 후욱!"

거칠게 내뱉는 숨소리가 마치 야수의 그것 같았다.

지금 이 순간 그를 보는 사람들은 모두 거대한 야수를 보고 있는 듯한 착각에 빠져 있었다.

피로 물든 대지에 그가 서있었다. 붉은 피로 목욕을 한 것처럼 혈인이 된 채 대지에 우뚝 서있는 거대한 남자는 철군패였다. 그의 앞에는 이사조 경율진이 서있었다.

그 순간 경율진은 믿을 수 없다는 얼굴로 주위를 돌아보고 있었다. 그와 함께 철군패를 공격했던 세 명의 사조는 얼굴조차 알아보기 힘들 정도로 짓이겨져 사방에 널브러져 있는 상태였다. 제일 먼저 덤볐다가 당한 적일사까지 합한다면 모두 네 명이나 철군패에게 당하고 만 것이다. 그것도 합공을 하고서도 말이다.

"으득!"

경율진이 이빨을 뿌득 갈았다.

그는 지금의 상황이 도저히 믿기지 않는듯했다. 십이사조 다섯이 달려들고서도 한 명을 당해내지 못했다.

물론 네 명의 사조를 쓰러트린 철군패도 온전하지 못했다. 금강불괴보다 단단한 그의 육신 곳곳에는 치명적인 상처들이 생겨나 있었다. 그나마 철군패나 되니까 버티는 것이지, 일반 무인이었다면 벌써 열 번은 더 죽었어야 할 정도로 엄청난 상처였다. 그런 상처를 입고서도 서있다는 것 자체가 신기할 정도였다.

혈인이 되어서도 철군패의 눈빛은 결코 죽지 않았다. 아니, 오히려 더욱 무섭게 번뜩이고 있었다.

경율진이 저주서린 음성을 토해냈다.

"네놈을 결코 가만두지 않겠다."

"마찬가지야."

"놈! 후회하게 만들어주마."

그렇지 않아도 붉게 충혈되어있던 경율진의 눈빛이 더욱 붉게 변하며 스산한 기운을 내뿜었다.

지금 그의 머릿속에 이성 따위는 존재하지 않았다.

동생들을 잃었다는 분노와 철군패에 대한 살의가 범벅이 돼서 광기를 발산하고 있었다.

츠으으!

그의 몸에서 발산된 기파가 마치 살아있는 생명체처럼 넘실거리고 있었다. 무형의 기파가 눈에 보일 리 없건만, 철군패의 철안은 그 모든 광경을 똑똑히 보고 있었다.

덜덜!

문득 그의 오른손이 떨려왔다.

파멸력을 운용한 손이었다. 그나마 철군패의 팔뚝이니까 버티는 것이지 일반 사람의 근육이었다면 벌써 산산이 부서지고, 파괴되어 형체조차 알아볼 수 없었을 것이다.

파멸력은 상식적으로 존재하지 않는 힘이었다. 아마 그 어떤 무인도 파멸력이 존재하는지조차 알지 못할 것이다.

기를 쪼개고 쪼개, 인간의 감각으로는 느끼지 못할 만큼 미세하게 나누고, 다시 인간의 몸을 매개체로 엄청난 속도로 가속시키면 파멸력이 발생한다. 이론상으로는 간단한 것 같지만, 말처럼 그리 간단한 것은 아니었다.

이 세상에 존재하는 모든 물질과 상극이기에 엄청난 파괴력

을 발생시키지만, 대신 모든 부담은 파멸력을 발생시킨 인간
이 떠안아야 한다. 그런 이유 때문에 철군패 정도의 강력한 육
신을 지니지 못한 인간이라면 알아도 익힐 수 없는 것이 파멸
력이었다.

아직 철군패의 파멸력은 불완전했다. 이론상으로만 존재했
던 힘을 실제로 익혀 펼치는 것은 결코 쉬운 일이 아니었다.
지금 철군패는 그 누구도 걷지 못한 미지의 길을 걷고 있는 것
이다. 그 앞에 어떤 위험이 도사리고, 어떤 함정이 존재하는지
는 스스로의 몸으로 밝혀내야 했다. 그렇게 파멸력은 하나씩
완성되어갈 것이다.

방금 전 철군패는 파멸력을 극성으로 운용했다. 그 대가로
세 명의 사조를 죽였다. 하지만 그에 못지않은 충격을 자신의
몸으로 견뎌야 했다. 하지만 그는 결코 약한 모습을 보이지 않
았다.

그의 눈앞에 아직 적이 있었다. 파형권을 익힌 자는 결코 적
을 두고 약한 모습을 보이거나 물러서지 않는다.

철군패는 거대한 육체를 꼿꼿이 세웠다. 그러자 더욱 강렬
한 위압감이 흘러나왔다.

그그극!

그 순간 경율진의 몸 내부에서는 무언가 변화하고 있었다.
분명 겉모습은 그대로인데 그의 기도가 급격히 상승하고 있었
다. 뿐만 아니라 존재감 또한 갈수록 눈덩이처럼 불어나고 있

었다.

이원환혼공(二原換魂功).

경율진이 익힌 무공의 이름이었다.

대사조 신도제원이 전해준 무공이었다. 이원환혼공의 위력은 그야말로 개세적이어서, 경율진은 아무 거리낌 없이 익혔다. 그가 기대한 대로, 이원환혼공은 그에게 거대한 힘을 주었다. 다른 사조들을 능가하는 어마어마한 거력을 그에게 준 것이다.

경율진은 신도제원에게 감사하는 마음으로 이원환혼공을 익혔다. 그러나 이원환혼공을 높은 성취로 익힐수록 그는 무언가 이상한 점을 느꼈다.

평소의 경율진은 누구보다 신중하고 이성적인 성격을 가지고 있었다. 그는 결코 쉽게 흥분하지도 않았고, 함부로 움직이지도 않았다. 하지만 어느 순간부터 그는 쉽게 흥분하고, 작은 일에도 화를 내는 성격을 가지게 되었다.

처음엔 이상한 점을 느끼지 못했지만, 시간이 갈수록 본래의 성격과 전혀 다르게 변해가는 자신의 모습을 보면서 그는 스스로를 관조하기 시작했다.

처음엔 왜 자신이 이렇게 변한 것인지 쉽게 이유를 찾아내지 못했다. 하지만 그는 오래도록 관조를 하면서 결국 그 이유를 알아내고 말았다.

모든 문제는 그가 이원환혼공을 익히면서부터 시작되었다.

그렇다면 이원환혼공이 문제였다. 그는 자신이 익힌 이원환혼공을 연구하기 시작했다.

그 결과 그는 놀라운 사실을 알아낼 수 있었다.

이원환혼공은 결코 평범한 신공이 아니었다. 이원환혼공은 무도의 상리와 인간의 상식을 벗어난 괴공(怪功)이었다.

처음엔 아무런 문제도 없다. 하지만 문제는 이원환혼공의 성취가 높아지면서부터였다. 이원환혼공의 기운은 인간의 영혼을 자극하고, 차츰 성격을 둘로 나누고 만다. 강호에 회자되는 양의심공(兩義心功)이 그와 비슷한 공능을 지녔지만, 이원환혼공처럼 극단적으로 사람의 성향을 둘로 나누지는 않는다.

그렇게 나뉜 성향은 각자의 인격을 가지고 성장하게 된다. 이원환혼공의 성취가 높아질수록 각자의 인격 또한 강력한 자아를 가지게 되는 것이다. 결국 이원환혼공을 극성으로 익힌 자는 또 하나의 자아를 가지게 되는 것이나 다름없었다.

본래의 자아가 강하다면 상관없지만, 그렇지 않고 새로이 형성된 인격이 강하다면 본래의 자아는 새로운 자아에 잡아먹히고 만다.

누가 자신의 자아가 둘로 나뉘는 것을 좋아하겠는가? 만일 경율진도 그 사실을 먼저 알았다면 아무리 이원환혼공의 위력이 강하다할지라도 익히지 않았을 것이다.

그렇게 경율진에게 두 개의 인격이 형성되었다. 새로이 형성된 인격은 파괴적이면서도 불같은 성질을 가지고 있어, 때

때로 이성을 잃었다. 그것은 결코 경율진이 원하는 것이 아니었다. 경율진은 혼신의 힘을 다해 새로이 생겨난 인격을 봉인했다.

경율진은 한 가지 사실을 분명히 깨달았다.

'십이사조는 모두 대사조의 실험체에 불과하다. 대사조는 더욱 커다란 힘을 얻기 위해 십이사조를 키우는 것이다.'

그 사실을 깨닫는 순간 그는 온몸에 소름이 돋는 것을 느꼈다. 한없이 인자해 보이던 신도제원이 그토록 무서워 보인 것은 그때가 처음이었다.

아마 그때부터였을 것이다. 경율진이 신도제원의 권능을 넘보기 시작한 것이. 신도제원의 지배에서 벗어나기 위해서는 그에 걸맞는 힘을 갖고 있어야 했다. 신도제원이 준 힘으로 그의 그림자를 벗어난다는 것은 어불성설이었다. 그 때문에 경율진은 그토록 새로운 힘에 집착을 했는지도 몰랐다.

철군패가 들렀던 마을에서 백련귀를 통해 실험을 한 것도 그와 같은 이유에서였다. 신도제원으로부터 벗어나기 위해서는 그의 비밀에 대해 알아야한다는 것이 경율진의 생각이었다.

사정이야 어떻든 그는 이원환혼공을 극성으로 익혔다. 그리고 인격 또한 두 개로 나뉘었다. 그의 또 다른 인격은 너무나 광포해서 이제까지 힘들게 봉인해왔다. 하지만 이젠 그럴 필요가 없어졌다. 철군패와 싸우기 위해선 또 다른 인격이 더욱 효율적이란 사실을 그는 자각하고 있었다.

이미 그에겐 선택의 여지가 없었다. 철군패가 그렇게 만든 것이다. 최후의 궁지에 몰린 그는 자신의 또 다른 인격을 일깨웠다.

뚝!

그의 내부에서 무언가 끊어지는 소리가 났다. 잠시 세상이 까매지는 것 같더니, 다시 눈을 떴을 때의 경율진은 이미 다른 사람이 되어 있었다.

철군패 역시 경율진이 무언가 바뀌었다는 사실을 직감했다.

그 순간, 경율진이 철군패를 향해 강력한 권경을 내뿜었다.

콰앙!

권경에 직격당한 철군패의 몸이 주르륵 뒤로 밀려났다. 그가 밀려난 자리에 깊은 고랑이 패였다.

뚜둑!

그제야 경율진이 고개를 좌우로 꺾으며 음산한 목소리로 말했다.

"흐흐! 이제야 녀석이 주도권을 넘겼군."

이를 드러내며 씩 웃는 경율진. 그는 경율진이면서도 경율진이 아니기도 했다. 경율진 내부에 봉인되었던 또 다른 경율진이었다. 이제야 그가 주도권을 쥐고 세상에 나온 것이다.

그가 철군패를 번들거리는 눈으로 바라보았다.

"흐으! 애송이, 제법이더구나. 하지만 이젠 죽었다고 복창하는 것이 나을 게다. 나는 좀 전의 그 녀석처럼 무르지 않으니까 말이야.”

봉인되었다고 해서 보지 못하는 것은 아니다. 오히려 남의 일처럼 냉정하게 바라보며 관조할 수 있었다. 그 때문에 새로운 경율진의 인격은 이제까지 일어난 모든 상황과 철군패의 능력을 알고 있었다.

경율진의 몸에서 광포한 기운이 줄기줄기 뻗어 나왔다. 그런 경율진을 바라보는 철군패의 눈빛이 묵직하게 가라앉았다. 그 역시 경율진이 무언가 바뀌었다는 사실을 본능적으로 깨달은 것이다. 하지만 그렇다고 해서 그의 표정이 바뀌는 일 따위는 없었다.

그가 손가락을 까닥거렸다.

“덤벼.”

“건방진!”

경율진이 철군패를 향해 달려들었다.

*　　*　　*

쿠와앙!

강렬한 굉음이 대지를 울렸다.

대지를 통해 전달되는 진동을 온몸으로 느끼며, 북풍대와 천라지망을 펼친 채 대립하던 무인들은 싸움을 멈췄다.

도저히 인간의 대결이라고 볼 수 없는 엄청난 격돌이 그들의 눈앞에서 벌어지고 있었다. 사위를 압도하는 철군패의 신위와 그에 못지않은 존재감과 광포한 기세를 뿜어내며 연신 무공을 펼치는 경율진의 모습은 전율스럽기 그지없었다.

경율진은 마치 파괴의 화신이라도 되는 양 무차별적인 광기를 발산하며 철군패를 공격해 들어왔다.

지금 이 순간 그의 인격은 바뀌어있었다. 고통노 무러움도 느끼지 못하는 또 다른 인격은 지닌 바 모든 힘을 끌어내어 철군패를 공격해왔다.

"으하핫! 놈, 죽는 거다. 일천마영장(一千魔影掌)."

경율진이 양 어깨를 활짝 펼치자 허공에 장영(掌影)이 가득 찼다. 정말 이름처럼 천개나 되는 장영이 펼쳐졌는지 모르지만, 최소한 셀 수 없을 정도의 무수한 장영이 생겨나 철군패를 덮쳐오는 것은 분명했다.

인간이 펼칠 수 있는 극한의 장공이 바로 일천마영장이었다.

일천 개의 장영이 유성처럼 덮쳐오니 피할 곳조차 없어 보였다. 단지 보는 것만으로 아득해지는 광경이었다.

"저, 저……."

곳곳에서 사람들의 탄성이 터져 나왔다. 그들은 이번 한 수에서 경율진의 우세를 점쳤다. 그러나 그 순간 누구도 예상치 못했던 일이 그들의 눈앞에서 벌어졌다.

콰앙!

단 한 주먹이었다.

　두 번도 필요 없었다. 철군패의 등이 활처럼 휘는가 싶더니 한 발의 주먹이 쏘아졌고, 허공을 가득 메우던 일천 개의 장영을 단숨에 날려버렸다.

　극강의 일격포였다.

　상대방이 몇 번의 공격을 해도 상관없었다. 파형권을 익힌 자에겐 일격포 한 방이면 족했다.

　철군패의 일격포는 경율진의 일천마영장을 날려버린 것도 모자라 그의 본신에도 엄청난 충격을 줬다.

　경율진이 충격을 이기지 못하고 비틀거렸다. 내장이 진탕되고, 뇌가 흔들려 시야가 흐려지는 느낌에 경율진이 진저리를 쳤다. 하지만 그는 이내 정신을 차리고 다시 철군패가 있는 공간을 바라봤다.

　"응?"

　그러나 그의 시선이 향했을 때 철군패는 이미 그곳에 존재하지 않았다. 벌써 그는 경율진의 지척까지 쇄도해오고 있었다.

　콰앙!

　다시 한 번 강렬한 굉음이 울려 퍼졌다.

　철군패가 그 거대한 몸으로 경율진을 들이받았다. 그 충격으로 경율진의 몸이 뒤로 훌훌 날아갔다.

　"크윽!"

　경율진의 입가를 타고 피가 흘러내렸다. 내장이 진탕되는 충격에 얼굴까지 새하얘진 상태였다. 그러나 경율진은 가까스로 허공에서 균형을 바로 잡았다.

철군패는 경율진이 낙하할 지점을 미리 예측하고 그곳으로 쇄도하고 있었다. 그러나 이번에는 경율진도 그냥 속수무책으로 당하지 않았다.

슈슈슈슈!

그의 열손가락이 떨리는가 싶더니 곧 십여 다발의 지풍이 발출돼 철군패의 강력한 동체를 두들겼다. 마치 철판을 두들기는 듯한 소리와 함께 철군패의 몸이 주춤했다. 겨우 숨을 돌릴 여유를 얻은 경율진의 반격이 시작됐다.

콰콰콰!

그가 알고 익혀온 모든 무공이 마치 수레바퀴처럼 일거에 연환되며 쏟아져 나왔다. 광영지(狂影指), 일천마영장, 혈마각(血魔脚)까지 폭풍처럼 몰아치는 가공할 절기의 해일이 그대로 철군패를 휩쓸었다.

절대지경의 고수일지라도 무사할 수 없는 엄청난 위력의 공격이었다.

쩌적!

대지를 타고 균열이 번져가고, 바닥이 함몰됐다. 하지만 경율진의 공격을 온몸으로 감당하는 철군패의 표정에는 여전히 어떤 변화도 없었다.

천산혈표의 가죽으로 만든 옷이 여기저기 찢겨나가고, 혈흔

이 곳곳에서 내비치고 있었지만, 그는 결코 전진을 멈추지 않았다. 그가 발을 내딛을 때마다 '쿵' 하는 소리가 울려퍼졌다.

만중보였다. 선회나 후퇴는 존재하지 않는 보법. 오직 앞으로 전진하기위해 만들어진 보법이 펼쳐졌다. 가공할 압력에 발을 디딘 바닥이 깊이 패여 들어갔지만 철군패는 결코 걸음을 멈추지 않았다.

막으려는 자와 전진하려는 자의 대치.

두 사람의 대치를 사람들은 숨을 죽이고 바라보았다.

쿠콰콰각!

대기가 뒤틀리고 있었다.

사람들은 곧 무서운 일이 일어날 거라고 직감했다. 눈앞에 펼쳐진 광경은 충분히 그런 생각을 갖게 할 만 했다.

'이 괴물 같은 녀석. 노부의 십 할 공력을 버티다니.'

그 순간 경율진은 진땀을 흘리고 있었다.

인격이 교체되어 평상시보다 두 배 이상의 전력을 발휘하고 있는 경율진이었다. 하지만 바뀐 인격조차 철군패를 압도하지 못하고 있었다.

터질 듯이 부풀어있는 근육을 바탕으로 뿜어져 나오는 엄청난 박력은 바뀐 인격체조차 전율할 정도로 무시무시했다.

파멸왕이라고 불리는 사내.

그 이름이 결코 아깝지 않은 사내. 하지만 그 사내는 적이었다. 그 적을 물리치지 못하면 목숨을 잃는 것은 자신이었다.

그렇기에 경율진은 정말 최선을 다했다.

그는 혼신의 힘으로 공력을 끌어올렸다. 그의 옷이 공기를 가득 불어넣은 가죽부대처럼 크게 부풀어 올랐다. 동시에 마치 수만 마리의 벌떼가 일제히 날갯짓을 하는 듯한 소리가 울려 퍼졌다.

우우웅!

철군패는 본능적으로 경율진이 최후의 무공을 펼치려한다는 사실을 깨달았다. 그것이 무엇인지는 모르지만, 이제까지 지켜본 바에 따르면 보통은 아닐 거라는 생각이 들었다. 하지만 그렇다고 해서 전진을 멈출 생각은 없었다.

그의 몸이 붉게 달아올랐다.

또다시 파멸력을 운용하기 시작한 것이다. 그의 몸속에서 가속을 시작한 기운은 곧 파멸력을 생성해내기 시작했다.

그 모습에 심상치 않음을 느꼈는지 경율진의 안색이 변했다. 하지만 이제 그도 피할 수 없다는 사실을 알고 있었다. 비록 상대의 모습이 꺼림칙하긴 했지만, 이제 와서 피한다면 이제까지 그가 쌓아온 모든 것이 물거품이 되고 말 것이다.

지금은 물러설 때가 아니었다. 설령 어떤 대가를 치르더라도 말이다.

경율진은 이원환혼공의 최고 무공인 암야혈천화(暗夜血千花)를 펼쳐냈다.

어두운 밤하늘에 피로 물든 천개의 꽃비가 내린다는 무공의 이름처럼 허공에 천개의 꽃비가 피어났다.

하나하나가 강기로 만들어진 꽃이었다. 경율진의 의지가 발현시킨 강기의 꽃은 철군패를 향해 떨어져 내렸다. 눈이 멀 정도로 아름다운 광경이었지만, 그만큼 살 떨리게 두려운 광경이기도 했다.

이곳에 있는 그 누구도 경율진의 공격 앞에서 감히 생사를 장담할 수 없었다. 그것은 양천의나 검운영도 마찬가지였다. 그들 역시 광도진결을 익혀 나름의 심득을 얻었지만, 아직 경율진에는 많이 부족했다.

양천의가 입술을 질근 깨물었다. 주먹을 쥔 검운영의 손등에 굵은 힘줄이 돋아 올랐다. 이 순간 철군패와 함께 하지 못하는 자신들의 부족함이 무능하게 느껴졌다.

"놈!"

"형님."

그러나 두 사람의 마음만큼은 철군패와 함께하고 있었다.

그 순간 그들은 볼 수 있었다.

붉게 물든 철군패의 커다란 주먹이 그대로 대기를 관통하는 것을.

"……"

그 어떤 소리도 들리지 않았다. 하지만 일대에 있던 모든 무인들이 두 손으로 귀를 막으며 비틀거렸다. 인간의 청력으로는 들을 수 없는 그 어떤 소리가 일대를 관통하고 지나간 것이다.

　양천의와 검운영도 예외는 아니었다. 그들 역시 두 귀를 막고 비틀거렸다. 하지만 그들은 억지로 균형을 잡으며 철군패가 있는 방향을 바라보았다.

　그 순간, 그들은 볼 수 있었다. 묘한 모양을 한 철군패의 주먹이 경율진의 가슴에 닿아있는 모습을. 철군패의 손가락은 마치 타오르는 불꽃같은 모양을 한 채 경율진의 가슴에 석 치 깊이로 박혀 있었다.

　파형권 지옥인(地獄印).

　마치 지옥의 불꽃처럼 파멸력을 극도로 운용해 상대의 내부를 모조리 태우는 수법이다. 이 수법에 당하면 먼저 내부가 파괴되고, 뒤이어 육신이 붕괴되어 흔적조차 찾을 수 없게 된다.

　경율진은 철군패의 손목을 잡고 자신의 가슴에서 빼내려하고 있었다. 하지만 석 치 깊이로 박힌 철군패의 손은 쉽게 빠지지 않았다.

　푸스스!

　철군패의 손이 박힌 곳을 중심으로 경율진의 몸이 붕괴되고 있었다. 살이 부서지고, 뼈가 부러진다는 개념이 아니었다. 말 그대로 경율진의 몸이 파도에 휘말린 모래성처럼 천천히 무너져가고 있었다. 파멸력에 의해 그의 몸이 형체를 잃어가고 있는 것이다.

　"크헉!"

　경율진이 죽은피를 한 됫박이나 토해냈다.

그제야 그의 눈이 본래의 빛을 되찾았다. 그가 살아날 가능성은 없었다. 파멸력이 그의 몸에 침투한 순간 그의 육신은 본연의 기능을 잃고, 죽음과 파괴를 향해 내달리고 있었다. 파멸력은 그의 몸 안에 잠재해있는 이원환혼공을 흔적도 없이 소멸시켰다. 그러자 두 번째의 인격이 사라지고, 원래의 인격이 살아났다.

경율진이 눈을 꿈뻑거렸다. 그는 철군패와 자신의 몸을 두어 번 번갈아본 이후에야 자신의 상태를 깨달았다.

"내가 진건가? 이 내가……."

그가 믿을 수 없다는 표정을 지었다. 하지만 그것은 엄연한 현실이었다. 철군패의 지옥인은 인간의 영혼까지 파괴하고 만다.

경율진의 몸이 부르르 떨렸다. 이미 그의 몸은 파괴의 순환을 시작하고 있었다. 이제 얼마 지나지 않아 그의 몸은 세상에 존재했다는 흔적조차 남기지 못하고 사라지고 말 것이다.

그 사실을 직감한 순간, 경율진의 입가에 자조 섞인 미소가 어렸다.

"이것이 끝이군."

"잘 가시오."

"고맙다고 해야 하나? 덕분에 대사조의 손에서 자유로워졌으니."

다 죽어가는 얼굴로 경율진이 웃었다. 그는 오히려 후련하다는 표정을 짓고 있었다. 철군패는 그가 짓는 웃음의 의미를 알 수 없어 고개를 갸웃거렸다. 그러자 경율진이 마지막 힘을 다해 속삭였다.

"궁금한가? 내가 왜 웃는지. 하지만 자네도 언젠가는 알게 될 것이네. 십이사조는 축복이 아닌 저주라는 사실을. 신도제원은 자신의 모습을 본따 십이사조를 만들어냈네. 언젠가는 자네도 그 사실을 알게 될 것이네."

"그게 무슨 말이오?"

"신도제원…… 그는 인간이 아니라네. 그에게는 일만의 병사가 있다네. 일만의 영혼을…… 그는…….."

결국 경율진은 말을 끝내 잇지 못하고 숨이 끊어졌다.

푸스스!

절명한 그의 몸이 부서져 먼지처럼 흩날렸다. 경율진은 그렇게 세상에 존재했다는 흔적조차 남기지 않고 사라져갔다. 철군패는 멍하니 서서 그 광경을 바라보았다.

철군패가 경율진의 마지막 모습을 바라보며 중얼거렸다.

"상관없어. 그가 인간이 아니라면, 나는 멸제니까(我卽滅帝)."

사람들은 멍하니 그 광경을 바라보았다.

그들은 철군패의 엄청난 위용에 압도되고 말았다.

새외의 역사가 바뀌는 순간이었다. 이제까지 새외를 지배해온 십이사조의 시대가 저물고 철군패의 시대가 시작되는 순간이었다. 그들은 새로운 시대의 시작을 보고 있었다.

그 사실을 직감하는 순간 무인들이 하나둘씩 손에 들고 있던 무기들을 버리고 있었다. 십이사조에 의해 동원되었던 자들이었다. 십이사조가 무너지자 그들은 싸울 이유를 잃었다.

쿵 쿵!

무기가 바닥에 떨어지는 소리가 계속해서 울렸다.

"와아아아!"

북풍대의 함성이 울려 퍼졌다.

이천 대 삼백의 싸움이었다. 그리고 승자는 철군패와 북풍대였다. 이제부터 새외의 역사는 바뀌게 될 것이다.

그렇게 철군패와 북풍대는 새로운 역사를 열고 있었다.

                    *   *   *

멸제가 십이사조를 압도했다.

십이사조 중 다섯 명이 합공하고서도 멸제를 이기지 못했다.

폭풍 같은 소문이 새외를 휩쓸었다.

이천 명의 무인과 광혈마인 스무 명이 동원되고서도 철군패와 북풍대를 이기지 못했다는 소문은 새외를 격동시키기 충분했다.

십이사조는 지난 수십 년 동안 암중에서 새외를 지배해왔다. 그러나 철군패에 의해서 여덟 명이 죽고, 오직 네 명만 남게 됐다. 상황이 이렇게 되자 새외의 사람들은 철군패가 십이사조를 능가하는 무력을 갖추고 있다고 떠들었다.

어쩌면 과장된 소문인지도 몰랐다. 하지만 사람들은 소문을 기정사실로 받아들였다. 천라지망에 동원되었던 이천 명의 무인들 중 생존자들이 자신들이 본 사실을 떠들었다. 당시 전투에 참여했던 자들이 그렇게 떠들어대는데 사람들도 믿지 않을 도리가 없었다.

십이사조에 의해 천라지망에 동원되었던 문파의 주인들은 전투가 끝나자마자 철군패에게 무릎을 꿇고 죄를 빌었다. 눈앞에서 철군패의 엄청난 무력을 본 직후였다. 그들에겐 일시적인 자존심이 아니라 문파의 생존이 더 중요했다. 십이사조 앞에서도 굽힌 자존심인데 멸제 앞이라고 못 굽힐 건 또 뭔가.

그 후로 벌어진 광경은 더 장관이었다. 천라지망에서 살아남은 무인들이 일제히 철군패를 향해 무릎을 꿇었던 것이다. 철군패는 스스로의 무력으로 자신의 적들을 굴복시켰다.

그 엄청난 광경에 북풍대는 격동했다.

그들이 마음으로 따르는 대주는 이미 천하를 울리고 있었다. 그런 이를 따르는 자신들이 자랑스럽게 느껴졌다.

어떤 이들은 멸제야말로 진정한 북방의 패왕이라고 했다. 철군패는 열두 명의 사조가 지배하던 세상을 송두리째 뒤흔들고 있었다.

이제 사람들은 나머지 사조들과 철군패가 어찌될 것인지에 주목했다. 이미 여덟 명을 잃은 십이사조였다. 그만큼 그들의 입지는 크게 위축되어 있었다.

이대로 철군패를 두고 본다면 새외에서 십이사조의 입지는 크게 좁아질 것이 분명했다. 새외 전체를 암중에서 지배해온 십이사조의 입장에서 보자면 굴러들어온 돌에 박힌 돌이 밀려나간 것이나 다름없는 상황이었다.

사람들은 십이사조가 나머지 전력을 추슬러 철군패를 공격할 거라고 생각했다. 더 이상 철군패에게 밀렸다가는 십이사조의 명맥을 유지하는 것조차 불가능할 것이기 때문이다.

그러나 사람들의 예상과 달리 십이사조의 움직임은 잠잠했다. 마치 존재하지 않는 것처럼, 그들은 숨을 죽이고 있었다.

"흐흐! 살살 하십시오. 외팔이에게 이렇게 심하게 해도 되는 겁니까?"

포승줄에 묶인 채 엄살을 떠는 인간이 있었다. 북풍대 대부분이 그런 그를 어이없는 시선으로 바라보고 있었다.

그의 이름은 백련귀였다. 분명 본명은 있을 테지만, 이 자리에 있는 모두는 그를 백련귀라고 불렀다. 스스로도 그렇게 밝혔고, 무엇보다 그렇게 알려져 있었기 때문이다.

백련귀는 철군패 앞에 무릎을 꿇고 있었다. 그는 이미 마혈이 제압된 상태였다.

십이사조 다섯이 죽고, 광혈마인 스무 명이 몰살당했다. 거기에 천라지망에 동원되었던 무인들의 피해까지 셈하면 사망자 수는 기하급수적으로 늘어날 것이다.

백련귀는 그런 사태에 지대한 영향을 끼친 자였다. 그는 십이사조의 명을 받들어 실질적으로 무인들을 움직이는 역할을 했다. 때문에 많은 사람들이 그에게 원한을 갖고 있었다.

경율진을 마지막으로 십이사조가 모두 쓰러지자 백련귀는 불리함을 느끼고 도주하려 했다. 그러나 그를 지켜보고 있던 북풍대원들이 사로잡았다. 백련귀는 북풍대원들을 뿌리치려 했지만, 소용이 없었다. 둘 이상이 뭉친 북풍대원은 천하의 그 어떤 무인이라도 상대하기 힘들 것이다. 한 팔이 없는 백련귀는 그만 몸의 균형을 제대로 잡지 못해 주춤거린 나머지 그들에게 간단히 사로잡히고 말았다.

그렇게 포로로 사로잡히고서도 백련귀는 특유의 넉살과 분위기로 버티고 있었다. 그는 자신이 외팔이임을 내세워 배려를 해줄 것을 요구했다.

"뭐, 저런 새끼가 다 있냐? 그냥 지금 모가지를 따버리는 게 훨씬 나을 것 같은데."

"그렇게 되면 십이사조의 본거지를 영영 찾지 못할 텐데요. 그래도 괜찮겠습니까?"

"끄응!"

양천의가 앓는 소리를 흘렸다.

백련귀는 자신이 가지고 있는 패를 적절히 사용하고 있었
다. 현재 새외에서 십이사조의 본거지를 아는 자는 없었다. 있
다면 오직 십이사조와 자신뿐이었다. 백련귀는 그 점을 적절
히 사용해서 자신의 안위를 돌보고 있었다.

이러지도 못하고, 저러지도 못하며 양천의가 속만 부글부글
끓이자 검운영이 대신 나섰다.

"그럼 목숨을 살려주면 십이사조의 본거지로 안내하겠다는
것인가?"

"물론입니다."

"허! 그렇게 빨리 주인을 배신할 수 있는가?"

"저의 주군은 이미 목숨을 잃었습니다. 이 비루한 목숨이라
도 부지해야 그분의 유해를 수습할 수 있을 것이고, 복수를 꿈
꿀 수도 있는 것 아닙니까? 저는 떳떳합니다."

자신의 말처럼 백련귀는 전혀 부끄러운 모습이 아니었다.

그의 말은 묘한 설득력을 가지고 있었다. 그는 특유의 넉살
좋은 표정으로 철군패를 바라보고 있었다.

철군패는 빤히 백련귀를 바라보았다. 자신에 의해서 한 팔
을 잃은 남자였다. 뿐만 아니라 충심으로 따르던 주군까지 잃
은 자였다. 후환을 없애려면 지금 제거하는 것이 옳았다. 그런
데도 망설이는 것은 백련귀의 묘한 분위기 때문이었다.

"훗!"

문득 백련귀를 바라보던 철군패가 의미 모를 미소를 지었

다. 그에 백련귀가 움찔했다. 세상에 한없이 당당한 백련귀였
지만, 묘하게도 단 한 명 철군패에게만큼은 기를 펴지 못했다.
백련귀는 그 사실이 쉽게 이해가 되지 않았다.

"그러니까 십이사조의 본거지로 안내해주겠다는 건가?"

"그렇습니다. 마혈만 풀어주시면 제가 여러분들을 대사조
가 있는 곳으로 안내해드리죠."

"믿기 힘든 말이군."

"믿고 안 믿고는 자유입니다. 하지만 한 가지 확실히 말할
수 있는 것은, 저는 진실을 말하고 있다는 겁니다."

당당한 백련귀의 말에 검운영이 철군패를 바라봤다. 철군패
의 의견을 구하는 것이다.

철군패가 고개를 끄덕이며 말했다.

"안내하라고 해."

"하지만 놈을 믿을 수는 없습니다."

"현재로서는 그 방법밖에 없잖아."

"형님. 그는 믿을 수 없는 자입니다."

"알아!"

"그런데 왜?"

"믿지 못한다고 이용까지 못하는 것은 아니니까. 배신해도
상관없어. 배신한다면 그에 상응하는 대가를 반드시 치르게
해줄 테니까."

철군패의 입꼬리가 말려 올라갔다.

그가 자리에서 일어났다.

아직 다섯 사조와의 싸움에서 얻은 상처가 제대로 낫지 않아 몸이 엉망이었다. 보통 사람이었다면 몇 달 동안은 꼼짝도 하지 못할 상처를 가지고도 철군패는 움직이고 있었다. 움직일 때마다 몸에서 상상도 하기 힘든 고통이 느껴질 텐데도 말이다. 어쩌면 그는 고통을 전혀 느끼지 못하는 사람인지도 몰랐다.

철군패가 백련귀에게 다가갔다. 그러자 백련귀가 더욱 움찔했다. 철군패가 손을 뻗어 그런 백련귀의 대혈을 제압했다.

"무슨 짓을 한 겁니까?"

"공력을 금제했다."

"내 공력을 금제했단 말입니까?"

"당분간은 공력을 운용하지 못할 거야. 내가 아니면 천하의 그 누구도 금제를 풀어줄 수 없을 것이다. 대사조에게 안내해. 그를 찾으면 금제를 풀어주지."

"재밌군요."

백련귀가 히죽 웃었다.

제 2장

풍로전언(風路傳言)

"하!"

종제영이 한숨을 내쉬었다. 그런 그의 얼굴에 짙은 그늘이 드리워져 있었다. 평소 해학적이고 누구보다 웃음이 많던 그의 얼굴이 더할 수 없이 딱딱하게 굳어 있었다.

철군패를 떠난 후 그는 홀로 천하를 떠돌았다. 철군패가 거추장스럽다거나 갑자기 혼자 있고 싶은 마음이 들어서 그런 것이 아니었다. 지금 그는 홀로 누군가의 흔적을 추적하고 있었다.

그동안 그는 수많은 마을과 강을 넘어왔다. 거리로 따진다면 수천 리가 넘는 길을 지치지 않고 걸어온 이유는 오직 단

한 명의 흔적을 찾기 위해서였다.

비록 이십 년이란 세월이 흘렀지만, 종제영은 그의 흔적을 똑똑히 기억하고 있었다. 앞으로 이십 년의 세월이 더 흐르더라도 종제영은 그의 흔적을 기억하고 있을 것이다. 그의 흔적은 그만큼 강렬했고, 결코 잊을 수 없는 것이었다

"이곳에서도 그를 찾지 못하면 영원히 그를 찾을 수 없을 것이다."

종제영의 얼굴에 결연한 빛이 떠올랐다.

그의 눈앞에 시전이 펼쳐져 있었다. 겉보기에는 그저 평범한 마을의 시전 같았지만, 그렇지 않다는 사실을 종제영은 너무나 잘 알고 있었다.

낭인시장(浪人市場).

천하를 떠도는 낭인들이 반드시 한 번은 거쳐 가는 곳이 바로 낭인시장이었다. 낭인시장에서는 낭인들이 공개적으로 자신의 무력을 팔았다.

시장은 시장이되 물건이 아닌 무공을 익힌 무인들을 파는 곳이 바로 낭인시장이었다. 누구라도 상관없었다. 무공만 익혔다면 천하에 다시없을 악인이라도 이곳에 몸을 의탁한 채 자신을 팔수 있었다. 의뢰자의 대가만 맞는다면 영혼이라도 팔 수 있는 곳, 그곳이 바로 낭인시장이었다.

대로를 따라 좌판이 늘어서 있었다. 단 파는 것은 물건이 아닌 좌판에 늘어지게 누워있는 낭인들이었다. 낭인들은 각자의

좌판에 스스로의 몸값을 적어놓고 누워있었다.

"일 년에 은자 일백 냥. 독안랑군(獨眼狼君) 서군황. 석 달에 은자 이백 냥, 설엽표객(雪燁漂客) 구안서. 이미 오래전에 세상에서 사라졌다고 알려진 무인들이 아닌가?"

종제영이 침음성을 흘렸다.

좌판에는 분명 독안랑군 서군황, 설엽표객 구안서라는 이름이 쓰여 있었다. 그들뿐만이 아니었다. 곳곳에 보이는 이름 중 어느 하나 무시할 수 있는 것이 없었다. 낭인들은 자신의 이름값에 걸맞는 금액을 제시하고 손님들이 찾아오길 기다리고 있었다.

만일 종제영이 아닌 다른 사람이었다면 코웃음을 쳤을지도 몰랐지만, 천하에서 정보에 가장 해박한 종제영은 그럴 수 없었다. 좌판에 쓰여 있는 글씨가 결코 과장된 것이 아님을 아는 까닭이었다.

실제로 곳곳에 낭인을 사려는 사람들이 있었다. 그중에는 유명한 대상인도 있었고, 또 지체 높은 집안의 총관들도 있었다. 그렇게 수많은 사람들이 필요에 의해 무력을 사고파는 곳이 낭인시장이었다.

낭인시장이 언제부터 형성되었는지는 누구도 알지 못한다. 그저 언제부턴가 낭인시장은 존재했고, 필요로 하는 사람들에게 무인들을 공급했다. 수요와 공급이 맞아떨어져 낭인시장은 오늘날까지 명맥을 이어왔다.

말로는 많이 들었지만, 실제로 낭인시장을 보는 것은 종제영도 처음이었다. 직접 본 낭인시장은 생각보다 거대했고, 거미줄 같은 미로로 치밀하게 얽혀 있었다.

낭인들은 좌판에 누워 건들거리는 태도로 종제영을 바라보고 있었다. 대부분의 낭인들은 종제영을 일별하고는 고개를 돌려버렸다. 한눈에 그가 낭인을 사러온 사람이 아니란 사실을 알아차린 것이다.

종제영은 최대한 무인들을 사러온 다른 사람들과 같은 분위기를 내려했지만, 이곳에 있는 낭인들의 눈치도 보통이 아니었다. 종제영의 차림새, 눈빛, 몸짓만으로 그가 다른 목적으로 이곳에 들어온 사람이란 사실을 눈치 챈 것이다.

종제영도 낭인들이 자신을 경계하고 있다는 사실을 알아차렸다. 여전히 나른한 눈으로 자신을 바라보고 있는 것 같았지만, 사실 그들은 종제영의 일거수일투족을 감시하고 있었다. 종제영이 바라보는 곳을 바라보고, 그가 움직이는 방향으로 시선을 곤두세우고 있었다.

'이들에게 난 이방인에 불과하다. 아무리 그렇다하더라도 이렇게 모두가 감시를 하다니. 나뿐만 아니라 어떤 외인도 이곳에 들어오는 순간 감시의 대상이 될 것이다. 이들의 눈을 피해서 낭인시장에서 움직이는 것은 불가능하다. 그렇다면……'

종제영은 자신의 생각을 정리했다.

비록 이곳이 낭인시장이라지만, 종제영도 산전수전을 다 겪은 백전노장이었다. 그는 사람들의 시선에서 의심을 느끼자 바로 자신이 어떻게 행동해야 할지를 결정했다.

그는 좌판에 쓰여 있는 이름을 유심히 살피며 낭인시장을 한 바퀴 돌았다. 하지만 그 어디서도 그가 찾고자하는 이름과 인물은 존재하지 않았다. 하지만 종제영은 결코 실망하지 않았다.

이미 이십 년을 기다린 종제영이었다. 그의 인내심은 생각보다 강하고 질겼다. 그는 느긋하게 기다릴 줄도 알았고, 주위의 여건을 자신에게 유리하게 이용할 줄 알았다.

낭인시장을 한 바퀴 돈 종제영은 자신에게 필요한 인물을 이미 기억해놓은 상태였다.

만통자(萬通者) 여문상.

스스로를 가리켜 모르는 것이 없고, 천하의 모든 것을 다 안다고 써놓은 남자였다. 얼굴도 둥글, 몸도 둥글, 모든 것이 다 둥근 사십대 중반의 남자였다. 그도 다른 낭인들처럼 좌판에 늘어지게 누워 따뜻한 햇살을 즐기고 있었다.

"이보시오?"

종제영의 부름에 여문상이 퉁퉁 부은 살 속에 숨어있는 눈을 가늘게 떴다. 잠시 눈이 부신 듯 눈을 깜빡거리던 그가 느릿하게 말문을 열었다.

"왜 그러시오?"

"당신이 만통자라는 사람이오?"

"거기 쓰여 있는 것이 보이지 않소? 내가 바로 만통자 여문상이오."

"정말 당신이 천하에 모르는 것이 없소?"

"물론이오. 천하에 모르는 것이 없다고 자부하오."

여전히 바닥에 누운 채 대답하는 여문상이었다. 종제영은 그런 그의 모습이 꼭 바닥에 눌러 붙은 밀가루 반죽 같다고 생각했다. 허나 그는 그런 자신의 생각을 숨긴 채 태연하게 말을 이었다.

"당신이 정말 만통자라면 나는 당신을 사고 싶소."

"물론 돈을 지불하면 당신은 언제든 나를 살 수 있소. 허나 나의 몸값은 무척이나 비싸다오. 거기에 쓰여 있는 것처럼, 최소 은자 오백 냥 이상을 주어야만 나를 움직일 수 있을 것이오."

"은자 오백 냥?"

"그렇소. 그 정도는 돼야 이 무거운 몸을 움직일 마음이 생기지 않겠소?"

오히려 당연하다는 듯이 반문하는 여문상의 태도에 종제영이 어이없다는 표정을 지었다. 은자 오백 냥이라면 일개 문파의 일 년치 운영비를 하고도 남음이 있었다. 그런 엄청난 돈을 태연하게 말하는 여문상의 태도가 웬지 얄밉게 느껴졌다. 그러나 종제영은 내색하지 않고 품에서 전표 한 장을 꺼내 여문상에게 던졌다.

"이백 냥 짜리 전표요. 나머지 삼백 냥은 일이 끝나는 대로 지급하겠소."

"흐음! 향긋한 돈 냄새."

그제야 여문상이 느릿느릿하게 일어났다. 그는 전표를 손에 쥐고 냄새를 맡으며 특유의 표정으로 말했다.

"전표 분명히 접수했소. 이제부터 나는 당분간 당신의 수족이오. 그래, 내가 해주면 하는 일이 무엇이오?"

"어려운 일은 아니오."

"아닌 것 같은데. 이곳을 찾는 사람은 결코 쉬운 일 때문에 찾지 않지."

쉬운 일이었을 것 같으면 이곳을 찾아올 사람은 없다. 거액을 쓰는 것은 시킬 일이 그만큼 어려운 일이기 때문이다. 여문상은 종제영이 시키는 어떤 일이라도 할 준비가 되어 있었다. 돈을 받았으면 응당의 대가를 치러야하는 것이 세상의 이치이기 때문이다.

"한 사람을 찾길 원하오. 나는 당신이 그를 찾아줬으면 싶소."

"찾는 이가 누구요?"

"나는 그의 흔적을 쫓아 이곳까지 왔소. 그로 미루어 보아 그가 낭인시장의 일원이란 것을 짐작할 수 있소."

"그렇다면 그를 찾는 것이 더욱 쉽겠구려. 자세히 말해보시오.”

여문상이 흥미롭다는 표정을 지었다.

낭인시장에는 수많은 낭인들이 있다. 대부분의 낭인들이 좌판에 자신을 팔고 있었지만, 그러지 않는 사람들도 다수 있었다.

드러난 칼보다 어둠 속에 숨은 화살이 무서운 법.

낭인시장에서 진실로 무서운 이들은 그런 자들이었다. 낭인시장에서 자신을 파는 이들조차도 그런 이들의 진실한 정체를 알지 못하는 경우가 대부분이었다. 아마도 종제영은 그런 이들 중 한 명을 추적하는 모양이었다.

“그는 두 개의 도를 무기로 쓰오. 일반적인 크기의 도가 아니라 무척이나 작은 소도를 무기로 쓰는 무인은 그리 많지 않을 것이오.”

“그리고 또?”

“그는 암살자의 무예를 지니고 있소.”

“그런 이는 결코 흔치 않지. 수많은 낭인들이 모여 있는 이곳에서도 그런 자는 오직 한 명뿐이지.”

“역시 당신은 알고 있구려.”

“후후! 내가 달리 만통자겠소? 당신은 사람을 제대로 찾은 것이오. 허나 한 가지 문제가 있소.”

“무슨 문제가 있단 말이오? 설마 돈이 부족하다는 뜻이오?”

“아니오. 돈은 충분하오, 당신이 그와 어떤 관계냐 하는 것이오. 당신이 그의 원수라면 훗날 내가 해코지를 당할 수도 있는 거니까."

이제까지 넉살좋게 웃고 있던 여문상의 모습이 아니었다. 스스로를 만통자라고 떠벌리는 남자가 긴장을 하고 있었다. 그 모습을 보면서도 종제영은 전혀 놀라지 않았다. 아니, 오히려 당연하다고 생각했다. 그가 찾는 남자는 충분히 주위를 긴장시킬 수 있는 능력을 갖고 있었다.

"다시 한 번 묻겠소. 그는 왜 찾는 것이오? 그와 원한을 맺었다면 잊는 것이 좋소. 최소한 이곳 낭인시장에서만큼은 그를 어찌할 수 있는 사람은 존재하지 않소."

"나는 그와 원한을 맺은 적이 없소. 그를 찾는 것은 내 개인적인 인연 때문이라오."

"인연? 그 얼음장 같은 인간이 인연을 맺은 사람이 있다고? 근자에 들어본 말 중 가장 웃기는 말이군. 좋소! 이미 돈을 받았으니, 물릴 수도 없는 일. 그에게 안내해주겠소. 허나 그가 반드시 그곳에 있을 거라는 보장은 하지 못하오. 그는 아주 가끔씩만 이곳에 오니까."

"알았으니까 안내해주시오."

종제영의 얼굴에 다급한 빛이 떠올랐다.

여문상이 말하는 남자가 정말 자신이 찾는 남자인지는 아직 알 수 없었다. 하지만 느낌이 좋았다. 그래서 그는 여문상을 채근했다.

"그가 있는 곳은 이곳 낭인시장에서도 가장 깊고 은밀한 곳이오. 또한 매우 위험한 곳이기도 하지. 만일 당신이 그런 위험을 무릅쓸 각오가 되어 있다면 내가 안내해주겠소."

"나는 어떤 위험이라도 무릅쓸 각오가 되어 있소."

"후회하지 마시오."

"알겠소."

종제영의 대답에 여문상이 기이한 눈빛을 했다. 하지만 종제영은 그의 눈빛을 미처 보지 못했다. 그를 만나게 되었다는 생각에 흥분했기 때문이다.

여문상이 느릿한 걸음으로 앞장섰다. 종제영이 그의 뒤를 따랐다. 비록 마음이 조급하긴 했지만, 더 이상 여문상을 채근하지 못했다.

여문상은 종제영을 이끌고 낭인시장 뒷골목으로 들어갔다. 마치 미로처럼 얽히고설킨 뒷골목에서는 위험한 냄새가 물씬 풍겼다. 밖으로 드러난 곳보다 오히려 이곳에 있는 자들에게서 위험한 분위기 풍겨 나왔다. 그러나 여문상은 그들의 시선에도 개의치 않고 종제영을 이끌고 어딘가로 향했다. 둔중한 몸에 어울리지 않게 그의 발걸음은 무척이나 가벼워보였다.

골목 깊숙이 들어갈수록 사람은 적어지고 그늘은 깊어져 더욱 음습한 분위기를 자아냈다. 그렇게 한참을 들어가 도착한 곳은 한 채의 누추한 오두막집이었다. 나무를 엇대어 만든 오두막은 간신히 비바람만 막을 정도로 힘겹게 서있었다.

"이곳이 바로 그의 거처요. 그는 가끔씩 이곳을 찾아오곤 하지. 자, 이제 약속대로 안내해줬으니 잔금을 치르시오."

"이곳이 그의 거처라는 보장은 없지 않소? 그의 얼굴을 확인하기 전까지는 잔금을 치르는 것은 미루겠소."

"이곳은 분명히 그의 거처요. 그러니 나는 약속을 지켰소. 설마 나를 못 믿는 것은 아니겠지요?"

"당신을 못 믿는 것은 아니오. 허나 은자 삼백 냥은 엄청난 거금이오. 그런 거금을 확인도 하지 않고 지불할 만큼 나는 바보가 아니오."

"그렇군! 역시 당신은 바보가 아니군."

여문상이 고개를 주억거렸다.

그의 얼굴에 특유의 웃음이 떠올랐다. 그를 바라보는 종제영의 표정은 그만큼 딱딱하게 굳었다. 무언가 심상치 않은 분위기를 감지했기 때문이다.

여문상이 고개를 삐딱하게 꺾고는 건들거리는 말투로 말했다.

"이보슈, 영감. 그는 왜 찾는 것이오? 솔직히 말해보시오."

"말하지 않았소. 개인적인 인연 때문이라고."

"흐흐! 영감. 그 말이 통할 거라고 생각하오? 그 인간은 이곳에 있는 어떤 인간들과 교류도 소통도 하지 않는다고. 그런 인간이 겨우 영감 따위와 인연을 맺고 지내왔다고? 개도 믿지 않을 소리."

여문상은 좀 전과 전혀 다른 얼굴을 하고 있었다. 마치 다른 사람으로 변한 것처럼 차가운 얼굴이었다.

여문상이 변한 것만큼 종제영의 낯빛이 굳었다.

"당신은 그에게 좋은 감정을 갖고 있지 않군?"

"흐흐! 어디 나쁜이겠는가? 이곳 낭인시장에 있는 인간들 중 반 이상은 그에게 좋은 감정을 갖고 있지 않을걸. 오히려 죽이고 싶어서 안달이 난 인간이 대부분이지. 나 역시 그런 이들 중 한 명이고."

"으음!"

"영감, 솔직히 말하는 것이 좋을 거야. 그러면 목숨을 살려 줄 수도 있을 테니까."

"정말 어이가 없군. 은자를 이백 냥이나 받아먹고, 그런 말 투라니. 조금 더 공손해질 수는 없는가?"

"아직 상황파악을 하지 못하는군, 영감. 이곳에서 영감이 죽어도 알 사람은 아무도 없어. 하루에도 몇 명씩 뒷골목에서 실종을 당하는 곳이 바로 이곳 낭인시장이니까. 다시 한 번 묻지. 그와 어떤 관계지?"

살에 파묻힌 여문상의 두 눈에서는 살기가 흘러나오고 있었다. 그 모습을 보며 종제영이 나직이 한숨을 내쉬었다. 그를 쉽게 찾을 수 있을 거라고는 생각하지 않았지만, 초반부터 이렇게 난관에 부딪칠 줄은 예상하지 못했기 때문이다.

'그는 도대체 어떤 삶을 살고 있는 거지? 그는 결코 밖으로

자신의 모습을 내보이는 사람이 아닌데.'

한편으로 의아하긴 했지만, 그렇다고 해서 위축되지는 않았다. 그는 수많은 경험을 가지고 있는 역전의 노장이었다. 만통자라는 허무맹랑한 별호를 쓰는 여문상과 같은 인물에게 위축될 이유가 없었다.

"자네 하나로 충분하겠는가?"

"나 혼자일 뿐이라고 생각하는가?"

여문상이 히죽 웃었다. 그러자 주변에 은신하고 있던 남자들이 모습을 드러냈다. 십여 명에 이르는 남자들은 모두 이곳으로 오는 골목길에서 스쳐지나왔던 이들이었다.

"이곳 주위에 있던 자들이 모두 감시하던 자들이었던가?"

"그래! 녀석이 이곳에 온 이후로 우리들의 영업에 심각한 타격을 입었거든. 그래서 녀석은 물론이고 녀석과 관계된 모든 것을 그냥두지 않기로 우리끼리 합의했지. 영감이 그 녀석과 어떤 관계가 있는지 모르지만, 그냥 재수 없다고 생각해."

여문상의 살기어린 웃음이 짙어졌다. 그 모습에 종제영이 한숨을 내쉬며 고개를 내저었다.

"휴!"

낭인시장에 자신을 파는 인물들 중 상당수가 밑바닥에 기생하는 인간들인 것은 알고 있었지만, 이것은 생각보다 더하지 않는가?

어느새 남자들은 종제영을 완벽하게 포위하고 있었다. 개중에는 종제영에 비할 수 없는 무인들도 있었지만, 어떤 이는 역량을 짐작할 수 없을 만큼 강력한 기도를 가지고 있었다.

종제영은 오늘 득보다 실이 많을 것을 직감했다.

"휴! 하여간 그와 관련된 일은 뭐 하나 정상적으로 돌아가는 것이 없구나."

예전부터 그랬다.

그 남자와 관련된 것들은 하나도 정상적인 것이 없었다. 하다못해 사람까지도 말이다.

종제영은 암암리에 공력을 끌어올렸다.

평생을 도망만 다니며 살았다. 그가 익힌 경공이라면 이들보다 열 배는 많은 인물들이 포위를 하고 있더라도 빠져나갈 수 있었다. 하지만 여기서 도주하면 평생 '그'의 흔적을 찾을 수 없게 된다. 그 사실을 잘 알기에 종제영은 도주할 수 없었다.

지금은 싸워야 할 때였다.

종제영이 그렇게 결심을 굳힐 때 등 뒤에 있던 남자가 공격을 해왔다. 그의 손에 들린 시퍼런 도가 종제영의 등짝을 금방이라도 난도질할 듯했다.

슈악!

도가 공기를 가르는 소리가 무척이나 위맹했다.

"흐흐! 영감, 무릎 꿇어."

도를 든 사내가 잔인한 미소를 지었다. 그러나 그의 눈은 이

내 경악으로 크게 떠졌다. 분명 눈앞에 있던 종제영의 모습이 시야에서 사라졌기 때문이다.

종제영의 목소리는 등 뒤에서 들려왔다.

"그래도 명색이 천하에서 가장 빠르다고 자부하는 사람이 노부라네. 자네들은 노부를 너무 우습게 봤군."

종제영은 단순히 먼 거리를 빠르게만 달릴 수 있는 것이 아니다. 그의 진가는 이렇게 좁은 곳에서의 움직임에서 발휘되었다. 너무 빠르게 움직이기 때문에 상대의 눈에는 그가 사라졌다가 나타나는 것처럼 보였다. 불문의 전설적인 신법인 부동신보(不動神步)와 흡사한 위력을 발휘하는 종제영의 움직임에 여문상을 비롯한 남자들의 눈에 경련이 일어났다.

푹!

종제영이 도를 들고 공격한 남자의 마혈을 짚었다. 그러자 남자의 몸이 썩은 고목처럼 넘어갔다. 그러자 여문상이 소리쳤다.

"젠장! 합공해."

남자들의 합공이 시작됐다.

도가 허공을 가르고, 검이 공간을 단축해왔다. 그들의 공격은 무척이나 촘촘해서 어디로도 피할 곳이 없어 보였다. 하지만 종제영은 어느새 그들의 공격 사이로 보이는 조그만 틈으로 빠져나가 등 뒤를 점유하고 있었다.

"그래도 한때 그 남자와 수라장을 헤쳐 나온 노부다. 너희

같은 애송이들에게 쉽게 당할 듯싶으냐?”

그의 손이 또다시 한 남자의 마혈을 점했다. 그리고 다시 남자들이 시선을 돌렸을 때, 종제영은 이미 그 자리에 존재하지 않았다.

마치 열 명의 종제영이 있이, 열 곳에서 동시에 나타나는 것 같았다. 이리 번쩍, 저리 번쩍하는 종제영의 신출귀몰한 경공술에 다섯 명의 남자들이 속수무책으로 쓰러졌다.

그나마 종제영이 살생을 꺼려하니 망정이지, 그렇지 않았다면 쓰러져 있는 자들은 이미 이 세상 사람이 아니었을 것이다. 아직 멀쩡히 서있는 다섯 명의 남자들도 위태하기는 마찬가지였다.

그들의 안력으로는 도저히 종제영의 움직임을 따라갈 수 없었다. 눈이 감지를 하지 못하는데, 제대로 된 대응을 할 수 있을 리 만무했다.

다시 세 명의 남자가 종제영에게 마혈을 제압당해 쓰러졌다. 이제 남은 이는 여문상을 포함해 두 명뿐이었다.

“크윽! 이럴 수가.”

여문상의 얼굴이 흉악하게 일그러졌다.

그는 인간이 이렇게 빠를 수 있다는 사실을 오늘에야 처음 알았다. 만일 자신의 눈으로 직접 보지 않았다면 절대 믿지 않았을 것이다.

푹!

여문상의 곁에 마지막까지 남아있던 무인이 마혈을 제압당해 눈을 까뒤집고 기절했다. 이제 남은 것은 오직 여문상뿐이었다.

분명 여문상은 강력한 무공의 소유자였다. 그가 익힌 무공은 절정을 상회하는 것으로, 그 누구에게도 쉽게 지지 않을 자신이 있었다. 그러나 불행히도 상대가 좋지 않았다. 종제영은 천하에서 가장 빠른 남자였다. 그의 움직임을 육안으로 감지할 수 있는 자는 절대지경에 오른 자들뿐이었다. 여문상의 능력으로는 결코 종제영의 움직임을 감지할 수 없었다. 그가 쓰러지는 것은 시간문제였다.

"이제 네가 마지막이다."

종제영이 나직한 음성과 함께 여문상을 향해 마지막 일격을 날리려 했다.

스스!

또다시 그의 모습이 육안에서 사라졌다.

여문상의 눈가에 경련이 일어났다. 그는 육안으로 종제영을 찾으려 했다. 하지만 어디서도 종제영의 모습은 보이지 않았다. 그의 안력을 뛰어넘는 빠르기로 이동한 것이다.

"끝이다."

종제영의 목소리는 여문상의 등 뒤에서 들려왔다. 어느새 종제영이 그의 등 뒤에서 모습을 드러내고 있었다.

종제영의 손가락이 여문상의 마혈을 짚으려는 찰나였다.

좌아악!

갑자기 허공에 불길한 소음이 울려 퍼졌다. 종제영이 불길한 느낌에 고개를 드는 순간 넓게 퍼진 쇠그물이 그의 몸을 덮쳤다.

"아뿔사!"

종제영이 급히 경공을 펼쳐 쇠그물을 벗어나려 했다. 하지만 아슬아슬하게 그의 몸이 쇠그물을 빠져나가지 못하고 갇혀버리고 말았다.

"잡았다."

"흐흐!"

득의에 찬 웃음소리가 지붕 위에서 들려왔다.

여문상의 얼굴에 희열의 빛이 떠올랐다.

"왔구나."

지붕 위에서 모습을 드러낸 남자들은 여문상의 동료들이었다. 혹시 몰라 그들에게도 준비를 하라고 했는데, 시기적절하게 나타났다.

종제영은 쇠그물에서 빠져나오려고 몸부림을 쳤지만, 그럴수록 쇠그물은 그의 몸을 더욱 거세게 조여 왔다.

그 모습을 보며 여문상이 잔인한 미소를 지었다.

"빌어먹을 늙은이. 우선 움직이지 못하도록 발모가지를 잘라주겠다."

이미 종제영의 경공술에 크게 낭패를 당했기에 여문상은 망설임 없이 그의 발을 자르려고 했다. 쇠그물 밖으로 삐져나온 종제영의 발목이 크게 확대되어 보였다.

종제영이 눈을 감았다.

'방심했다. 설마 지붕 위에서 쇠그물을 들고 대기하고 있었을 줄이야. 노부가 이런 실수를 하다니.'

무림에서 일어나는 모든 일은 오롯이 자신의 책임이었다. 자신의 안위는 스스로 지켜야 한다. 방심해서 당했다면, 그 책임 역시 자신의 몫이었다. 적들을 대부분 쓰러트렸다고 너무 방심했다. 그리고 방심의 대가는 그에게 최악의 형태로 돌아왔다.

여문상은 종제영의 발을 향해 도를 내리쳤다.

쉬아악!

바람을 가르는 매서운 소리에 종제영의 몸이 움찔했다.

"……"

그러나 한참을 기다려도 발에서는 통증이 느껴지지 않았다. 쇠그물 속에서 종제영이 슬며시 눈을 떴다. 그러자 도를 내리치던 자세 그대로 서있는 여문상의 모습이 보였다.

주르륵!

석상처럼 굳어있던 그의 상반신이 갑자기 하반신에서 분리되어 흘러내리기 시작했다. 마치 꿈속에서 벌어지는 일처럼 비현실적인 일이 종제영의 눈앞에서 벌어지고 있었다.

후두둑!

여문상이 쓰러지는 것과 동시에 지붕 위에서 쇠그물을 던졌던 남자들의 몸이 바닥으로 떨어져 내렸다. 그들의 몸 역시 깨끗하게 두 동강이 나있었다.

멀찍이 떨어진 두 공간에서 동시에 일어난 살인. 하지만 그 모든 것이 단 한 사람의 작품이었다.

무너지는 여문상의 뒤쪽에서 한 남자가 일어나고 있었다. 주위의 어둠과 동화된 채 몸을 일으키는 그의 모습에 종제영의 눈이 크게 떠졌다.

"너, 너는?"

"오랜만입니다."

그 남자의 심복이 눈앞에 서있었다.

종제영이 그토록 찾고자 했던 남자가.

＊　　　＊　　　＊

밤이 늦은 시각, 온유하의 거처에 뜻밖의 인물이 찾아왔다. 온유하는 자리에서 일어나 그녀를 맞이했다. 온유하를 일어나게 할 사람은 그리 많지 않았다. 지금 찾아온 인물은 몇 안 되는 사람 중의 한 명이었다.

혁련청화.

여중제일 고수이자, 구주천가의 무상이라는 지고한 신분의 여인. 비록 신주십대고수에 속하지는 않지만, 그것은 그녀의 실력이 모자라서가 아니었다. 그녀는 신주십대고수라는 명성보다는 구주천가의 무상이라는 자리에 더욱 큰 자부심을 느꼈다. 그리고 또 다른 이유가 있었지만, 진실은 오직 그녀만이 알뿐이었다.

온유하는 밤늦게 찾아온 손님을 미소로 맞았다.

"어서 오세요."

"내가 결례를 범한 것이 아닌지 모르겠네요."

"아니에요. 마침 적적하던 참이었어요. 자리에 앉으세요."

온유하가 혁련청화에게 자리를 권했다. 혁련청화는 거절하지 않고 그녀가 권하는 자리에 앉았다.

"차를 들일까요? 아니면 술로?"

"술이 좋겠어요."

"준비시키죠."

온유하가 시비에게 술상을 차려올 것을 명했다.

혁련청화가 온유하의 거처를 둘러보며 말했다.

"이곳은 여전하군요. 옛날의 고서점을 통째로 옮겨놓은 느낌이에요."

온유하의 거처 벽면에는 수많은 고서들이 꽂혀 있었다. 그 대부분은 온유하가 외성의 고서점을 운영하던 곳에서 가져온 것들이었다. 수많은 세월이 흘렀지만, 아직도 온유하는 책속에 파묻혀 있는 것을 좋아했다. 만일 구주천가에서 문상이라는 중책을 맡지 않았다면 그녀는 여전히 고서점의 주인으로 남아있었을지도 몰랐다.

어느 순간 틀어져버린 온유하의 운명은 그녀를 구주천가의 문상으로 만들었다. 그것은 혁련청화 역시 마찬가지였다. 혁련청화도 구주천가의 무상이라는 직책을 맡게 될 줄은 꿈에도 생각하지 못했다. 그리고 구주천가의 무상이라는 직책에 드높은 자부심을 갖게 된 것도 말이다.

혁련청화는 온유하의 얼굴을 유심히 살폈다. 예전보다 더욱 온화해진 모습이었다. 하지만 혁련청화는 온유하의 겉모습에 속지 않았다. 저렇게 유순한 얼굴로 수많은 사람들의 희생을 요하는 대계를 계획하고 실행하는 이가 바로 그녀였다. 겉모습은 온화할지 모르지만, 누구보다 담대하고 치밀하며 집요한 성정을 가진 이가 바로 온유하인 것이다.

그렇게 혁련청화가 온유하를 보며 생각하고 있을 때 마침 시비가 술상을 내왔다. 탁자 위에 금세 술상이 차려졌다.

혁련청화는 거침없이 술을 들이켰다. 예전의 그녀는 별로 술을 좋아하지 않았지만, 언제부턴가 그녀는 술을 즐겨 마시기 시작했다.

"좋은 술이네요."

"언제고 무상께서 오면 드리려고 준비해놓았던 술이에요."

"고마워요, 그리 생각해주셔서."

혁련청화가 미소를 지었다. 온유하도 덩달아 미소를 지었다. 같은 여자라는 동질감 말고도, 똑같이 난세를 헤쳐 나왔다는 공감대가 그녀들에겐 존재했다. 그렇기에 그녀들은 직위를 잊고 마치 친자매처럼 친하게 지낼 수 있었다.

구주천가라는 거대한 세력을 이끌어가는 두 여장부는 그렇게 온화한 분위기 속에서 술을 들었다. 잠시 동안 그녀들은 아무 말도 없이 술잔을 기울이기만 했다. 묘한 침묵이 한동안 온유하의 거처에 맴돌았다.

먼저 입을 연 이는 온유하였다.

"벌써 이십 년이 되었군요."

"요즘 들어 참 세월이 빠르다는 생각이 들곤 해요."

"그래요. 우리들은 나이가 들었고, 어린아이는 커서 한 명의 훌륭한 무인이 되었으니까요."

혁련청화는 단숨에 온유하가 말하는 어린아이가 누군지 알아차렸다.

구주천가의 검이라 불리는 사내. 더 이상 어린아이라 불릴 수 없는 그 사내의 이름은 화진천이었다. 화진천은 온유하가 길러낸 구주천가의 검이었다.

화진천이 자란만큼 온유하와 혁련청화는 나이가 들었다. 하지만 두 사람 모두 제 나이로 보이지는 않았다. 아무리 높게 잡아도 삼십대 초반으로밖에 보이지 않는 절륜한 미모를 자랑하고 있었다.

"따지고 보면 화진천, 그 아이도 그의 유산이라 볼 수 있겠군요. 그 아이의 진가를 발견한 것도 그 남자였으니까요."

“하지만 그를 키운 것은 구주천가예요.”

“알고 있어요. 다른 뜻이 있어서 한말은 아니에요.”

혁련청화가 어깨를 으쓱해보였다.

온유하는 항상 이랬다. ‘그’와 연관 있는 말이라면 항상 정도 이상의 반응을 보였다. 지금도 그를 거론하자 필요 이상으로 목소리가 높아졌다.

자신의 실태를 깨달은 온유하가 곧 한숨을 내쉬며 말을 이었다.

“그래요. 현시대를 살아가는 우리는 그 남자가 남긴 유산을 바탕으로 살아가고 있죠. 그는 혼자의 힘으로 마해를 물리치고, 구주천가를 반석 위에 올려놓았죠. 현 구주천가의 주축은 모두 그의 잔향에 지배되고 있는 사람들뿐. 화진천은 물론이고, 우리들 역시 그의 잔향에서 완전히 빠져나오지 못했죠. 심지어는 그의 동생인 가주마저도 말이에요.”

“그 누구도 그의 잔향에서 벗어날 수는 없죠. 그는 그런 남자니까. 아마 또다시 천년의 세월이 흘러도 그와 같은 남자는 나오지 않을 거예요.”

혁련청화의 눈에는 옅은 그리움의 빛이 담겨 있었다. 누구보다 그를 증오하고 원망했던 여인이 혁련청화였다. 허나, 지금 그녀는 구주천가의 무상이 되어 있었다. 결코 그녀가 원했던 바는 아니었지만, 그녀는 누구보다 무상의 임무에 충실하고 있었다. 온유하는 왠지 그녀의 마음을 짐작할 수 있을 것 같았다.

애정과 증오는 동전의 양면 같아서, 언제든 뒤집힐 수 있는 것이다. 그래서 애증이라는 단어가 나온 것인지도 몰랐다.

혁련청화가 자신의 속내를 솔직히 털어놓았다.

"요즘 같은 시기엔 유독 그가 떠오르곤 해요."

"지금이 어떤 시긴데요?"

"이미 문상께서도 잘 알고 있을 거예요. 천하 각지에서 마치 약속이라도 한 것처럼 동시에 심상치 않은 일들이 벌어지고 있다는 사실을."

"혹시 십이사조와 멸제 때문인가요? 그리고 보면 반천련도 있군요."

"그것도 그렇지만, 현재 천하에서 이름난 진법가들이 실종되는 사건이 벌어지고 있어요."

"그런 보고는 듣지 못했는데요? 확실한 건가요?"

"문상께서 모르는 것도 당연할 거예요. 저 역시 그런 사실을 우연히 알게 되었고, 오늘 아침에서야 확인했어요. 분명 천하 각지에서 이름난 진법가들이 실종되고 있어요. 워낙 산발적으로 이뤄진 일이라서 모르고 있었을 뿐이에요."

"누구의 소행인지도 짐작하나요?"

"추격대를 편성해서 내보냈어요. 그들이 좋은 결과를 가지고 오길 기대해봐야죠."

"혹시 반천련이 개입한 것일까요?"

"아직은 알 수 없어요. 하지만 내 개인적인 감으로는 제삼의 세력이 개입한 것이 아닐까 하고 있어요."

"제삼의 세력이?"

온유하가 미간을 찌푸렸다.

문득 하나의 단어가 떠올랐다.

"설마 마해?"

"아주 연관이 없다고 말할 수 있으면 좋겠지만, 불행히도 그러지는 못하겠군요. 어쩌면 마해가 이십 년 만에 다시 활동을 시작한 것인지도 모르지요."

이십 년 전에야 처음으로 실체를 드러냈던 마해의 전력은 가공할 정도였다. 그들은 치밀하게 구주천가를 내부에서 무너트릴 계획을 세우고 실행했다. 그 때문에 전대가주인 천북패가 목숨을 잃었고, 구주천가는 내분에 휩싸였다.

만일 그가 극적으로 등장하지 않았다면, 지금의 구주천가는 존재하지 않을지도 모른다. 그 덕분에 마해를 겨우 물리칠 수 있었다. 그리고 그는 천마와 양패구사(兩敗俱死)했다.

구주천가는 그를 잃었고, 마해는 천마를 잃었다. 구심점을 잃은 마해는 모습을 감췄다. 그 후로 구주천가에서는 대대적인 마인 숙청을 단행했다. 마해의 잔재를 지우기 위해서였다. 하지만 온유하나 혁련청화 그 누구도 마해가 완전히 사라졌다고 믿지 않았다.

진법가들이 실종되었다고 해서 마해와 연관 짓는 것은 비약이 너무 심한 것인지도 모른다. 하지만 혁련청화나 온유하로서는 모든 가능성을 염두에 두지 않을 수 없었다.

만일 마해가 정말 움직이기 시작한 것이라면 거대한 피바람이 불어올 것이다. 감당하기 힘들 정도의 거센 바람이.

온유하가 말했다.

"일단 가주께 보고를 올려야겠군요."

"그러세요. 가주께서도 이 사실을 알고 있어야 준비를 할 수 있을 테니까요."

"알겠어요."

온유하가 고개를 끄덕였다.

약간은 흔들리는 그녀의 표정을 보며 혁련청화는 상념에 잠겼다.

'가주라면 이 난관을 헤쳐 나갈 수 있을 것이다. 누가 뭐래도 가주는 그와 가장 닮은 사람이니까. 그의 핏줄이 어디로 가는 것은 아니겠지. 그래도 불안하구나. 그만큼 나는 그의 잔향에서 벗어나지 못하는 것인가? 이미 죽은 지 이십 년이나 되는 사람의 잔향에서 벗어나지 못하다니. 요즘 들어서는 그런 생각이 들곤 한다. 혹시 그가 살아있는 것이 아닌가 하는.'

여인의 직감이었다.

언제부턴가 들기 시작한 의심이 요즘 들어서는 더욱 심해졌다. 왜 그런지는 혁련청화 스스로도 알지 못했다. 그저 집착처럼 생각하게 되었을 뿐이다.

‘그 남자의 가장 충실한 심복인 섬호를 찾을 수 있다면 그의 행방을 알 수 있을지도 모른다. 허나 섬호를 천하 어디에서 찾을 수 있단 말인가? 섬호가 숨기로 마음을 먹었으면 천하의 그 누구도 찾을 수 없는데.’

답답한 마음에 혁련청하기 술을 언서푸 들이켰다.

두 여인의 상념 속에서 밤은 깊어가고 있었다.

*   *   *

철군패는 몸을 일으켰다.

이미 그의 몸의 상처는 거의 완벽하게 회복하고 있었다. 그토록 엄중한 상처를 입었건만, 그의 가공할 회복력은 육신을 완벽하게 회복시키고 있었다.

그 모습을 양천의가 질렸다는 표정으로 바라보고 있었다.

“그 인두겁 속에 도대체 어떤 모습이 숨어있는지 궁금하구나. 그런 상처를 단 며칠 만에 회복시키다니. 도대체 네놈은 어찌된 놈이냐?”

“몸이 튼튼한 것도 죄더냐?”

“겨우 튼튼하다는 수준이 아니잖아. 하여간 옛날부터 느낀 거지만, 네놈은 인간이 아니야.”

양천의가 고개를 절레절레 흔들었다.

‘잘도 혼자 괴물이 되어가고 있잖아.’

그는 승부욕을 활활 불태웠다.

철군패는 어떻게 생각할지 모르지만, 양천의에게 있어 철군패는 반드시 넘어야 할 벽이자 경쟁자였다. 그에게 뒤처지는 것은 양천의의 자존심이 도저히 용납하지 않았다.

"준비는?"

"이미 모두 끝냈다. 밖에서 다들 네가 나오길 기다리고 있다."

"음!"

철군패가 고개를 끄덕이며 밖으로 나갔다.

건물 밖에서는 이미 삼백 명의 북풍대가 완벽한 전투준비를 갖춘 채 대기하고 있었다. 천라지망을 경험한 이후 북풍대의 기세는 더욱 완벽해지고, 세밀해졌다. 천라지망과 맞서 싸우는 과정에서 그들의 백병도는 더욱 위력적으로 변모했다.

거듭된 전투를 겪으면서 북풍대는 새외에서 가장 강력한 전투 집단으로 진화를 하고 있었다. 똘똘 뭉친 삼백 명의 북풍대는 하나의 생명체와도 같았다. 전투에 임했을 때 그들은 교감을 나누며, 동일하게 행동하고, 동일한 의지를 불태웠다. 그 중심에 철군패가 있었다.

철군패가 나오자 북풍대 삼백 명이 일제히 고개를 들어 바라봤다. 그 모습을 바라보는 백련귀의 얼굴이 새하얗게 질렸다.

현재 그는 내공이 금제된 채 북풍대에 포로로 잡힌 상태였다. 그 덕분에 가까이서 북풍대를 자세히 살필 수 있는 기회를 얻었다. 가까이서 지켜본 북풍대의 저력은 상상 이상이었다. 무엇보다 그들은 철군패를 중심으로 똘똘 뭉쳐 있어 어떻게 파고들 틈이 없었다. 마치 그들은 철군패와 하나의 정신으로 교감하는 것 같았다 수많은 경험을 한 백련귀에게도 이런 집단은 처음이었다.

'멸제와 북풍대. 정말 터무니없는 자들이다. 멸제와 북풍대의 이런 능력은 마치 대사조의 그 능력과 흡사하지 않은가? 다른 점이 있다면 자발적이냐, 그렇지 않냐의 차이지만.'

어쨌거나 철군패가 대사조에게 가장 큰 방해물이 될 거란 사실에는 변함이 없었다.

오늘 백련귀는 철군패와 북풍대를 대사조의 성으로 안내해야 했다. 그것이 그가 목숨을 부지한 대가로 털어놓아야 할 정보였다.

철군패는 결코 쉴 생각이 없는 모양이었다. 다섯 명의 사조와 목숨을 걸고 일전을 벌인 것이 불과 며칠 전인데, 또다시 대사조를 찾아 결판을 내려는 것을 보니. 그 엄청난 행동력에 백련귀는 혀를 내두를 수밖에 없었다.

철군패가 화왕에 올라타며 말했다.

"가자."

거창한 출정식이나 화려한 언변은 없었다. 하지만 그 짧은 단어만으로도 북풍대를 움직이기엔 충분했다.

철군패를 따라 북풍대가 움직이기 시작했다. 백련귀에게도 말 한 마리가 주어졌다. 북풍대처럼 잘 훈련된 전마가 아닌 일반 짐말이었다. 다리도 짧고 지구력도 좋지 않아 무공이 금제당한 백련귀가 타고 도주하기에는 무리인 말이었다.

화왕의 곁에서 말을 모는 백련귀는 그야말로 죽을 맛이었다. 가뜩이나 무공을 금제당해 힘이 드는데 말까지 화왕에게 위축돼서 걸음걸이가 제멋대로였다.

'정말 주인이나 말이나 더럽게 크구나.'

어떻게 된 게 말의 눈빛이 무공을 익힌 무인들보다 더 섬뜩해보였다.

"대사조의 거처는 어디에 있지?"

"이곳에서 북쪽으로 삼백여 리만 올라가면 천관협(天關峽)이란 커다란 협곡이 존재합니다. 사시사철 짙은 운무가 끼어 있어 사람들의 발길이 닿지 않는 곳입니다. 그곳에 대사조의 성이 있습니다."

"대사조에겐 얼마나 많은 병력이 있지?"

"솔직히 대사조의 성에서는 그리 많은 병력을 본 적이 없습니다. 하지만 다른 사조님들이 모두 그러더군요. 대사조께서 마음만 먹으면 일만 명의 병사를 동원하는 것은 일도 아니라고. 자신의 영혼과 몸을 바쳐 충성을 바칠 수 있는 병사로 말입니다."

"일만 명이라……."

철군패의 눈빛이 묵직하게 가라앉았다.

말이 좋아 일만 명이지 결코 적은 숫자가 아니었다. 북풍대의 서른 배 전력이고, 구주천가와도 능히 자웅을 결할 수 있을 정도로 엄청난 힘이었다. 지금 철군패와 북풍대는 자신들의 서른 배 이상의 전력을 가진 적파 싸우기 위해 출정하는 것이나 다름없었다.

철군패는 뒤돌아보지 않았다. 자신이 흔들리면 북풍대도 흔들린다. 그는 결코 흔들리지 않는 커다란 산이 되어야 했다.

"대사조님은 인간이 아닙니다. 그는 일반 사조들과 격이 다른 자입니다."

"그런데 배신을 하나?"

"이것은 배신이 아닙니다."

"그러면?"

"그냥 대사조께서 번거로운 일을 피하도록 당신들을 저희의 근거지로 유인하는 겁니다. 아마 대사조님께서도 이런 저의 충정을 이해해주실 겁니다."

"훗! 궤변이군."

"그냥 달변이라고 해주시죠."

백련귀는 표정하나 변하지 않고 그렇게 말했다.

그는 철군패가 반드시 약속을 지키는 사람이라는 것을 알고 있었다. 때문에 목숨을 살려주겠다는 그의 약속을 믿고 아슬아슬한 발언을 계속하고 있었다.

문득 백련귀의 표정이 묘해졌다.

"궁금하지 않습니까?"

"뭐가?"

"대공녀 말씀입니다. 궁금하실 것 같은데."

"궁금하다면 말해줄 것인가?"

"기꺼이 해드릴 수 있죠."

백련귀가 웃었다. 특유의 의미를 알 수 없는 미소였다. 생각 같아서는 그 얼굴에 주먹 한 방 날려주고 싶었지만, 철군패는 이번 한 번만 참기로 했다.

"말해봐."

"대공녀의 정체 역시 대사조님처럼 모호합니다. 그분이 정말 대공녀와 혈연관계인지는 알 수 없지만, 모두 그녀를 대사조님의 친 혈육이라고 생각하고 있습니다. 그만큼 대사조님께서 신경 쓰시는 것은 분명하지요. 그녀의 모든 것은 비밀입니다. 아마 그녀의 진실한 정체나 본모습을 아는 것은 대사조님이 유일할 겁니다."

"그녀의 본모습을 알고 있는 것이 아니었나?"

"그냥 느낌으로 알뿐입니다. 그녀에겐 특유의 분위기와 눈빛이 있으니까요. 그 외에 겉모습으로 그녀의 정체를 파악한다는 것은 불가능한 일이지요. 그나마도 그녀가 완전히 자신을 숨기고자 한다면 저조차도 그녀를 알아볼 수 없지요. 대공녀님은 대사조만큼이나 비밀이 많은 여자입니다."

"결국 그녀에 대해 아는 것은 하나도 없군."

"그……렇네요. 생각해 보니 저 역시 대공녀에 대해선 아는 것이 없군요. 그녀가 마음먹은 대로 외모를 자유자재로 바꿀 수 있다는 사실 외에는 말이죠."

백련귀가 뒷머리를 긁적였다.

대사조나 대공녀, 누구도 연원이나 정체가 알려지지 않은 불가해(不可解)의 존재들이었다. 심지어는 백련귀 같은 측근조차 그들에 대해서 일정 이상의 사실을 알지 못했다.

'관설.'

철군패는 나직이 임관설의 이름을 되뇌어 봤다. 무언가 씁쓸한 여운이 남았다. 그녀와 자신의 인연은 아직 끝나지 않았다는 생각이 들었다.

*　　*　　*

천관협에 도착한 것은 출발한 지 닷새 후였다. 그나마 기동력을 갖춘 북풍대였기에 망정이지, 일반 무인들이었다면 최소 열흘은 걸렸을 것이다.

천관협은 백련귀의 말처럼 입구부터 자욱한 운무에 휩싸여 있었다. 한 치 앞도 보이지 않는 회색빛의 운무는 으스스한 분위기를 한껏 풍기고 있었다. 대낮임에도 불구하고 천관협은 마치 어두운 밤처럼 빛 한 점조차 들어오지 않는 것 같았다.

“저기가 대사조가 있는 성? 정말 으스스하구만.”

“그러게. 꼭 유부(幽部)를 보는 것 같군.”

북풍대원들이 한마디씩 했다. 겁을 집어먹은 것은 아니지만, 그래도 찜찜한 표정이었다.

찜찜하기는 양천의와 검운영도 마찬가지였다. 이제까지 산전수전을 다 겪어왔다고 자부하는 두 사람이었지만, 눈앞에 보이는 온통 회색빛의 공간은 왠지 신경을 곤두서게 만들었다.

양천의가 북풍대에게 각별히 조심하라고 일렀다.

백련귀가 말했다.

“저 운무 속에 수많은 기관이 존재합니다. 반드시 제가 안내하는 곳으로 따라와야지, 그렇지 않았다가는 어떤 큰일을 당할지 감히 장담할 수 없습니다.”

“만일 조금이라도 잘못된 곳으로 안내한다면 내가 네놈의 머리통을 쪼개버리겠다.”

양천의의 대답이었다.

그가 백련귀의 바로 뒤에서 커다란 눈을 부라렸다. 퉁방울만한 눈이 뒤룩뒤룩 움직이는 모습은 가히 공포스러운 것이었다. 하지만 백련귀는 대수롭지 않은 표정으로 퉁명스럽게 대꾸했다.

“어차피 내가 아니면 누구도 안으로 안내해줄 수 없소. 굳이 확인해보고 싶다면 어디 내 머리를 쪼개보든가?”

“뭐라구?”

“쪼개보시오. 그러면 당신네 대주가 참 좋아하겠소.”

대놓고 머리를 들이대는 백련귀의 태도에 양천의가 어이없다는 표정을 지었고, 다른 북풍대원들은 키득대며 웃었다. 그들은 양천의에게 겁 없이 덤벼드는 인간을 처음 봤다.

그때 철군패가 나섰다.

“쓸데없이 소모할 시간이 없다. 안내하도록.”

“예!”

백련귀는 철군패에게 고분고분 대답했다. 양천의나 다른 북풍대원들에겐 하등 기죽지 않는 백련귀였지만, 이상하게도 철군패에겐 고분고분했다.

백련귀가 선두에 서서 조심스럽게 말을 몰았다.

기관이 설치되어 있다는 백련귀의 말은 거짓이 아니었다. 실제로 백련귀는 예전에도 이곳에 올 때마다 극도로 조심했었다. 이곳에 익숙한 백련귀조차 자칫 방심하다가는 목숨을 잃을 뻔하기도 했다.

백련귀는 그렇게 조심스럽게 안개 숲을 헤쳐 나갔다. 하지만 어느 정도 앞서나가던 백련귀가 문득 멈춰 섰다. 그의 얼굴엔 곤혹스러운 빛이 떠올랐다.

“왜 그러는가?”

“이상합니다.”

“무슨 말이야?”

“아무래도 모든 기관진이 해제된 것 같습니다. 이런 경우는 단 한 번도 없었는데.”

　백련귀가 잘해서 기관이 발동하지 않은 것이 아니라, 아예 기관 자체가 꺼져있는 것 같았다. 잠시 생각을 하던 백련귀는 자신이 타고 있는 말을 기관이 설치된 곳으로 몰았다. 그것은 매우 위험한 행동이었지만, 백련귀의 태도에는 한 치의 망설임도 존재하지 않았다.

　기관을 건드렸음에도 불구하고 발동되지 않았다. 그제야 백련귀는 자신의 짐작이 맞았음을 확신했다.

　“기관이 해제된 것이 맞습니다.”

　“그들이 우리가 온 것을 알고 있나?”

　“솔직히 말하면, 우리가 안개에 들어온 순간 바로 알았을 겁니다. 그런데도 움직이지 않다니 이상하군요.”

　만일 평상시였다면 적이 안개에 들어오는 순간 안에서 알아차리고 즉각 어떤 조치를 취했을 것이다. 백련귀가 기대한 바이기도 했다. 그런데 백련귀의 의도와는 정반대로, 성에서는 어떠한 움직임도 없었다. 그래서 더욱 당혹스러웠다.

　백련귀가 급히 성 쪽으로 말을 몰았다. 그의 말처럼 기관은 움직이지 않았다. 덕분에 철군패와 북풍대는 오래 걸리지 않아 성 앞에 도착할 수 있었다.

　거대한 안개 숲을 헤치자 나타난 검은색의 거대한 성. 마치 어둠을 뿌려놓은 것처럼 검게 물든 성은 거대한 위용을 당당히 드러내고 있었다.

거대한 성의 분위기에 압도당할 만도 한데, 철군패는 그보다 먼저 적막함을 느꼈다. 성문은 활짝 열려져 있었고, 지켜야 할 무인들은 보이지 않았다.

철군패가 북풍대에게 명령했다.

"경의는 수하들을 데리고 좌측을 수색하고, 반염은 우측을 수색하라. 수색이 끝나는 대로 이곳으로 귀환한다."

"예!"

"알겠습니다."

원경의와 반염이 각자 수하 열 명씩을 데리고 성안 수색에 나섰다.

백련귀가 빈 성을 보며 중얼거렸다.

"이게 도대체 어떻게 된 일이지? 왜 성이 비어있는 거지?"

생기라곤 전혀 느껴지지 않는 성을 바라보는 백련귀의 얼굴에 혼란스런 표정이 떠올랐다.

잠시 후 정찰을 나갔던 수하들이 돌아왔다. 그들은 한결같이 성안에 개미새끼 한 마리 없다고 말했다.

철군패가 열린 성문을 통해 성으로 들어갔다.

수하들의 말 대로 성은 비어있었다. 마치 오래전에 버려진 것처럼, 성 어디에서도 사람의 온기는 느껴지지 않았다.

철군패는 화왕에서 내려 중앙의 거대한 전각으로 향했다. 본능적으로 중앙의 전각이 대사조가 기거하던 곳이라는 사실을 느낀 것이다.

끼익!

녹슨 경첩이 비명을 지르며 거대한 문이 열렸다.

예상대로 전각 안도 텅텅 비어 있었다. 눈앞에 커다란 태사의가 보였다. 오조룡이 각인된 태사의였다. 철군패는 한눈에 태사의가 대사조가 앉던 것이란 사실을 알아봤다.

"이곳인가? 이곳에서 당신은 새외를 자신의 뜻대로 움직였는가?"

쿵!

철군패가 거세게 발을 굴렀다. 그러자 강력한 충격이 전각을 관통했다.

철군패는 소리 나게 몸을 돌리며 외쳤다.

"북풍대, 전원 물러난다."

"놈들을 더 이상 찾아보지 않고 말이냐?"

"소용없다. 그들은 이곳을 버렸다."

"버려? 이 거대한 성을?"

양천의가 믿기 힘들단 표정을 지었다. 그러나 철군패는 단호했다.

"무슨 이유인지 모르지만, 그들은 이곳을 버리고 떠났다."

"미친놈들이군. 이 거대한 성을 통째로 버리다니."

"어쩌면 이곳이 더 이상 필요 없어졌는지도 모르지."

철군패의 시선이 백련귀에게 향했다.

"어찌된 영문인지 아는가?"

"짐작 가는 것이 하나 있기는 합니다만 확실한 것은 아닙니다."

"말해봐."

"대사조님께서는 항상 중원에 관심을 두셨습니다. 그리고 이번에 중원의 반천련이라는 곳에서 연락을 해왔다고 하셨습니다."

"반천련?"

"구주천가의 일통강호에 반항하여 생긴 단체라고 했습니다. 수괴가 누군지 모르지만, 그가 대사조님께 상당히 구미가 당기는 제안을 한 것 같습니다."

"반천련과 연수하기 위해 이곳을 떠났다?"

철군패가 입술을 질근 깨물었다.

제아무리 십이사조를 처단해도 대사조를 처단하지 않는 이상 언제고 그와 같은 자들이 또다시 생겨날 터였다. 결국 이 모든 악의 근원은 대사조였다. 그의 정체가 무엇인지 모르지만, 그를 없애야만 모든 일이 끝날 것이다.

검운영이 곁으로 다가와 물었다.

"형님, 어떻게 하실 생각입니까? 바로 그들을 추적하실 생각입니까?"

"일단은 인근에서 전력을 정비한다."

"바로 추적하지 않고요?"

"우리는 반천련이 어디에 있는지, 중원의 정세가 어떻게 되는지 알지 못한다. 그야말로 모래사장에서 바늘 찾기를 하는 격이나 마찬가지지. 놈들과 반드시 부딪쳐야 했다면, 방비를 하지 못하는 지금이었어야 한다. 이미 시기를 놓친 셈이다. 그렇다면 차라리 전력을 완벽하게 가다듬으면서 시기를 기다리는 것이 옳을 것이다."

"알겠습니다."

"어쩌면 잘된 일인지도 모른다. 북풍대는 더 완벽해질 수 있다. 그들의 행방을 찾는 시간 동안 북풍대의 전력을 더 가다듬는다. 물론 천의와 너도 마찬가지다."

"형님의 뜻대로 하십시오."

검운영이 고개를 숙였다.

양천의가 물었다.

"그들의 행방은 어떻게 찾을 건데? 우리는 중원에 아무런 연고도 없잖아. 우리가 구주천가처럼 방대한 정보망을 갖춘 것도 아닌데 어떻게 찾는단 말이냐?"

"이미 생각해둔 바가 있다."

"그럼 너 혼자만 알지 말고 말해봐."

"구주천가만큼이나 방대한 정보망을 구축해놓은 단체가 딱 하나 있다."

"그게 어딘데?"

"무영문. 그들이라면 나에게 원하는 정보를 줄 수 있을 것이다."

제 **3** 장

단월만월(丹月滿月)

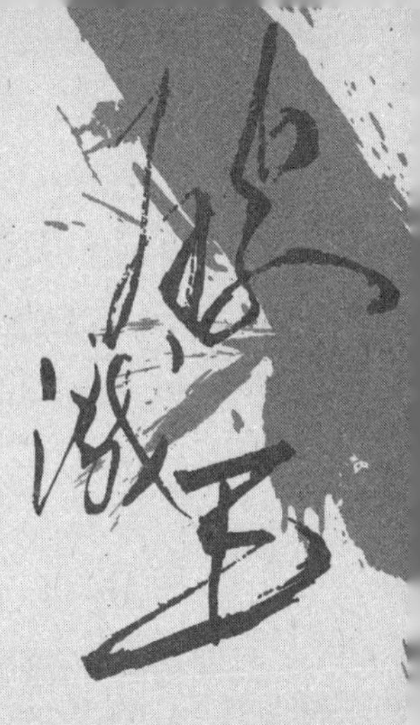

　단월은 고개를 들어 하늘을 바라봤다. 마차 밖으로 보이는 하늘에 둥근 달이 떠올라 있었다. 보름의 만월이었다.

　'오늘따라 유난히도 달이 커 보이는구나.'

　손을 뻗으면 잡힐 듯이 만월이 유난히 선명하게 보였다.

　단월은 달의 위치를 보며 방향을 짐작하고 있었다.

　단월과 남정옥을 태운 마차는 방향을 몇 번이나 바꿨다. 길이 잘 닦인 대로에서부터 험난한 시골길까지 다양하게 거쳐와 이곳이 어딘지 알 수 없었다. 그래도 단월은 자신의 감각과 달의 모양과 위치 등을 통해서 자신들이 있는 곳을 짐작해냈다.

단월의 감각으로 마차는 북쪽으로 향하고 있었다. 비록 이리 저리 방향을 틀었지만, 그래도 큰 줄기는 북쪽으로 향하고 있었다. 하지만 방향만 짐작할 뿐 정확한 위치까지는 알아낼 수 없었다.

'반천련……구주천가에 반하는 세력. 과연 그들의 수장은 누구일까? 누구기에 이토록 은밀하게 구주천가에 반하는 세력들을 규합해낼 수 있었을까?'

은구사자는 절대로 반천련주에 대해 알려주지 않았다. 대신 연판장에 서명하면 절로 알게 될 것이라고 했다.

반천련이라는 이름은 알려져 있었지만, 구성원이나 동조자들의 정체는 전혀 알려져 있지 않았다. 단월은 그런 미지의 세력을 향해 달려가고 있는 중이었다.

사흘 동안 단월은 대부분의 시간을 마차에서 보냈다. 잠깐의 휴식을 제외하곤 마차 밖으로 출입이 허용되지 않았다. 그렇게 사흘의 시간을 보낸 끝에 단월은 마침내 목적지에 도착할 수 있었다.

"도착했습니다. 밖으로 나오셔도 됩니다."

사흘 동안 마차를 몰고 온 마부가 무뚝뚝하게 말했다.

단월과 남정옥은 서로의 얼굴을 바라보다 마차 밖으로 나왔다. 순간 그들의 얼굴에 놀람의 빛이 떠올랐다.

그들이 들어온 곳은 거대한 지하 동굴이었다. 만일 벽면을 따라 늘어서있는 횃불이 아니었다면, 그냥 어둠 속인 것으로 착각했을지도 몰랐다. 하지만 횃불 사이로 보이는 이질적인 느낌은 동굴의 벽이 분명했다.

이곳이 어디에 있는 동굴인지는 모르지만, 마차가 들어올 만큼 크고, 잘 정비되어있는 것이 분명했다. 마차 밖에는 이미 은구사자가 그들을 기다리고 있었다.

"어서 오시오."

"이곳이 어딘가요?"

"반천련에서 이용하는 근거지라오."

"그럼 이곳이 본거지란 말인가요?"

"그럴 수도 있고, 아닐 수도 있소."

"그게 무슨 말인가요?"

"련주님께서 계신 곳이 바로 반천련이라 할 수 있소."

"그렇다면 이곳은 반천련인가요? 아닌가요?"

"지금 이곳은 반천련이 분명하오."

"알겠어요."

반천련주가 이곳에 있다는 뜻이었다.

단월이 주위를 둘러보았다. 그러나 보이는 것은 어디까지나 희미한 어둠뿐이었다. 동굴은 너무 크고 깊어 그 실체를 확실히 알 수 없었다.

"따라오시오. 련주님께 안내해드릴 테니. 련주께서는 단월 소저가 오시길 학수고대하고 있었소."

"저도 기대하고 있어요."

"결코 실망하지 않을 것이오."

은구사자가 앞장서 걸었다. 단월과 남정옥이 그 뒤를 따랐다. 동굴은 무척이나 깊었다. 동굴의 좌우에는 나무로 된 문이 있었는데, 많은 사람들이 머물고 있는 것처럼 인기척이 들려왔다.

'정말 대단하구나. 이런 거대한 동굴을 근거지로 활용하니 발견할 수 없지. 누가 이런 동굴에 이토록 많은 사람들이 있을 거라고 생각하겠는가?'

단월은 자신의 짐작보다 반천련주가 훨씬 더 대단한 사람일지도 모른다는 생각을 했다.

동굴 안쪽으로 들어갈수록 경비는 더욱 삼엄해졌다. 경비를 서고 있는 무인들의 기도가 범상치 않았다. 한낱 경비조차 이럴진대, 정예 무인들은 어떨지 쉽게 상상이 되지 않았다.

마침내 영원히 끝나지 않을 것 같던 동굴이 벽에 막혔다. 허나 자세히 살펴보면 그것이 벽이 아니라 매우 정교하게 만들어진 문이란 사실을 알 수 있었다.

은구사자가 말했다.

"안으로 들어가시오. 련주님께서 기다리고 계시오."

단월은 잠시 호흡을 골랐다. 드디어 그녀는 천하에서 가장 신비한 사람 중 하나인 반천련주를 보게 됐다. 자연 긴장이 되는 것은 어쩔 수 없었다.

단월이 고개를 끄덕이자 둔중한 소리와 함께 문이 열렸다.

희미한 유등이 빛을 발하고 있는 공간으로 단월은 걸음을 옮겼다. 은구사자와 남정옥이 그 뒤를 따랐다.

희미한 유등 불빛 너머 그가 있었다. 마치 있는 듯 없는 듯 존재감조차 잘 느껴지지 않는 사내가. 그의 얼굴엔 금빛 가면이 존재하고 있었다.

'저자가 반천련주?'

그녀는 본능적으로 금빛 가면의 사내가 반천련주일 거라고 생각했다. 그의 이질적인 기도가 그런 생각을 하게 만들었다. 한편으로는 실망을 했다. 설마 반천련주마저 얼굴에 가면을 쓰고 있을 줄은 미처 생각하지 못했기 때문이다.

금빛 가면 너머에서 탁한 목소리가 흘러나왔다.

"반갑소, 단월 소저. 내가 바로 반천련주라오."

"단월이라고 해요. 천하에 위명이 자자한 반천련주를 드디어 뵙게 되었군요."

"본인이야말로 단월 소저를 보고 싶었소. 천하에서 가장 아름다운 미모를 가졌다더니 과연 명불허전이구려."

순간 단월의 눈동자가 흔들렸다.

지금 그녀는 천잠사로 만들어진 면사를 쓰고 있었다. 천잠사로 만든 면사를 꿰뚫어보고 그녀의 진면목을 보았다면 정말 엄청난 공력의 소유자가 아닐 수 없었다. 그러나 그녀는 이내 냉정을 되찾았다.

"먼 길을 오느라 고생이 많으셨소. 이제부터는 안심하고 쉬어도 될 것이오."

"편하게 와서 그런지 하나도 피곤하지 않군요. 바로 본론으로 들어가죠."

"후후! 참으로 듣기 좋은 말이오. 무영문에 기녀가 있어 재지가 넘친다더니 정말 오늘은 나의 눈과 귀가 즐겁구려."

반천련주가 나직한 웃음을 흘렸다. 그가 단월에게 자리를 권했다.

"일단 앉으시오. 이야기를 나누자면 시간이 꽤나 오래 걸릴 것 같으니 말이오."

"고마워요."

단월은 사양하지 않았다. 그녀는 반천련주가 권하는 의자에 앉았다.

비록 동굴 안이었지만, 의자를 비롯해 가구들은 모두 최고급의 물건이었다. 어느 것 하나 장인이 만들지 않은 것이 없었다. 그로 미루어보아 반천련이 든든한 돈줄을 잡고 있다는 사실을 짐작할 수 있었다.

"반천련이 본문에게 원하는 것은 무엇인가요?"

"연판장에 서명하시오. 그럼 절로 알게 될 것이오."

"연판장?"

"본련에 협조하기로 한 모든 이들의 명단이 적힌 연판장이오. 단월 소저께서 연판장에 서명하면 우리 편으로 생각하고, 모든 진실을 이야기해주겠소."

"그냥은 안 된다는 말이군요."

"물론이오. 아직 본인은 단월 소저를 완벽하게 믿고 있지 않소."

"나도 마찬가지에요."

두 사람의 기 싸움이 팽팽하게 유지됐다. 남정옥은 긴장감을 풀지 않고 그 광경을 지켜보았다.

어찌 보면 대단하다 할 수 있는 두 사람이었다. 그들은 대놓고 서로를 믿지 못한다고 말하고 있었다. 그러면서도 서로의 의중을 탐색하고 있으니, 기막힌 외줄타기를 하는 셈이다.

"본문이 반천련에 합류하면 어떤 이득이 있나요?"

"구주천가로부터 완벽히 보호해줄 수 있소."

"그 정도는 본문 스스로도 할 수 있어요."

"물론 그럴 것이오. 무영문은 그 정도의 능력이 있는 문파니까. 허나 태호에 무영문의 제이 거점이 있다는 사실을 구주천가에서 알게 되면 이야기가 달라질 것이오."

"지금 협박하는 것이오?"

"협박이 아니라 사정을 설명하는 것뿐이오."

단월은 금빛 가면 속에 숨겨진 반천련주의 얼굴이 웃고 있을 거라 생각했다. 할 수 있다면 저 얼굴에 주먹을 한 방 먹이고 싶었지만, 애써 차분하게 화를 가라앉혔다. 먼저 흥분하는 사람이 지는 싸움이었다.

이쪽의 패는 환히 노출된 데 비해, 저쪽은 감춰진 패를 하나도 내놓지 않았다. 우선 저쪽이 감춰둔 패를 파악하는 것이 급선무였다.

"본문의 제이 거점이 태호에 있다는 사실은 어찌 알았나요?"

"후후! 다 아는 수가 있소. 천하에서 본련이 모르는 사실은 없다고 봐도 무방할 것이오."

"대단하군요."

실제로 단월은 반천련의 정보력에 감탄하고 있었다. 하지만 그 순간에도 그녀의 두뇌는 무섭게 회전하고 있었다.

'실제로 반천련이 그렇게 정보망이 대단했다면 굳이 본문을 원할 필요가 없을 것이다. 그런데도 본문을 원한다는 것은 정보망이 생각보다 대단치 않다는 것을 뜻한다. 그렇다는 것은 역시 본문 안에 첩자가 있는 것인가?'

무영문을 제이 거점으로 옮긴 사실을 아는 이는 오직 무영문도뿐이었다. 그렇다면 무영문도 중 누군가가 이들에게 포섭되었다는 것을 뜻했다.

'무영문도 중 외부를 자유롭게 출입할 수 있는 이들은 고위직에 있는 몇 명뿐. 그들 중에 간자가 있는 것인가?'

추론해낼 수 있는 영역이 좁혀졌다. 단월에겐 그 정도로도 충분했다. 솔직히 이 정도만으로도 큰 수확이었다.

단월이 호흡을 가다듬으며 말했다.

"우리의 협력에는 신뢰가 우선돼야 해요."

"후후! 본인도 단월 소저의 생각에 동의하오."

"나는 얼굴도 모르는 자들과 협력할 수 없어요."

"단월 소저가 연판장에 서명만 한다면 우리는 서로에 대해 한층 더 알게 될 것이오. 그렇게 되면 자연히 본인의 얼굴도 알게 될 것이오."

반천련주는 단월에게 연판장에 서명할 것을 강요했다. 그는 절대로 물러서지 않을 기세였다. 이젠 단월의 결정만 남았다.

잠시 생각을 하던 단월이 결의에 찬 눈빛으로 대답했다.

"좋아요. 연판장에 서명하겠어요."

"잘 생각하셨소."

반천련주가 흡족한 표정을 지었다. 비록 가면에 가려서 보이지 않았지만, 왠지 그럴 거라 생각되었다.

'연판장에는 반천련과 협력관계에 놓인 문파들과 수장의 이름이 모두 적혀있을 것이다.'

반천련과 협력관계에 있는 문파들을 알아낼 수 있다는 사실만으로도 큰 수확이었다. 단월은 그렇게 자신의 생각을 정리했다.

은구사자와 남정옥이 반천련주와 단월의 협상을 지켜보았다. 그들 모두 일가를 이룬 사람들이었지만, 그들이 나설 수 있는 상황은 아니었다.

반천련주가 고갯짓을 하자 은구사자가 품속에서 연판장을 꺼내 바쳤다.

좌르륵!

반천련주가 탁자위에 연판장을 펼쳤다. 석 자 길이의 연판장에는 수없이 많은 문파가 빼곡히 적혀 있었다. 자신의 생각보다 많은 문파의 수에 단월은 놀라지 않을 수 없었다.

단월이 연판장을 자세히 살펴보려 하자 반천련주가 연판장을 반으로 접어 단월이 서명할 부분만 남겨두었다.

"서명하는 즉시 어떤 문파들이 우리와 함께 하는지 보게 될 것이오."

반천련주는 단월에게 서명할 것을 종용했다.

이제 단월이 연판장에 서명하면 구주천가와는 영원히 적이 되는 것이고, 반천련과 한 배를 타게 된다. 한 번 서명하면 절대 지울 수도, 물릴 수도 없었다.

단월이 붓을 들었다. 검은 먹물이 똑똑 떨어져 내렸다. 이제 서명만 하면 끝나는 일이었다. 붓을 든 이상 서명하는 것은 그리 어려운 일이 아니었다.

단월의 손이 흔들렸다. 반천련주와 은구사자가 그 모습을 예의주시하고 있었다. 그들의 시선을 느끼면서도 단월은 쉽게 서명을 하지 못했다.

반천련주가 채근했다.

"어서 서명하시오."

돌아올 수 없는 강을 건너느냐 아니냐는 전적으로 단월의 손에 달려 있었다.

“휴!”

갑자기 단월이 한숨을 내쉬며 붓을 내려놓았다. 그러자 반천련주의 눈이 섬뜩하게 빛났다.

“지금 뭐하는 짓이오?”

“다시 한 번 생각해봐야겠어요.”

“단월 소저에겐 두 번의 기회란 없소. 이미 연판장을 본 이상, 당신은 반드시 서명해야 하오.”

그 많은 문파와 이름을 단월이 단번에 외웠을 리는 없었다. 그럼에도 불구하고 반천련주는 단월에게 서명할 것을 종용했다. 살기를 피워 올리며 압박하는 그의 태도는 범상한 것이 아니었다.

“만일 내가 못하겠다면요?”

“많은 사람들이 슬퍼하겠지? 이토록 아름다운 여인이 죽게 될 테니까.”

반천련주는 지금 단월에게 경고하고 있었다. 이것이 마지막 기회라고. 이번 기회를 차버린다면 더 이상 관용은 없다고.

그 사실을 알면서도 단월은 붓을 들지 않았다.

그 모습에 반천련주가 눈을 빛냈다.

“당신의 그 태도는 마치 누군가를 기다리는 것 같군.”

“만일 그렇다면요?”

“후후! 그것도 예상하지 못한 바는 아니지.”

단월의 당당한 태도에도 반천련주는 전혀 당황하지 않았다.

마치 그는 단월이 그럴 줄 알았다는 눈으로 응시하고 있었다.

쾌아앙!

그 순간 동굴의 입구 쪽에서 굉음이 터져 나왔다.

"적이다."

"혈포사신대다. 혈포사신대가 난입했다. 막아라."

사람들의 외치는 소리로 미루어보아 혈포사신대가 난입한 것이 분명했다. 그런데도 반천련주는 전혀 당황하지 않았다.

그가 연판장을 둘둘 말아 품에 넣으며 말했다.

"생각해봤지. 왜 멀쩡히 구주천가에 손님으로 있던 그대가 갑자기 탈출했는지. 무영문의 자유를 위해서라는 말도 설득력이 있었지만, 어딘지 모르게 뒷맛이 씁쓸했지. 그래서 생각했지. 혹시 일련의 사건들이 본련을 어둠 속에서 끄집어내기 위한 것이 아닐까하고 말이야."

"그 사실을 알면서도 근거지로 나를 받아들였단 말인가요?"

"후후! 이쪽에서도 확실히 해둬야 할 필요가 있었거든. 이것으로 확실해졌군. 무영문은 본련의 적이다."

"지금은 당신들을 걱정해야 할 때인 것 같군요. 조금 있으면 혈포사신대가 이곳까지 들이닥칠 테니까요."

"후후! 내가 그 정도도 예상하지 못한 줄 아는가?"

단월의 미간이 꿈틀거렸다.

반천련주의 짐작대로였다. 그녀와 무영문도들이 구주천가를 탈출한 일련의 모든 일들은 반천련을 꾀어내기 위한 작전이었다. 무영문의 생존을 위해서는 그것이 최선이라고 생각됐다. 그렇기에 단월은 작전을 계획하고 실행했다. 그리고 그녀의 뒤를 화진천과 혈포사신대가 은밀히 뒤따랐다.

혈포사신대는 단월이 곳곳에 남긴 흔적을 따라 멀찍이서 추적해왔다. 그 때문에 전혀 그 종적이 발견되지 않았던 것이다.

반천련주가 물었다.

"혈포사신대를 믿는가? 아니, 말을 바꿔야겠군. 영왕을 믿는가?"

"나는 그녀를 믿지 않아요."

"그런가? 그런데도 그녀의 뜻대로 움직였단 말인가?"

"그 외엔 선택의 여지가 없었으니까요."

"하긴 그럴 만도 하겠군."

"어쩌면 그녀는 목적을 이루고 난 후 우리들을 토사구팽(兎死狗烹)할지도 모르죠."

"아마도 십중팔구는 그렇겠지. 사냥감을 잡은 뒤에는 사냥개가 더 이상 필요하지 않으니까. 더구나 사냥감을 잡기 위해 구주천가에서 무영문을 미끼로 이용했다는 사실이 알려지면 정치적인 부담감을 떠안게 되겠지. 그런 상황에서 그녀가 선택할 수 있는 방법은 오직 하나뿐이지."

반천련주의 말을 들으면서 단월은 그가 자신의 생각보다 더욱 무서운 사람이란 사실을 깨달았다. 반천련주는 자신과 문상에게 결코 뒤지지 않는 심기를 가지고 있었다. 더구나 그런 모든 사실을 짐작했으면서도 모습을 드러낼 정도의 배포와 용기를 가지고 있었다. 그런 상대가 쉬울 리 없었다.

"이것으로 무영문 칠백 년의 역사도 끝이 나겠군."

"본문이 그렇게 쉽게 무너질 거라고 생각하나요?"

"우리가 무영문이 태호로 거점을 옮겼다는 사실을 알고 있다면, 당연히 구주천가에서도 알고 있을 터."

"그렇게 생각한다면 본문을 너무 쉽게 봤군요. 우리가 그렇게 쉽게 제이 거점을 드러낼 거라고 생각했나요?"

단월의 입가에 한 줄기 미소가 어렸다. 그 모습을 본 반천련주는 한 가지 사실을 떠올렸다.

"그마저도 거짓이었단 말인가?"

"정답은 직접 확인해보세요. 하지만 내가 장담하건대, 태호에 가도 무영문을 발견하는 것은 결코 쉽지 않을 거예요."

"으음!"

반천련주의 눈빛이 스산해졌다. 그제야 그는 단월이 결코 쉬운 상대가 아니란 사실을 인정했다. 모든 것이 자신의 손바닥 위에 올라 있다고 생각했는데, 설마 단월이 이렇듯 자신의 뒤통수를 칠 줄이야.

"결코 살려둬서는 안 될 계집이군."

"당신의 뜻대로 되지는 않을 거예요."

단월은 이미 공력을 암암리에 끌어올리고 있었다. 그것은 남정옥도 마찬가지였다. 남정옥도 저간의 사정을 이제야 알았다. 남정옥도 눈치를 채지 못할 만큼, 단월은 감쪽같이 일을 진행시켜왔던 것이다.

감탄하는 것은 나중에 해도 된다. 지금은 위험으로부터 단월을 지키는 것이 급선무였다. 남정옥이 검의 손잡이를 잡으며 단월 앞에 섰다.

쿠콰쾅!

밖에서 들려오는 소음이 점점 가까워지고 있었다. 혈포사신대가 적들의 방어를 뚫고 다가오는 소리였다.

은구사자가 차가운 목소리로 중얼거렸다.

"자기들 죽을 자린 줄도 모르고 들어오는군. 뭐, 스스로 죽겠다면야 언제든 환영이지만."

단월은 그의 말에서 심상치 않은 기운을 느꼈다.

'설마?'

이미 모든 것이 함정인 줄 짐작했던 자들이었다. 그런 이들이 자신의 근거지를 보여줄 리 없다.

"산, 동굴? 그렇다면?"

그녀의 머리에 최악의 가정 한 가지가 떠올랐다. 이 상황에서 생각할 수 있는 가능성은 오직 한 가지뿐이었다.

"후후! 이제야 눈치챘나보군. 이곳엔 수백 근의 화약이 설치되어 있다. 오늘 이곳이 혈포사신대의 무덤이 될 것이다."

반천련주가 음산한 웃음을 흘렸다.

"챠핫!"

그 순간 단월이 반천련주에게 공격을 했다. 반천련주를 제압해 음모를 중지시키려하는 것이다.

츄화학!

단월의 섬섬옥수가 허공에 하얀 수영을 그려냈다.

"옥령소수(玉玲素手)인가? 충분히 자부심을 가질 만 하군."

반천련주는 단번에 단월이 펼친 무공의 정체를 알아차렸다.

옥령소수는 삼백 년 전에 무산신녀(巫山神女) 남아령이 만들어낸 절대의 수공이었다. 남아령은 옥령소수로 살아생전 강호의 절대고수로 군림했다.

단월은 오래전 입수한 고서를 통해서 옥령소수를 익혔다. 옥령소수야말로 그녀를 오기의 일원으로 만든 원동력이나 마찬가지였다.

퍼벅!

반천련주가 피한 자리에 석 치 깊이의 손자국이 패였다. 두꺼운 철판이라도 단숨에 파괴할 정도의 위력이었다.

단월이 반천련주를 공격하는 사이 남정옥이 은구사자와 부딪쳐 싸웠다. 비록 압도하지는 못해도 쉽게 지지는 않을 것 같았다. 덕분에 단월은 마음껏 반천련주를 공격할 수 있었다.

쉬쉭!

그녀의 수영이 어지럽게 허공을 가로질렀다. 하지만 항상 간발의 차이로 반천련주는 그녀의 공격을 피했다.

허공에 부유하는 것 같은 그의 기괴한 신법은 유령 같은 느낌을 주기 충분했다. 마치 환영을 상대하는 듯한 기분이었다.

'천하에 이런 신법을 가진 자가 존재했던가? 도대체 반천련주의 정체는 무엇이란 말인가?'

가면사이로 언뜻 보이는 눈빛이 유난히도 섬뜩하게 느껴졌다. 하지만 단월은 흔들리는 마음을 다잡으며 신법을 펼쳐 반천련주의 움직임을 따라잡았다.

단월은 옥령소수 중에서도 단일 초식으로는 가장 극강의 파괴력을 자랑하는 옥수혈화(玉手血花)의 초식을 펼쳤다.

허공에 붉은 꽃이 피어나고, 그 사이로 유난히도 하얗게 빛나는 단월의 소수가 모습을 드러냈다. 상황이 이렇게 되자 반천련주도 더 이상 피할 곳이 없게 되어버렸다.

"홋! 어쩔 수 없군."

그제야 반천련주가 양손을 활짝 펼쳤다. 마치 스스로 죽음을 받아들이려는 듯 무방비한 자세였다. 그러나 그 모습을 보는 순간 단월은 왠지 모를 불안감을 느꼈다.

단월이 급히 옥령소수를 거둬들이며 고개를 숙였다.

서걱!

그 순간 단월의 얼굴을 덮고 있던 면사의 반이 잘려나갔다. 만일 고개를 숙이는 것이 조금만 더 늦어졌어도 그녀의 머리가 잘려져 나갔을지도 모르는 일이었다.

단월은 가슴이 서늘해지는 것을 느꼈다.

스르륵!

육안으로는 보이지 않는 무언가가 있어 단월을 공격했다. 단월은 안력을 극도로 끌어올렸다. 그러자 반천련주 주위에서 꿈틀거리는 무형의 은사(銀絲)를 볼 수 있었다. 마치 살아있는 생명체처럼 반천련주의 몸 주위에서 꿈틀거리는 은사는 섬뜩하리만치 차가운 공포를 안겨주었다. 그러나 단월의 안력으로도 겨우 형체와 윤곽만 구별할 수 있을 뿐이었다.

"호! 혈령귀혼신사(血靈鬼魂神絲)를 볼 수 있는가?"

반천련주가 흥미롭다는 표정을 지었다.

오직 그만이 운용할 수 있고, 볼 수 있는 혈령귀혼신사였다. 그런 은사를 볼 수 있다는 것만으로도 단월이 얼마나 지고한 공력을 가지고 있는지 알 수 있었다. 하지만 그것도 여기까지였다. 반천련주는 결코 단월을 살려두지 않을 생각이었다.

그의 의지가 살기를 머금자 혈령귀혼신사가 단월을 공격해왔다. 수십, 수백 가닥의 잘 보이지도 않는 은사의 공격에 단월이 급히 몸을 피하면서 옥령소수를 날렸다. 하지만 은사는 옥령소수에 격중당해도 전혀 영향을 받지 않았다.

공력이 실리지 않았을 때의 은사는 너무나 가벼워 그저 바람에 흩날릴 뿐이었다. 그러다가 옥령소수의 공격이 지나가면 다시 공력이 주입되면서 매서운 칼날이 되어 단월을 공격해왔다.

단월의 감각에 혈령귀혼신사가 급격히 불어나는 것이 느껴졌다. 이곳은 사방이 막힌 실내, 반천련주에게 절대적으로 유리한 공간이었다. 이대로 시간이 약간만 더 흐르면 그녀는 반격의 기회조차 잡지 못할 것이 분명했다.

단월이 피가 날 정도로 입술을 질끈 깨물었다. 이내 그녀의 얼굴에 단호한 표정이 떠올랐다.

그녀가 다시 반천련주를 향해 달려들었다. 그녀는 예의 옥령소수를 운용하고 있었다. 그 모습을 보는 반천련주의 눈빛이 서늘해졌다.

"이미 옥령소수로는 소용없다는 사실을 알고 있을 텐데 어리석구나."

츄화학!

그의 혈령귀혼신사가 다시 단월을 덮쳐갔다.

형체도 없고, 기세도 느껴지지 않는다.

보이지 않는 공포를 마주한 단월의 선택은 뜻밖의 것이었다. 옥령소수를 펼치던 손을 거둬들여 단검으로 손바닥을 그은 것이다. 선혈이 치솟자 단월이 허공을 향해 손을 휘저었다. 그러자 핏방울이 사방으로 튕겨나가며 무형의 혈령귀혼신사가 붉게 물들었다.

"거긴가?"

단월의 눈이 빛났다.

자신의 피로 붉게 물들어 형체를 드러내 촉수처럼 움직이는 혈령귀혼신사의 한쪽만이 비어 있었다. 혈령귀혼신사가 미처 보호하지 못하고 있던 부분이었다. 단월은 비어있는 곳을 향해 과감히 몸을 날렸다.

단월의 기발한 반격을 미처 예상하지 못한 반천련주의 눈동자가 흔들렸다. 반천련주는 급히 혈령귀혼신사를 거둬 단월에 맞서갔다.

콰앙!

"크윽!"

굉음과 함께 반천련주가 나직한 신음성을 흘렸다. 수세로 전환했음에도 불구하고 결국 단월에게 일장을 허용했기 때문이다. 하지만 일장을 날린 단월의 상태는 그보다 훨씬 좋지 않았다.

단월은 바닥에 엎어져 꿈틀거리고 있었다. 반천련주의 옆구리에 일장을 먹였지만, 그 대가로 그녀 역시 엄중한 부상을 입고 만 것이다. 그녀의 입가로 선혈이 내비치고 있었다.

단월이 억지로 몸을 일으켰다. 하지만 이미 내장이 진탕되어 뼈가 부서지는 듯한 고통이 느껴졌다.

반천련주가 스산한 음성을 내뱉었다.

"흐으! 대단하구나. 이십 년 이래로 내 몸에 손을 댄 자는 네가 처음이다. 그런 면에서 보자면 너는 충분히 자부심을 가져도 된다."

반천련주의 살기가 폭사되어 나왔다. 그는 더 이상 단월을 대우해주지 않았다. 이제 단월을 확실히 자신의 적으로 인식

한 것이다.

단월은 다리가 후들거리는 것을 느꼈다.

어찌하여 한 번의 공격을 성공시켰지만, 더 이상은 무리라는 것을 그녀는 알고 있었다. 반천련주는 단월이 감히 넘보기 힘든 상대였다. 그런 존재를 상대로 이제까지 버틴 데다 일격을 먹이기까지 한 것은 정말 기적이나 마찬가지였다.

빠각!

그 순간 남정옥도 은구사자의 일격에 뒤로 밀려 단월의 곁에까지 왔다. 반천련주와 은구사자의 사이에 두 사람이 끼어 있는 격이었다.

"최후다, 애송이들."

반천련주와 은구사자가 동시에 손을 들었다. 이제 손을 내리치기만 하면 두 사람은 치명상을 입거나 절명할 것이 분명했다.

쾅!

그 순간 동굴의 벽 한쪽이 무너져나가며 누군가 안으로 난입했다.

온통 붉은색 옷을 입은 혈포사신대였다. 그 선두에 화진천이 있었다.

화진천과 혈포사신대의 몸은 타인의 피로 온통 붉게 물들어 있었다.

화진천이 단월의 앞을 막아서며 말했다.

“무사하오?”

“괜찮아요.”

“다행이군.”

단월의 대답에 화진천이 고개를 끄덕였다. 그의 시선이 금빛 가면을 쓴 반천련주에게 향했다.

“드디어 만났군.”

“후후! 그런가?”

반천련주는 전혀 당황하지 않았다. 비록 일이 예상치 못하게 돌아갔지만, 아직까지 모든 주도권은 그가 가지고 있었기 때문이다.

화진천이 반천련주와 대치하고 있는 사이, 혈포사신대의 부대주인 궁일현이 단월에게 다가가 물었다.

“연판장은 확보하셨습니까?”

“확보했어요.”

단월의 대답에 반천련주의 눈동자가 처음으로 불안하게 흔들렸다. 그가 급히 자신의 품을 뒤졌다. 하지만 어디서도 연판장은 느껴지지 않았다.

“설마 조금 전 공격 할 때…….”

단월과 신체접촉을 한 것은 방금 전 일장을 교환할 때뿐이었다. 그 외에 그가 단월과 접촉한 적은 없었다.

단월이 미소를 지었다.

“무영문이 어떤 이들이 모여 만든 문파인지 잊어버렸나보군

요. 비록 내가 소문주이긴 하지만 투도술만큼은 그 누구에게
도 뒤지지 않아요."

천하의 반천련주도 느끼지 못한 사이에 그의 품 안에서 연
판장을 훔쳐낸 것으로 단월은 소기의 목적을 모두 달성했다.

궁일현이 말했다.

"연판장을 건네주십시오. 혈포사신대에서 보관하고 있겠습
니다."

"아니요. 이것은 절대 당신들에게 건네줄 수 없어요."

"약속을 어기겠다는 겁니까?"

"어차피 그쪽은 약속을 지킬 생각조차 없지 않나요? 솔직히
말해 봐요. 문상께서는 연판장을 얻는 즉시 우리를 죽여 살인
멸구를 하라고 했죠?"

"마, 말도 안 되는 소립니다."

궁일현이 소리를 버럭 질렀다. 하지만 그의 얼굴엔 당황한
기색이 역력했다. 단월에게 그야말로 의표를 찔렸기 때문이
다. 그는 단월이 이토록 직접적으로 물어올 줄은 꿈에도 예상
하지 못했다.

상황은 전혀 예측하지 못할 방향으로 흘러가고 있었다.

반천련과 혈포사신대 그 중앙에 단월이 섰다.

　　　　*　　　*　　　*

"으음!"

반천련주가 나직한 신음성을 흘렸다.

화진천의 표정 또한 그리 밝지는 않았다. 단월의 말은 사실이었다. 분명 온유하는 그렇게 명령했다. 단월이 연판장을 확보하는 대로 빼앗고, 살인멸구하라고 말이다.

그는 온유하의 명을 거역할 수 없었다. 온유하의 말처럼 구주천가가 무영문을 이용한 것이 알려지면 정치적으로 큰 타격을 입을 것이 분명했다. 그것은 구주천가의 영향력을 축소시키는 행위였다. 때문에 단월을 죽여 입을 봉하는 것이 최선책이긴 했다.

화진천은 분명한 대답을 하지 않고 단월을 추적해왔다. 그가 어떤 생각을 하고 있는지는 오직 본인만이 알 뿐이었다.

단월을 가운데 두고 양측이 팽팽하게 대립했다.

이것이야말로 단월이 원하던 구도였다. 어차피 두 마리의 호랑이가 무영문을 노리는 형국이었다. 그녀가 어느 쪽을 택하든, 어차피 다른 쪽에서 가만두지 않을 것이다. 그렇다고 선택한 곳에서 완벽하게 보호를 해줄 것이냐면, 그렇지도 않다.

그렇다면 스스로 살길을 도모해야 했다. 그래서 단월은 자신의 목숨을 담보로 모험을 했고, 결국 연판장을 손에 넣었다. 연판장을 손에 넣은 이상, 이곳만 벗어날 수 있다면 반천련의 숨통을 움켜쥐고 구주천가와 협상할 수 있을 것이다.

반천련주가 당당한 단월의 태도를 보며 고개를 저었다.

"정말 인정하지 않을 수 없군. 너는 그간 내가 본 계집 중에서 가장 대단한 계집이다. 이십 년 전의 영왕도 너만큼 영악하지는 못했지."

"그녀를 알고 있나요?"

"후후! 어찌 모를 수 있을까?"

반천련주가 불길한 웃음을 흘렸다.

그의 웃음은 무척이나 음산해서 사람의 신경을 불안하게 자극했다.

그 순간 화진천이 외쳤다.

"순순히 항복한다면 목숨만은 보전해주겠다. 항복하라."

"후후! 건방진 애송이가 하늘 높은 줄 모르고 미친 망아지처럼 날뛰는군."

"뭣이?"

"내가 누군지 알고 감히 그런 소리를 지껄이는 것이냐?"

금빛 가면 사이로 폭발적인 살기가 폭출되어 나왔다. 가공할 살기에 화진천의 얼굴이 침중하게 굳었다.

직접 몸으로 격돌하지 않아도 피부위로 느껴지는 살기만으로도 알 수 있었다. 상대가 얼마나 강한 자인지 말이다.

'어쩌면 나 이상의 고수일 수도······.'

그의 얼굴에 긴장의 빛이 떠올랐다.

　오기의 반열에 올라 있지만, 이미 그런 지위 따위는 안중에도 두지 않는 화진천이었다. 자만이 아니라, 분명 그의 실력은 오기를 뛰어넘었기 때문이다.

　구주천가에서 심혈을 기울여 키운 병기가 바로 화진천이었다. 그런 화진천이 반천련주에게 심한 압박을 받고 있었다. 그것은 결코 허투루 넘길 일이 아니었다.

　"련주님."

　반천련주의 곁으로 은구사자가 다가왔다. 그 짧은 순간 화진천과 은구사자의 시선이 잠시 허공에서 부딪쳤다.

　'저자?'

　화진천은 은구사자의 눈빛을 어디선가 본 적이 있다고 생각했다. 확실히 기억은 나지 않지만, 그는 언젠가 은구사자와 같은 눈빛을 본 적이 있었다.

　은구사자가 반천련주에게 무어라 속삭였다. 그러자 반천련주가 고개를 끄덕이며 화진천 등을 노려봤다. 그러자 살기가 더욱 증폭됐다.

　그들의 모습에서 무언가 심상치 않은 기운을 느낀 화진천이 외쳤다.

　"혈포사신대, 놈들을 제압한다."

　"존명!"

　화진천의 명을 받은 혈포사신대가 움직였다. 붉은 피풍의와 장포가 바람에 펄럭이며 은구사자를 압박해왔다. 반천련주는

화진천의 몫이었다. 공격에 참여하지 않은 혈포사신대원들은
단월과 남정옥을 감시했다.

카카캉!

허공에서 불똥이 튀었다.

은구사자와 혈포사신대가 격돌하며 사방으로 검기와 도기
가 폭출했다. 은구사자는 가공할 무력을 발휘하며 혈포사신대
의 합공에도 전혀 밀리지 않는 위용을 보여주었다.

그들의 싸움보다 더욱 격렬한 것은 바로 화진천과 반천련주
의 싸움이었다.

화진천의 검은 쉴 새 없이 반천련주를 압박했다. 천둔검이
라는 별호가 무색할 정도로 비쾌한 움직임이었다. 그가 검을
내리치는 일격에는 능히 작은 전각 하나를 날려버릴 정도의
파괴력이 담겨져 있었다. 하지만 반천련주의 혈령귀혼신사는
그런 화진천의 일격을 부드럽게 흘려버리며 오히려 압박하고
있었다.

츠으으!

마치 수만 마리의 뱀이 혓소리를 내듯이 소름끼치는 소리가
실내에 울려 퍼졌다. 반천련주의 가공할 존재감이 수많은 사
람들을 압도했다. 그러나 화진천은 기죽지 않고 그를 향해 검
을 휘둘러갔다.

위잉!

마치 톱니바퀴가 돌듯 그의 검이 매서운 검강을 끊임없이

토해냈다.

쾅 쾅!

연이어 굉음이 울려 퍼졌다. 하지만 검강으로도 반천련주의 혈령귀혼신사를 뚫을 수는 없었다.

'도대체 저 은사의 정체가 무엇이기에? 현 강호에 저렇듯 수많은 은사를 무기로 쓰는 무인이 있었던가?'

화진천은 이를 악물고 검을 휘둘렀다. 엄청난 강격이 연신 반천련주를 강타했지만, 그 어느 것도 직접적인 충격을 주지는 못했다. 아니, 오히려 화진천이 반천련주에게 밀리는 형국이었다.

반천련주가 오른손바닥을 쫙 펴자 음습한 기운이 화진천을 엄습했다. 그에 화진천은 급히 호신강기를 끌어올려 몸을 보호했다.

쾅!

강렬한 충격과 함께 화진천의 몸이 뒤로 밀렸다. 내장이 진탕되었는지 그의 입가로 붉은 선혈이 흘러내렸다. 잠깐이지만 화진천의 시선이 반천련주에게서 떨어졌다. 그 순간을 놓치지 않고 반천련주가 단월에게 고속으로 이동했다.

"연판장을 내놓거라."

그의 목적은 단월이 훔쳐낸 연판장이었다. 연판장은 반천련의 생명줄과도 같은 것이었다. 만일 연판장이 구주천가의 손에 흘러들어간다면 반천련은 와해될 수밖에 없었다.

단월은 급히 연판장을 움켜잡은 손을 빼며 뒤로 물러났다. 그러나 불행히도 그녀가 물러나는 속도보다 반천련주가 다가오는 속도가 훨씬 빨랐다.

츄화학!

혈령귀혼신사가 늘어나며 연판장을 잡은 단월의 손을 휘감아왔다. 반천련주가 마음먹는 즉시 단월의 손이 잘려나갈 판이었다.

허나 그 순간 화진천이 그들 사이에 끼어들었다. 그가 휘두른 검이 목을 노리자 반천련주는 혈령귀혼신사를 거두고 물러설 수밖에 없었다.

"순순히 연판장을 넘겨줄 것 같은가?"

화진천이 반천련주를 뒤로 물러나게 한 덕분에 단월은 잠시나마 한숨을 돌릴 수 있었다.

"애송이 녀석이……."

자신의 행사를 방해받자 반천련주가 더욱 화를 내며 공력을 끌어올렸다. 그러자 이제까지와는 차원이 다른 위압감이 느껴졌다.

'이자의 무공은 결코 무상이나 신주십대고수에게 뒤지지 않는다. 어디서 이런 자가 나타났단 말인가?'

현시대에 신주십대고수와 비견될 만한 자는 거의 없었다. 아니 그들과 같은 자들이 현시대에 열 명이나 존재한다는 사실 자체가 거의 기적에 가까운 일이었다.

　십대고수에 비견될만한 무력을 지닌 반천련주가 전력을 발휘하자 화진천과 단월은 위기에 빠졌다. 그러자 이제까지 단월을 견제하고 있던 혈포사신대원들이 전장에 뛰어들었다.

　치열한 난전이 벌어지려는 찰나.

　쿠르르!

　갑자기 동굴전체가 지진이라도 난 듯이 요란하게 흔들리더니 천정과 벽에 균열이 쩍쩍 갔다.

　"이건?"

　화진천과 혈포사신대의 안색이 싹 변했다. 그들은 아직까지 이곳이 함정이란 사실을 알지 못했다. 그러나 표정이 좋지 못한 것은 반천련주와 은구사자 역시 마찬가지였다.

　함정이 발동된 것은 그들의 계획이었지만, 연판장을 빼앗긴 것은 그들도 예상하지 못한 일이었기 때문이다. 연판장을 되찾기에는 시간이 너무 없었다. 일단 함정이 발동한 이상 동굴은 순식간에 무너져 내릴 것이다. 조금만 더 지체하다가는 그대로 바위에 압사당할 판이었다.

　'할 수 없지.'

　반천련주와 은구사자가 시선을 교환한 후, 갑자기 뒤쪽에 있던 벽으로 몸을 날렸다. 벽을 어루만지자 뒤쪽으로 향하는 비밀입구가 나타났다. 그들은 비밀통로로 몸을 날렸다.

　"이런?"

　전혀 예상을 하지 못한 반천련주의 행동에 화진천이 경호성을 터트리며 다가갔지만, 이미 비밀통로는 굳게 닫힌 뒤였다. 화진천이 검을 휘둘러 벽을 파괴하려 했지만, 너무 두꺼워 단번에 파괴할 수는 없었다. 그 순간에도 동굴은 무너지고 있었다.

혈포사신대가 그를 만류했다.

"대주님, 어서 이곳을 빠져나가야 합니다."

"젠장!"

화진천이 벽을 주먹으로 쳤다.

그의 생애 최초의 실패였다. 이제까지 온유하의 명을 단 한 번도 실패한 적이 없는 화진천이었다. 그래서 이번의 실패는 더욱 크게 느껴졌다. 하지만 이 이상 시간을 낭비할 수도 없었다. 자칫하다가는 동굴을 반도 빠져나가지 못하고 매몰될 수도 있었기 때문이다.

그가 급히 주위를 둘러보았다. 어느새 혈포사신대가 그의 주위로 몰려와 있었다. 그러나 어디서도 단월과 남정옥의 모습은 보이지 않았다. 잠시지간의 혼란을 틈타 어느새 모습을 감춘 것이다. 그러나 지금은 그녀를 추적할 시간이 없었다.

"혈포사신대, 탈출한다."

그와 혈포사신대가 무너지는 바위를 피해 경공을 펼쳤다.

콰쾅!

집채만 한 바위들이 떨어지면서 동굴이 매몰되고 있었다. 그와 함께 반천련의 흔적도 사라지고 있었다. 그러나 혈포사신대에게는 아쉬워할 시간조차 없었다. 혈포사신대에 단 한 명이라도 사상자가 난다면 구주천가에는 큰 손실이 아닐 수 없었다.

혈포사신대는 떨어지는 바위 사이를 요리조리 빠져나갔다. 그것도 안 될 때는 화진천이 검을 휘둘러 바위를 산산이 부쉈다. 그렇게 화진천은 선두에서 활로를 열었다.

쿠콰쾅!

마침내 화진천과 혈포사신대는 동굴을 빠져나올 수 있었다. 그와 함께 동굴의 입구가 붕괴됐다. 만일 빠져나오는 시간이 조금만 늦었다면 그들은 동굴에 그대로 매몰될 뻔 했다.

"휴우!"

그제야 혈포사신대가 안도의 한숨을 내쉬었다. 하지만 화진천은 표정하나 변하지 않고 주위를 둘러봤다.

반천련주는 물론이고, 단월의 모습도 보이지 않았다.

잠시 한숨을 돌린 사이 부대주 궁일현이 화진천에게 다가왔다.

"무영문의 소문주가 연판장을 갖고 있습니다. 즉각 추적해서 그녀를 잡아야 합니다."

"일단 이곳에서 휴식을 취한 후 전력을 정비한다."

"대주님."

"명령이다."

"문상께서는 연판장의 탈취와 그녀의 죽음을 명하셨습니

다.”

“알고 있다.”

“그런데 왜?”

“내게는 혈포사신대의 전력을 보존하는 것이 우선이다. 전력을 완벽하게 보존한 후 추적하겠다. 그러니 너도 운공을 하여 전력을 끌어올리거라.”

“알겠습니다.”

궁일현이 불만스러운 얼굴로 대답했다. 하지만 화진천의 명령을 거부하진 못했다. 그가 자리에 앉아 운공을 했다. 잠시 그 모습을 바라보다 화진천이 무너진 동굴 입구를 바라보며 중얼거렸다.

“이것이 내가 배려해줄 수 있는 최선이다. 최대한 멀리 도망가도록.”

*　　*　　*

반천련주는 무너진 동굴을 바라보았다.

현재 그와 은구사자는 산 반대편에 서있었다. 비상통로가 산 반대편으로 연결되어 있던 것이다.

무너진 동굴을 보며 반천련주가 혀를 찼다.

“수년간 공을 들인 곳이었는데 아깝군.”

“죄송합니다. 역시 그들의 유인지계였는데 파악을 하지 못해서."

"아니다. 어차피 이 일에는 나 역시 책임이 있다. 그녀는 어떻게 되었느냐?"

"혈포사신대보다 먼저 동굴을 빠져나간 것으로 보입니다."

"알고 있겠지? 절대로 연판장이 구주천가 손에 들어가면 안 된다."

"알고 있습니다. 제가 직접 추적대를 이끌고 그녀를 추적해 제거하고, 연판장을 회수해오겠습니다."

"혈포사신대가 있는데 괜찮겠느냐?"

"어차피 화진천은 언제고 결판을 내고 싶었던 자였습니다. 이번 기회에 그와 부딪치는 것도 나쁘지는 않을 듯 합니다."

"좋다. 귀혈병단(鬼血兵團)을 데리고 가거라. 그들이라면 능히 혈포사신대에 맞설 수 있을 것이다. 혈포사신대와 그녀를 제거하고 반드시 연판장을 회수해오도록."

"절대로 실망시켜드리지 않겠습니다."

"음!"

반천련주가 고개를 끄덕였다.

연판장을 빼앗긴 것은 분명 뜻밖의 일이었지만, 더 이상의 의외는 없을 것이다. 은구사자와 귀혈병단은 그가 가장 믿는 전력 중 하나였으니까.

은구사자가 먼저 자리를 떴다. 이제 곧 귀혈병단이 그의 뒤를 따르기 시작할 것이다.

홀로 남은 반천련주가 중얼거렸다.

"이곳에서 시간을 너무 지체했군. 이제 곧 대사조 신도제원이 도착할 시간. 그를 마중 나가야겠군."

*   *   *

취혈객(取血客) 모진휘는 북상을 하고 있었다. 그는 본래 무영문 출신으로, 도둑으로는 드물게 무공을 극상승지경까지 익힌 무인이었다. 그 때문에 고산도의 신임을 받아 무영문의 북방지부를 총괄하는 위치에까지 올랐다.

모진휘가 문주 고산도의 서신을 받은 것은 며칠 전의 일이었다. 고산도의 서신을 받은 직후부터 모진휘는 심복 몇 명만을 추려 북상했다.

모진휘와 수하들 역시 무영문에서 내로라하는 고수들이었다. 그들은 특히 경공에 뛰어나서 하루에도 수백 리씩 이동을 할 수 있었다.

장성의 관문은 그와 수하들에게 의미가 없었다. 가로막는 높은 장성 따위는 경공으로 뛰어넘으면 그뿐이었다. 장성을 뛰어넘은 뒤부터는 더욱 경공의 속도를 높였다.

북방의 누런 먼지가 어깨에 내려앉았지만, 그들은 개의치 않았다.

"우리의 어깨에 소문주의 목숨이 걸려있다. 힘들더라도 조금만 더 힘을 내자.”

“예!”

“걱정하지 마십시오.”

모진휘의 독려에 수하들이 힘찬 목소리로 대답했다. 그들의 얼굴에는 피곤한 빛이 역력했지만, 누구 한 명 뒤처지지 않았다.

그들은 단월을 자신의 친딸처럼 생각했다. 지금은 북방으로 파견 나와 있지만, 본문에 있을 때만큼은 단월을 살뜰하게 챙기면서 그녀가 성장하는 모습을 지켜본 사람들이었다. 그런 만큼 단월에 대한 그들의 감정은 무척이나 각별했다.

현재 무영문의 모든 정보는 두 가지로 집중되고 있었다. 하나는 바로 단월에 대한 것이며, 다른 하나는 멸제였다.

무영문은 모든 역량을 집중시켜 단월을 무사히 귀환시키려 하고 있었다. 하지만 현재 그녀는 구주천가는 물론이고, 반천련의 표적까지 되어 있어 접근하는 것조차 쉽지 않았다. 자칫 실수라도 하였다가는 무영문 전체가 위험해질 수도 있어, 최대한 접근하는 것을 자제하고 그녀를 위한 탈주로 확보에 총력을 기울이고 있는 형편이었다.

모진휘는 자신의 역할이 매우 중요함을 잘 알고 있었다. 멸제는 북방에 새로이 등장한 신흥강자였다. 무영문주 고산도는 그만이 단월을 안전하게 보호할 수 있다고 했다.

“어떻게든 멸제를 중원으로 끌어들여야 한다.”

멸제만 끌어들일 수 있다면 최악의 경우라도 구주천가와 반천련의 관심을 그에게 돌려놓는 정도는 할 수 있을 것이다. 그런 생각을 하며 모진휘는 부지런히 발을 놀렸다.

장성을 넘어서자 바람에 누런 먼지가 날려 와 숨조차 제대로 쉬기 힘들 정도였다. 이런 척박한 환경에서도 사람이 살아갈 수 있다는 사실이 놀랍게 느껴질 정도였다.

북방으로 넘어와서 멸제의 흔적을 찾는 것은 그리 어려운 일이 아니었다.

지금 새외는 어디를 가나 멸제와 관한 이야기로 떠들썩했다. 그와 북풍대가 다섯 명의 사조를 제압하고, 대사조의 거처로 진군했다는 이야기가 마치 전설처럼 전해지고 있었고, 만나는 사람들마다 그에 대한 이야기를 자신의 일처럼 떠들었다.

멸제는 새외에서 전설이 되어가고 있었다. 사람들은 그의 일거수일투족에 집중했고, 그에 대한 소식이 거의 실시간으로 퍼져나가고 있었다. 덕분에 그가 있는 곳을 알아내는 것은 그리 어려운 일이 아니었다.

"현재 멸제는 동승(東勝)에 머물고 있다 한다. 서두르기만 한다면 하루 만에도 도착할 수 있는 거리다. 모두 조금씩 힘을 내자."

"예!"

그가 수하들을 독려했다.

'멸제, 정말 대단한 자다. 오랫동안 새외를 암중에서 지배해온 십이사조를 이토록 수월하게 몰아내다니. 그의 진실한 무력이 어느 정도인지는 모르지만, 들려오는 소문대로라면 신주십대고수에 절대 뒤지지 않을 것 같구나. 더구나 그에겐 북풍대가 있지 않은가?'

'북상하는 내내 들은 소문들은 대부분 멸제와 북풍대를 신격화시키는 것이었다. 멸제가 손을 한 번 휘두르면 커다란 산 하나가 송두리째 날아간다든지, 북풍대가 진격한 자리에는 풀 한 포기 자라지 못한다는 이야기가 전설처럼 회자되고 있었다.

현재 멸제는 동승의 어느 부호의 집에 머물고 있다고 했다. 멸제를 위해 부호는 자신이 가진 대저택 중 하나를 기꺼이 바쳤다고 했다. 새외의 새로운 지배자에게 바치는 그의 선물이었다. 그뿐만이 아니었다. 이제까지 십이사조에게 억눌려 있던 새외의 문파들이 속속 멸제에게 충성을 맹세하는 사자를 보내오고 있었다.

비록 멸제가 원하는 바는 아니었지만, 이미 새외의 모든 패권과 권력은 그에게로 집중되고 있었다. 이제까지 새외에서 이 정도로 빠르게 패권을 잡은 자는 존재하지 않았다.

그때 문득 모진휘를 따르던 수하 중 한 명이 전음을 보내왔다.

『대장.』

『무슨 일이냐?』

당연히 모진휘도 전음으로 대답했다.

『꼬리가 따라 붙었습니다.』

『꼬리가?』

모진휘의 미간이 성큼 치켜 올라갔다. 그가 기감을 끌어올렸다. 그러자 멀찍이서 그들을 추적하고 있는 기척이 느껴졌다.

『언제부터냐?』

『저도 기척을 느낀 지는 얼마 되지 않았습니다.』

『누군 것 같으냐?』

『모르겠습니다. 허나 그들의 기척이 거의 느껴지지 않는 것으로 보아 전문전인 훈련을 받은 자들이 분명합니다.』

『으음!』

그들이 북방으로 온 것은 비밀 중의 비밀이었다. 단월에 관계된 일이었기에 특히 주의를 기울였다. 그런데도 적들이 그들의 행적을 파악했다는 것은 어디선가 정보가 누수되고 있다는 의미였다. 그러나 지금은 더 이상 그에 대해 생각할 여유가 없었다.

모진휘가 수하들에게 전음을 보냈다.

『각자 흩어져 추적자들을 따돌리고 동승에서 집결한다. 모두 무사하길 빌겠다.』

『예!』

『지부장님도 부디 무사하시길.』

전음이 오간 직후 그들이 부챗살 모양으로 산개하며 달려나갔다.

추적자들의 정체를 알지 못했다. 하지만 구주천가나 반천련에서 보낸 자들 중 하나일 거라고 생각됐다.

은밀히 따라오던 추적자들의 기척이 흩어지는 것이 느껴졌다. 모진휘와 수하들이 흩어지자 추적자들 역시 흩어져 추적하는 것이다.

'나에겐 두 명인가?'

모진휘를 따라오는 기척은 모두 두 개였다. 만일 신경 써서 기감을 끌어올리지 않았다면 절대로 느끼지 못했을 정도로 그들은 존재감과 기척을 감추는데 일가견이 있었다.

모진휘는 공력을 더욱 끌어올렸다. 그러자 그가 나가는 속도가 더욱 빨라졌다. 이제 추적자들도 자신들의 존재가 들통났다는 사실을 깨달았을 것이다.

모진휘가 속도를 높인 만큼 추적자들의 속도 또한 빨라졌다. 결코 모진휘에 뒤지지 않는 속도였다. 이제 추적자들은 자신들의 존재감을 굳이 숨기려고 하지 않았다. 어차피 추적하고 있다는 사실이 들통 났기에 숨길 필요가 없는 것이다.

모진휘의 양쪽에서 추적자들이 다가왔다. 그들의 복색을 확인하는 순간 모진휘의 안색이 어두워졌다.

'으음! 구주천가의 암혼살화(暗魂殺花)인가'

무영문에서는 구주천가의 문상이 운용하는 정보망의 핵심에 암혼살화가 존재함을 잘 알고 있었다. 한월이라는 여살수가 수장으로 있는 암혼살화는 이름 그대로 어둠 속에서 피는

꽃처럼 은밀하고, 각종 비정규전에 능한 살수들로 구성되어 있었다. 그들은 구주천가를 위해 적지에서 정보를 수집하거나 요인들을 암살하는 일을 도맡았다.

그들의 존재는 철저하게 비밀에 가려져 있었지만, 이미 무영문에서는 그들의 존재를 파악하고 있었다. 모진휘도 암혼살화의 존재를 알고 있는 몇 안 되는 무영문의 사람 중 한 명이었다.

'모두 무사해야 할 텐데.'

모진휘는 수하들을 걱정했다. 암혼살화는 결코 무시할 수 없는 존재였다. 더구나 그들이 은밀히 암살하기로 마음먹었다면 상대는 이미 죽은 목숨이나 마찬가지였다. 그런 암혼살화가 따라붙은 이상 모진휘도 각오를 해야 했다.

'그토록 조심했는데도 본문의 행적을 파악하다니, 과연 구주천가라고 해야 하냐? 정말 가공할 정보력을 가지고 있구나.'

모진휘는 고개를 절레절레 저었다.

하긴 이런 정보력이 있으니 지난 칠백 년 동안 변함없이 무림을 지배해온 것일 게다. 좋든 싫든 그들이 있어 지난 칠백 년 동안 대륙에 별다른 혼란이 없었던 것도 사실이었으니까.

그러나 이미 모진휘와 무영문은 구주천가를 적으로 돌렸다. 아군일 때는 그 어떤 문파보다 든든했지만, 적일 때의 구주천가는 너무나 무서웠다.

스스슥!

암혼살화들이 모진휘의 곁으로 다가왔다.

'날 사로잡으려는 것인가?'

죽이려고 마음먹었다면 진즉 공격이 시작되었을 것이다. 그런데도 아직 공격하지 않았다는 것은 모진휘를 사로잡아 무영문의 진짜 거점을 알아내려는 의도가 분명했다.

'너희들의 뜻대로 되진 않을 것이다. 나는 취혈객 모진휘다.'

모진휘는 자신의 별호에 자신이 있는 무인이었다. 그는 암혼살화를 상대로도 결코 기가 죽거나 위축되지 않았다.

모진휘가 더욱 공력을 끌어올렸다. 그러자 그의 몸이 빗살처럼 앞으로 쭉 뻗어나갔다. 그에 암혼살화 역시 경공 속도를 높였다.

쉭쉭!

모진휘 근처까지 다가온 암혼살화들이 갑자기 공격을 시작했다. 모진휘의 경공으로 보아 지금 놓치면 또다시 잡기 힘들다고 판단한 것 같았다.

먼저 비수가 날아왔다. 모진휘는 허리에 감았던 포승줄을 꺼내 비수를 떨어트렸다. 모진휘는 특이하게 포승줄을 무기로 사용했다. 그는 포승줄 양쪽에 무거운 추(錐)를 달아 사용했는데, 그 위력이 결코 만만치 않았다. 더구나 무림에서 일반적으로 사용하는 무기가 아니라 사용법이 기괴하고, 살상 반경 또한 매우 커서 방비하기가 매우 까다로웠다.

쉬아악!

그의 포승줄이 날카로운 궤적을 그리면서 암혼살화들을 향
해 날아갔다. 그러나 암혼살화 역시 그의 공격을 예상했는지
가볍게 공격을 피하며 반격을 시도했다.

카카캉!

무기가 부딪치는 소리와 함께 허공에서 불꽃이 튀었다. 그
러면서도 누구하나 걸음을 멈추지 않았다. 그들은 황야를 질
주하며 격렬하게 서로를 공격했다.

"내 걸음을 막는 자는 그 누구도 용서하지 않겠다."

모진휘의 거친 외침이 울려 퍼졌다.

*　　*　　*

뚝뚝!

모진휘는 피가 흐르는 왼쪽 어깨를 오른손으로 부여잡고 겨
우 골목길로 들어섰다. 그가 지나온 자리에 핏방울이 떨어져
있었다.

"크으!"

모진휘가 등을 벽에 기대며 고통에 겨운 신음성을 토해냈다.

상처를 입은 곳은 어깨뿐만이 아니었다. 복부에도 긴 자상
이 선혈을 토해내고 있었다. 이런 상처를 입고도 여기까지 왔
다는 것이 신기할 정도였다.

모진휘는 정신이 다 아득해지는 것을 느꼈다. 그를 더욱 절망적이게 하는 것은 이곳에서 모이기로 한 수하들이 단 한 명도 나타나지 않았다는 것이다. 그 말은 곧 수하들이 모두 이 세상 사람이 아님을 뜻한단 사실을 모진휘는 잘 알고 있었다.

결국 살아남은 자는 모진휘 한 명뿐이었다. 그러나 모진휘는 안도할 수 없었다. 자신이 상대했던 암혼살화들이야 어찌어찌해서 물리칠 수 있었지만, 수하들을 암살한 암혼살화들이 그의 흔적을 쫓아 속속 동승으로 모여들고 있었기 때문이다.

"크윽! 이 서신을 반드시 멸제에게 전해야 한다."

그는 피로 물든 손으로 자신의 가슴을 부여잡았다. 그의 가슴팍에는 고산도가 멸제에게 보내는 서신이 담겨 있었다. 그에게는 이 서신을 무사히 보내야 할 의무가 있었다.

모진휘는 푸들거리는 걸음걸이로 몸을 움직였다. 한 걸음 한 걸음. 그렇게 그는 힘든 걸음을 했다. 그가 지나간 자리에 붉은 핏방울이 점점이 떨어졌다.

스르륵!

그 순간 모진휘의 등 뒤로 음산한 검은 그림자가 나타났다. 모진위의 흔적을 추적해온 암혼살화들이었다. 드디어 그들이 모진휘를 따라잡은 것이다.

모진휘를 추적해온 암혼살화의 우두머리, 유낙하의 눈이 빛났다. 유낙하는 한월의 심복으로, 북방에 파견되어 있는 암혼살화를 총 지휘하는 여인이었다.

그녀가 동원되었다는 것 자체가 범상치 않은 사안이라는 뜻
이었다. 한월은 유낙하에게 북방에 있는 무영문 지부의 움직
임을 감시하다 특별한 움직임이 포착되면 그들을 사로잡으라
고 명령했다.

구주천가의 문상 온유하는 철두철미한 여인이었다. 그녀는
일말의 가능성도 결코 놓치지 않았다. 단월과 연관된 가능성
이라면 무엇이든 감시를 붙여놓았다.

오늘의 일 역시 그렇게 해서 벌어진 것이었다.

"아무런 원한도 없지만, 위에서 내려온 명령을 거부할 수는
없지."

유낙하가 수하들에게 손짓을 해보였다. 모진휘를 잡으라는
명령이었다.

스슥!

암혼살화들이 움직이기 시작했다.

전 구성원이 여인들로만 이뤄진 암살자들의 단체, 암혼살
화. 그녀들의 파상공세가 부상을 입은 모진휘를 향해 펼쳐졌
다.

카카캉!

허공에 쇳소리가 울려 퍼졌다.

유낙하는 침중한 시선으로 그 모든 광경을 지켜보았다.

제 4장
멸제남하(滅帝南下)

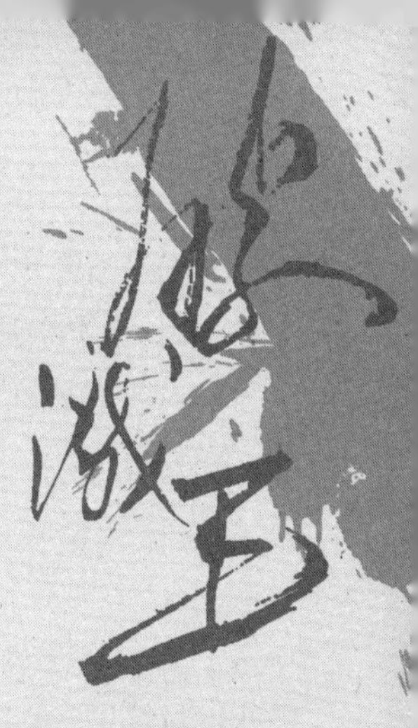

“휴!”

검운영이 한숨을 내쉬며 장원 밖으로 나왔다.

그가 나선 곳은 고현장(孤玄莊)이라는 장원이었다. 인근의 부호가 철군패와 북풍대를 위해 기꺼이 제공한 곳이었다. 동승에는 고현장주와 같은 자들이 널려 있었다. 어디 그뿐이랴. 인근의 유력 유지들은 물론이고, 대소문파의 주인들이 하루가 멀다 하고 고현장으로 찾아오고 있었다.

물론 그 대부분은 철군패의 얼굴조차 보지 못하고 쫓겨나기 일쑤였다. 철군패는 그들을 만날 필요조차 느끼지 못했다. 그 것은 북풍대 역시 마찬가지였다. 그들이 원하는 것은 부족을 십이사조의 손에서 무사히 지켜내는 것이지, 세속의 영화 따위가 아니었기 때문이다.

비록 척박한 곳이지만 그들이 돌아가야 할 곳은 거친 모래바람이 부는 대막이었다. 그곳이야말로 그들의 마음의 고향이었다. 이런 곳에서의 부귀영화는 그다지 유혹적인 것이 아니었다.

지금 이 순간에도 북풍대는 고현장에서 수련을 계속하고 있었다. 검운영 역시 광도진결에 몰두하다 땀이나 식힐까 해서 잠시 밖으로 나왔다.

동승의 밤거리는 무척이나 한산했다. 중원의 밤거리처럼 등불이 가득 밝혀있는 것도 아니고, 많은 사람들이 지나가는 것도 아니었지만, 대신 고즈넉한 맛이 있어 좋았다.

검운영은 부산함보다는 이런 한적한 분위기가 더욱 좋았다. 호젓하게 산책을 할 수 있는 밤이 좋았다.

북풍대가 이곳 동승으로 들어온 이후 인근의 문파들은 모두 숨을 죽였다. 문파간의 갈등이나 문제는 사그라지고, 모두가 철군패와 북풍대의 눈치만 보고 있었다.

'광도진결을 만든 칠백 년 전의 초인은 그야말로 천재임이 분명하다. 어찌 인간의 상리에서 벗어난 무공을 그리 만들 수 있단 말인가?'

광도진결을 익히면 익힐수록 검운영은 칠백 년 전의 초인 연성휘에게 감탄을 금할 수 없었다. 광도진결은 이제까지 검운영이 알고 있던 모든 상리를 철저히 깨부수는 무공이었다.
이대로 광도진결을 익힌다면 광륜의 경지에 오르는 것도 꿈만
은 아닐 것이다.

검운영은 길을 걸을 때도, 식사를 할 때도, 잠을 잘 때도 오
직 광도진결에 대해서만 생각했다. 어떻게 하면 광도진결 상
의 무리를 자신의 검에 접목시킬까하는 생각에 자신의 모든
것을 쏟아 붓고 있었다.

캉!

문득 그의 귀에 낯익은 소음이 들려왔다. 검운영은 이 소음
의 정체를 너무 잘 알고 있었다. 소음에 그의 평정심과 몰입이
깨졌다.

검운영의 미간이 찌푸려졌다.

"이곳에서 누가 싸운단 말인가?"

철군패와 북풍대가 머무는 이곳은 치외법권지역이나 마찬
가지였다. 그 어떤 문파의 갈등이나 충돌도 감히 허용될 수 없
는 곳이었다.

검운영이 쇳소리가 울려 퍼지는 곳으로 걸음을 옮겼다. 쇳
소리가 들려오는 곳은 그리 멀지 않은 곳에 위치한 뒷골목이
었다.

그곳에서 낯선 이들이 격돌하고 있었다.

특이하게도 포승줄을 무기로 사용하는 남자와 협공을 하는
살수들. 바로 모진휘와 암혼살화의 격돌이었다.

모진휘와 암혼살화는 목숨을 걸고 치열하게 싸우고 있었다. 그러나 전체적인 상황으로 보자면 모진휘가 훨씬 불리했다. 그는 부상을 입었고, 상대는 합공을 하고 있었기 때문이다.

검운영의 미간이 찌푸려졌다.

협공을 하고 있는 모습도 그랬지만, 무엇보다 철군패와 북풍대가 머무는 근처에서 싸우는 것 자체가 마음에 들지 않았다. 그가 싸움이 일어나고 있는 곳으로 걸음을 옮겼다. 그러자 싸움에 참여하지 않고 방관을 하고 있던 무인이 그의 앞을 막았다.

비록 검은 무복에 복면을 해서 전신을 가리고 있었지만, 검운영은 상대가 여인이란 사실을 단숨에 알아차렸다. 여인 특유의 굴곡과 체향 때문이었다.

유낙하도 외인이 나타났다는 사실을 알아차렸다.

"외인이 참견할 일이 아니다. 그냥 돌아가도록."

그녀의 차가운 음성에 검운영이 고개를 저었다.

"이곳은 멸제가 머무는 곳. 그 어떤 분란도 용납되지 않는다."

"멸제?"

순간 유낙하의 눈에 이채가 떠올랐다.

그녀 역시 멸제에 관한 소문을 들은 적이 있었다.

새로이 등극한 북방의 패자. 그 때문에 구주천가에서도 상당히 신경 쓰는 것으로 알려져 있었다. 모진휘를 추적하느라 이곳 동승에 멸제와 북풍대가 머물고 있다는 사실을 잊어버리고 있었는데, 이제야 생각이 났다.

'그럼 설마 그가 멸제를 만나기 위해 이곳까지 온 것인가?'

유낙하의 눈에 한 줄기 살기가 떠올랐다. 멸제와 무영문이 조우하는 것은 구주천가에서 원치 않았다. 만일 자신의 짐작이 사실이라면 두 사람이 만나게 해서는 안 됐다.

검운영은 그녀의 눈가에 떠오른 살기를 놓치지 않았다.

유낙하가 차가운 목소리로 말했다.

"이일은 본가 내부의 일. 외인은 그냥 지나가시오."

"말했잖아. 이곳은 멸제의 영역이라고."

"굳이 벌주를 택하겠다는 것이오?"

"자신에 대한 자부심이 지나치군."

검운영이 고개를 설레설레 저었다.

굳이 눈으로 확인하지 않아도, 유낙하가 얼마나 대단한 자부심과 오만으로 똘똘 뭉쳐있는지 알 것 같았다. 간혹 저렇게 자신이 속한 단체에 도를 넘을 정도의 충성심과 자부심으로 무장한 이들이 있었다. 그런 이들을 상대하는 것은 언제나 피곤했다.

그때 암혼살화와 맞서 싸우던 모진휘가 있는 힘을 모아 소리쳤다.

"멸제에게 전해줄 서신이 있소. 중요한 서신이오. 큭!"

모진휘가 다시 팔에 상처를 입고 비틀거렸다.

“대주에게?”

몰랐다면 모르되, 이젠 참견하지 않을 수 없게 됐다. 검운영이 모진휘에게 걸음을 옮겼다. 그러자 다시 유낙하가 그의 앞을 막아섰다.

“갈 수 없다.”

유낙하가 검운영을 공격해왔다. 오직 사람을 죽이기 위한 초식으로 무장된 살검이었다. 그녀의 검이 최단거리로 검운영의 가슴을 찔러왔다.

검운영은 한눈에 유낙하가 펼치는 검공의 특성을 알아차렸다. 왜냐하면 자신 역시 얼마 전까지 그녀와 같은 실전검을 사용했기 때문이다.

카앙!

검운영은 검을 뽑지도 않고, 검집으로 유낙하의 검을 튕겨냈다. 하지만 유낙하 역시 만만한 상대가 아니었다. 유낙하는 튕겨져 나가는 힘을 오히려 역이용해 검운영의 목을 찔러갔다.

쐐액!

날카로운 파공음이 고막을 찢을 듯 울려 퍼졌다. 암혼살화라면 누구나 익히는 암화살검(暗花殺劍)의 일초였다. 그러나 검운영은 전혀 당황하지 않았다. 예전의 그라면 당황했을지도 모르지만, 지금의 그는 예전과 너무나 많은 차이가 있었다.

검운영은 검집째 유낙하의 공격을 막아냄과 동시에 반격에 들어갔다. 그의 검이 허공에 수없이 많은 검영을 만들어내며 유낙하를 압박했다.

까가가강!

쇳소리가 울려 퍼졌다.

검운영이 본격적으로 공세에 나서자 유낙하가 수세에 몰렸다.

만일 그녀가 숨어서 검운영을 암습했다면 약간의 기회를 얻었을지도 몰랐다. 암혼살화의 진가는 암습을 할 때 가장 크게 발휘되니까. 그러나 정면 대결이라면 달라진다.

비록 유낙하가 강했지만, 검운영에게 비해 많은 손색이 있었다. 그나마도 검운영이 봐줬기에 망정이지, 그렇지 않았다면 진즉에 목숨을 잃었을 것이다.

유낙하 역시 상대가 자신보다 윗길의 실력을 가지고 있다는 사실을 몸으로 느끼고 있었다. 그녀가 수치심에 입술을 질근 깨물었다.

"감히!"

유낙하가 살기를 폭사시키며 암화살검 상의 절초를 연이어 펼쳐냈다. 일검, 일검이 사혈을 노리는 치명적인 초식들뿐이었다. 검운영의 눈에 곤혹스러운 빛이 떠올랐다. 상처 없이 제압하기엔 너무나 살기어린 초식들이었다.

"할 수 없지. 여자를 때리는 것은 그다지 좋아하지 않지만, 상황이 상황이니만큼."

더 이상 지체하다가는 모진휘의 목숨을 구할 수 없을 것 같
았다. 그에 검운영은 독하게 마음을 먹었다.

그가 광도진결 상의 구결을 검에 운용했다. 그러자 그의 검
이 찬연한 빛 무리를 뿜어냈다. 그 강렬한 빛에 유낙하가 일시
지간 시력을 잃고 눈을 감고 말았다.

검운영은 그 순간을 놓치지 않았다.

퍼억!

강력한 역도가 담긴 일격이 유낙하의 복부에 작렬했다. 그
에 유낙하가 정신을 잃고 쓰러졌다. 일단 유낙하를 쓰러트리
자 나머지 암혼살화를 쓰러트리는 것은 문제가 아니었다.

퍼버벅!

그의 잇따른 연격에 모진휘를 공격하던 암혼살화들이 맥을
추지 못하고 쓰러졌다. 그나마 검운영이 힘을 조절했기에 목
숨엔 지장이 없었다.

북풍대 삼백 명 대원들 중에서도 검운영은 여인에게 손을
대지 않는 것으로 유명했다.

검운영이 쓰러지기 직전의 모진휘를 부축하며 말했다.

"괜찮으시오?"

"나, 나는 괜찮소. 그보다 어서 멸제에게 나를……."

모진휘는 치명상을 입은 상태였다. 검운영이 보기에도 그는
오래 살 수 있을 것 같지 않았다. 그런데도 이렇게 철군패를
찾는 것을 보니 보통 심상치 않은 일 같았다.

검운영은 모진휘를 등에 업고 고현장으로 달려갔다. 그가
사라진 자리에는 정신을 잃은 암혼살화들이 꿈틀거리고 있었
다.

*　　*　　*

철군패는 침중한 표정으로 자신의 눈앞에 쓰러져 있는 사내
를 바라보았다. 밖에 산책을 나갔던 검운영이 데리고 온 사내.
그는 이미 사경을 헤매고 있었다. 그 상태에서도 간신히 한 가
닥 이성의 끈을 부여잡고 철군패를 바라보고 있었다.

"이, 이것을……."

그가 부들부들 떨리는 손으로 겨우 자신의 품에서 서신을
꺼내 철군패에게 내밀었다.

"이건?"

"무, 무영문주께서 멸제께 보내는 서신입니다. 제발 소문주
를 구해…… 주……."

점점 모진휘의 목소리가 잦아들었다. 검운영이 그런 모진휘
를 안타까운 시선으로 바라보았다. 모진휘는 이미 생을 다했
다. 단지 초인적인 인내력으로 이제까지 꺼져가는 생의 끈을
부여잡고 있었던 것이다. 자신의 사명을 다한 그는 이제 미련
없이 생의 끈을 놓았다.

"휴!"

검운영이 한숨을 내쉬며 숨이 끊어진 모진휘의 눈을 감겨주었다. 일면식도 없는 존재였지만, 그래도 자신이 구했는데 이렇듯 허무하게 목숨을 잃으니 가슴이 무거운 것이다.

철군패는 모진휘가 넘긴 서신을 조심스럽게 펼쳤다.

한 남자가 자신의 목숨을 버리면서까지 전하려고 했던 서신이었다. 그의 생명의 무게가 서신에서 느껴졌다.

"무영문에서 보내온 것인가?"

철군패가 뜻밖이라는 표정을 지었다.

이십 년 전 고명희와의 만남, 얼마 전 종제영과의 만남, 그리고 이제 다시 무영문주 고산도의 서신을 받게 되자 그들과의 인연이 이어져있음을 느낄 수 있었다.

철군패는 차분한 시선으로 서신을 읽어 내렸다.

서신은 평범하게 시작했다.

위대하신 멸제 어쩌고저쩌고 떠벌리고, 무영신투 종제영을 통해 알게 되었으며, 꼭 무영문을 방문해 주십사 하는 말이 써 있었다.

"훗! 수다스럽기는 문주나 종 노인이나 똑같군."

철군패가 피식 웃었다.

하지만 다음 줄을 읽어가면서 철군패의 표정은 급격히 변해 갔다.

고산도는 철군패가 중원에 들어올시 전격적인 협조를 하겠다고 서신에 적어 넣었다. 그리고 그 대가로 자신의 딸을 구해

달라고 했다. 딸의 이름이 고명희라는 것을 확인한 순간 철군패의 표정이 묘하게 변했다.

그의 기억은 어느새 이십 년 전으로 돌아가고 있었다. 구주천가에서 만났던 깜찍하던 계집의 얼굴이 선명하게 떠올랐다. 고명희는 그의 인생에서 가장 힘든 시기에 아무런 대가 없이 손을 내밀어줬던 사람이었다.

그때는 아직 어려서 사랑이란 감정을 몰랐으나, 그녀에 대한 기억만큼은 애틋한 느낌으로 남아있었다. 어쩌면 그런 감정이 첫사랑일지도 모른다고 가끔 생각하기도 했었다.

고명희가 절체절명의 위기에 처해 있다고 했다. 구주천가가 그녀를 추적하고 있고, 어쩌면 반천련마저도 그녀를 적으로 돌릴지도 모른다고 했다.

천하에서 가장 강대한 두 세력에게 죽음의 위협을 당하고 있는 자신의 딸을 제발 구해달라고 고산도는 애원하고 있었다. 그 대가로 무영문을 철군패에게 바쳐도 좋다고 했다. 그러나 그런 내용 따윈 철군패에의 흥미를 끌 수 없었다.

철군패의 시선을 끄는 것은 오직 '고명희'라는 세 단어였다.

"무슨 일입니까?"

"아무래도 내가 아는 사람이 위험에 빠진 모양이구나."

"그럼 어서 가봐야지 않겠습니까?"

"음!"

철군패가 망설임 없이 고개를 끄덕였다.

고명희는 그의 마음속 추억의 보석 상자와도 같았다. 그녀가 어떻게 자랐는지는 모르지만, 그녀에 대한 추억이 다른 이에 의해 훼손당하는 것은 그냥 두고 볼 수 없었다. 그리고 철군패는 항상 그녀에게 마음의 빚을 지고 있다고 생각했다.

서신을 읽자 구주천가에서 그녀와의 추억이 새록새록 떠올랐다. 마치 봉인되어 있던 기억이 실타래처럼 풀려나오는 듯, 새삼 모든 것들이 떠올랐다.

세상을 홀로 떠돌 때 아무런 대가 없이 손을 내밀어준 아이.

이젠 철군패가 그 아이에 손을 내밀 차례였다.

"어떡하시겠습니까?"

"중원으로 간다."

*　　*　　*

삼뇌수사(三腦秀士) 유기원.

그는 꽤나 유명한 자였다. 비록 무공수준으로 따지면 일류 수준에도 이르지 못했지만, 대신 그에게는 모자라는 무공을 보충할만한 두뇌가 있었다.

그가 실제로 세 개의 뇌를 가진 것은 아니었지만, 그만큼 대단한 심기와 지식을 가진 것은 사실이었다. 그중에서도 유기원이 가장 자신하는 것은 진법에 대한 조예였다.

그는 진법에 무척이나 심취해 있었는데, 그런 그를 책사로 모시기 위해 많은 문파들이 접촉해오고 있었다. 그러나 유기원은 그들 누구에게도 자신을 의탁하지 않았다. 문사가 함부로 몸을 의탁하게 되면 종속될 수밖에 없다는 사실을 너무나 잘 알고 있기 때문이었다.

유기원은 고향에 세운 선도장(仙道莊)에서 두문불출하며 후학들을 가르치고, 한편으로는 진을 연구했다. 그의 학문이 깊어질수록 명망 또한 높아져만 갔다.

유기원은 선도장을 나와 주변을 산책했다.

"사부님, 출타하십니까?"

"사부님."

근처에 있던 제자들이 분분히 인사해왔다. 유기원은 미소를 지으며 대답했다.

"잠시 산책 좀 하고 오겠다. 그때까지 수업준비를 하고 있거라. 오늘은 진법총람(陣法總攬)에 대해 공부할 테니까."

"예! 사부님."

"조심해서 다녀오십시오."

"오냐."

제자들을 뒤로하고 유기원은 자주 찾는 산책로로 걸음을 옮겼다. 선도장 뒤편에는 조그만 호수로 연결되는 소로가 있었는데, 그 경치가 일품이었다. 사실 유기원이 이곳에 선도장을 세운 이유 중의 하나가 호수와 소로의 아름다운 풍광 때문이었다.

호숫가와 소로를 걸을 때면 유기원은 말로 표현할 수 없는 희열을 느끼곤 했다. 이렇게 아름다운 길을 걸을 때면 그는 모든 것을 잊고 자신만의 세계에 빠지곤 했다. 그렇게 자신만의 세계에서 얻은 영감도 적지 않았다.

유기원은 소로에 접어들었다. 신록에서 뿜어져 나오는 짙은 내음이 그의 후각을 강렬하게 자극했다. 덕분에 정신이 다 혼미해질 정도였다.

"이곳은 언제 와도 좋구나."

유기원이 빙그레 미소를 지었다.

이런 느낌이 그를 살아있게 만들었다. 이런 자연의 풍요로움을 느낄 수 있어야만 진정으로 진의 오묘함을 이해할 수 있다는 것이 그의 생각이었다.

진이란 것은 자연의 힘을 이용하는 학문이었다. 어떤 이들은 진이라는 것이 사람을 현혹시키는 학문이라고도 폄하했지만, 사실 알고 보면 진만큼 오묘하고, 사물과 자연에 대한 이해가 필요한 학문도 없었다. 그래서 진을 다루는 사람은 마음이 열려 있었다.

유기원은 기꺼운 마음으로 소로를 걸었다. 그렇게 얼마나 걸었을까? 유기원은 문득 이상한 기분이 드는 것을 느껴 주위를 둘러보았다. 하지만 소로는 이전과 달라진 것이 없이 똑같았다.

유기원이 고개를 갸웃거렸다.

"허! 내가 예민해진 것인가?"

분명 무언가 미묘한 위화감을 느꼈었다. 단지 착각이라고 치부하기엔 그 느낌이 너무나 생생했다. 그래도 달라진 것이 없기에 유기원은 다시 걸음을 옮겼다.

그렇게 얼마나 시간이 흘렀을까? 유기원은 또다시 이상한 기분을 느끼고 걸음을 멈췄다. 그리고 주위를 둘러봤지만, 여전히 변한 것은 없었다. 그 순간 유기원은 자신이 느끼던 위화감의 실체를 깨달았다.

"변한 것이 없다? 조금 전과 같은 풍경이라니. 시시각각 변하는 것이 자연일진대, 어찌 조금 전과 같은 풍경이 연속적으로 나올 수 있단 말인가?"

방금 전에 지나온 바위가 또 앞에 있었고, 벼락에 맞아 쓰러진 나무가 또다시 나타났다. 마치 목판으로 찍은 것처럼 똑같이 반복되는 풍경은 결코 자연에서는 있을 수 없는 일이었다.

"나도 모르는 사이에 진에 빠진 것인가? 도대체 누가 있어 나조차 느끼지 못하게 진에 빠지게 할 수 있단 말인가?"

그의 표정이 딱딱하게 굳었다.

함정이나 진에 빠졌다는 일차원적인 문제가 아니었다. 스스로를 진의 대가라고 자부하는 그의 자존심이 걸린 고차원적인 문제였다.

유기원은 즉각 제자리에 털썩 주저앉아 장고에 들어갔다.

그는 방금 전까지 자신이 걸어온 길을 곰곰이 생각해봤다. 분명 선도장을 나와 소로에 들어설 때까지만 하더라도 모든 것이 정상이었다. 문제는 그가 소로를 걸으면서 벌어졌다.

"분명 소로 어디에선가 나는 진으로 들어온 것일 게다. 나 같은 진법의 달인이 느끼지도 못한 채 빠져드는 진은 몇 가지 안 된다."

우선 생각이 나는 것은 사기미종진(四氣迷從陣)이었다. 사기미종진은 미로 같은 환영을 연이어 보여주는 진인데, 일반 무인들이 사기미종진에 빠지면 시전자가 꺼내줄 때까지 환영의 미로 속을 헤매다가 탈진해 쓰러지기 일쑤였다.

그러나 사기미종진은 어디까지나 진을 모르는 일반 무인들에게 위력을 발휘하는 것이지, 유기원과 같이 진의 달인에게는 별 무소용인 진법이었다. 무엇보다 사기미종진으로 유기원의 감각을 완벽하게 속이는 것은 불가능한 일이었다.

"그럼 무슨 진이란 말인가? 구죽환영진(九竹幻影陣)도 아니고, 이십팔로대진(二十八路大陣)은 더더욱 아니고. 그렇다면 남는 것은 얼마 없는데. 혹시?"

문득 한 가지 생각이 떠올랐다.

그가 벌떡 자리에서 일어나 자신의 생각이 맞는지 확인에 들어갔다.

유기원이 근처에 굴러다니고 있는 나뭇가지 몇 개를 들어 자신이 서있는 곳을 중심으로 주위에 푹푹 꽂았다. 겉으로 보기엔 대충 아무 자리에나 꽂는 것 같았지만, 사실은 엄격한 법도에 의해서 각기 다른 깊이로 꽂는 것이었다.

"마지막이다."

그가 마지막 나뭇가지를 꽂자 갑자기 주위에 운무가 일어나더니 풍광이 흔들리기 시작했다. 그 모습을 보며 유기원이 고개를 끄덕였다.

"역시!"

그가 펼친 것은 칠절중첩대진(七切重疊大陣)의 파해법이었다. 칠절중첩대진은 이름 그대로 일곱 가지의 진법을 중첩시켜 펼치는 것으로 칠백 년 전에 실전된 대천파멸진(大天破滅陣)에서 파생되어 나온 진법이었다. 본래 대천파멸진이 가지는 본연의 위력에는 비할 수 없었지만, 그래도 나름 강력한 위력을 발휘하는 진이 일곱 개가 합쳐져 엄청난 위력을 발휘하는 진법이었다.

아직 유기원은 칠절중첩대진 전부를 파괴한 것이 아니었다. 칠절중첩대진을 이루고 있는 일곱 개의 진법 중에서 단 한 개를 파훼한 것에 불과했다. 그가 가야 할 길은 아직 멀었다.

그래도 유기원의 표정은 어둡지 않았다. 일단 칠절중첩대진이란 사실을 알아낸 것만으로도 고비의 반은 넘겼기 때문이다.

유기원은 거침없이 진을 파훼하기 시작했다.

"누군지 모르지만, 감히 나에게 이런 진법을 펼친 자를 결코 용서하지 않을 것이다.”

칠절중첩대진을 펼친 것은 자신을 향한 명백한 도전이었다. 유기원은 칠절중첩대진을 파괴하고 진을 펼친 자의 콧대를 납작하게 눌러줄 거라고 거듭 다짐했다.

세 개, 네 개, 칠절중첩대진을 이루고 있던 진들이 연이어 파훼되었다. 그리고 마침내 유기원은 단 하나의 진만을 남겨두었다. 마지막 진을 바라보는 유기원의 표정은 자못 비장했다.

마지막 진은 이제까지 그가 파훼한 여섯 개의 진을 다 합한 것만큼이나 위험하고 파훼하기 힘든 진법이었다. 그러나 유기원은 결코 기죽지 않고 진을 파훼하기 시작했다.

‘칠절중첩대진을 펼친 자의 정체가 무엇인지는 모르지만, 실로 대단한 자가 분명하다. 이런 어려운 진법을 하루 만에 완성하다니. 그 조예가 결코 나에 못지않구나.’

분명 어제 같은 시각에 산책할 때까지는 존재하지 않던 진법이었다. 그 말은 곧 어제 그가 돌아간 직후 진이 만들어졌다는 뜻이었다. 그 짧은 시간 동안 이런 복잡한 진을 완성시킬 정도면 상대의 역량이 어느 정도인지 충분히 짐작할 수 있었다.

유기원은 혼신의 힘을 다해 마지막 진까지 파훼했다. 그가 진의 정체를 알아낸 후 파훼하기까지 걸린 시간은 무려 네 시진이었다. 그나마 유기원 정도 됐으니까 이 정도지, 만일 진법을 모르는 무인이었다면 아직까지도 제자리를 맴돌고 있을 것이다.

진을 벗어난 유기원이 소리쳤다.

"누구냐? 누가 감히 나 유기원의 앞길에 진을 펼친 것이냐?"

그의 목소리가 쩌렁쩌렁 울려 퍼졌다.

그 순간 숲속에서 일단의 무리가 나타나 유기원을 포위했다. 유기원이 그들을 노려보며 소리쳤다.

"네놈들은 누구냐? 누구기에 감히 나 유기원에게 진을 펼친 것이냐?"

"역시 듣던 대로구려. 칠절중첩대진을 겨우 네 시진 만에 파훼하다니. 대단한 실력이오."

유기원을 둘러싼 사내들 중 우두머리로 보이는 자가 감탄했다는 표정을 지으며 말했다. 이제 서른 초반에 얼굴을 가로지르는 검상이 인상적인 남자였다.

"네가 이들의 우두머리냐?"

"그렇소."

"그럼 칠절중첩대진 역시 네놈이 펼친 것이겠군."

"후후! 솔직히 진은 내가 펼치지 않았소. 우리가 알고 있는 어떤 분이 수고를 해주셨소. 이 정도 진 하나 파훼하지 못한다면 자격이 없다고."

"자격? 무슨 자격을 말하는 것이냐?"

"우리 주인을 위해 일할 자격을 말함이오."

"네놈의 주인?"

유기원의 언성이 높아졌다. 하지만 여전히 우두머리 사내는 미소를 지우지 않은 채 말을 이었다.

"당신은 영광스럽게도 그분을 위해 선택되었소."

"그게 무슨 말이냐? 나는 네놈의 주인과 일면식도 없을뿐더러, 남을 위해 일하고 싶은 생각이 없는 사람이다."

"아니, 유 장주는 반드시 우리 주인님을 위해 일하게 될 것이오. 왜냐하면 그분에게 선택되었기 때문이오."

"놈! 내가 그리 호락호락해보이느냐?"

"모두가 처음에는 그랬소. 다들 당신과 같은 반응을 보였지."

우두머리 사내가 의미심장한 미소를 지으며 고갯짓을 했다. 그러자 유기원을 포위했던 무인들이 공격했다. 유기원이 그에 대항해 무공을 펼쳤다.

그 광경을 보며 우두머리 사내가 중얼거렸다.

"진법가로서의 능력은 뛰어날지 모르지만, 결국은 반쪽짜리 무인."

그의 말처럼 유기원은 처음에는 대항하는 듯 보였지만, 결국 얼마 지나지 않아 무인들에게 제압당했다. 마혈을 제압당한 유기원이 짐짝처럼 사내들 중 한 명의 어깨에 걸쳐졌다.

그제야 우두머리 사내가 외쳤다.

"다음엔 현현수사(玄玄秀士) 유강양이다. 서둘러라. 해가 지기 전에 이동한다."

"예!"

사내들은 나타날 때와 마찬가지로 흔적도 없이 사라졌다.

*　　　*　　　*

장성으로 통하는 관문에 자리한 하곡(河曲)은 군사도시의 성격이 짙은 곳이었다. 장성과 맞닿아있는 만큼, 사람들은 항상 이민족의 침입에 대해 경계하는 마음을 가지고 있었다. 그 때문에 길을 걷는 사람들 중 반수 이상은 무기를 소지하고 있었다.

국법으로 민간인들이 무기를 휴대하는 것은 엄격히 금지되고 있었지만, 이곳 하곡에서만큼은 예외였다. 국가의 장악력이 미치지 못하는 데다, 사람들의 기질이 거칠고 강해 주둔하고 있는 군대조차 쉬쉬하는 분위기였다.

북로객잔(北路客棧)은 하곡에서 가장 크고, 사람들이 많이 모이는 곳이었다. 북방으로 통하는 관문에 위치해 있었기에 사람들은 이곳에 모여 정보를 나누거나, 술잔을 기울였다. 그래서 항상 북로객잔은 사람들로 북적였다.

거친 북방의 분위기가 고스란히 깃들어 있는 북로객잔이었다. 건물은 물론이고 사람들의 분위기에도 거친 기운이 물씬 풍겨 나왔다.

"어휴! 먼지야. 에유 퉤퉤! 입안에도 다 먼지가 들어갔어."

"사람들이 많구나. 호들갑을 그만 떨거라."

어디를 봐도 남자 일색인 북로객잔에 여인들이 모습을 드러냈다. 그러자 객잔 안에 있던 남자들의 시선이 일제히 여인들에게 향했다.

피풍의를 걸친 여인들이었다. 매우 오래 걸어왔는지, 그녀들의 어깨에는 누런 먼지가 쌓여 있었다. 한 명은 청초한 아름다움이 물씬 풍기는 미녀였고, 다른 한 명은 아직 애티를 벗지 못한 소녀였다. 하지만 표정하며 말투하며, 행동거지가 무척이나 귀여워 사람들의 시선을 확 끌어당기는 힘이 있었다.

수많은 남자들이 바라보고 있다는 사실을 알면서도 두 여인은 태연하게 객잔으로 들어왔다. 아마도 이런 종류의 시선에는 무척이나 익숙한 모양이었다.

소녀가 점소이에게 외쳤다.

"여기 자리 좀 안내해줘요. 이왕이면 경치가 좋은 곳으로."

"예!"

점소이가 금세 다가와 그녀들을 창가의 자리로 안내했다. 그나마 북로객잔에서 가장 경관이 좋은 곳이라 할 수 있는 곳이었다. 물론 대부분의 남자 손님들은 경관을 상관하지 않았기에 빈 곳이었다.

소녀가 탁자를 보며 쫑알거렸다.

“아유! 더러운 곳 좀 봐. 좀 청결에도 신경을 쓰지.”

“죄, 죄송합니다. 대부분의 손님이 남자인지라.”

“됐어요. 음식은 뭘 잘 하나요?”

“어지간한 것은 대충 다합니다.”

“그럼 돼지고기 볶음하고, 만두 한 접시, 국수 두 개만 말아 주세요.”

“알겠습니다. 잠시만 기다리십시오.”

주문을 받은 점소이가 금세 주방으로 뛰어갔다.

여인과 소녀는 자리에 앉았다. 소녀는 자리에 앉자 쫑알쫑 알 떠들기 시작했다.

“어휴! 도대체 언제까지 여기에 있어야 하는 거야? 다른 것 은 다 참겠는데, 물하고, 시시때때로 불어오는 먼지바람은 도 저히 못 참겠어.”

“너도 이젠 다 큰 숙녀야. 체신을 지키는 것이 어떻겠니?”

“체신? 아직 난 열다섯이라고. 언니처럼 체신을 따지기엔 나이가 너무 어려. 난 조금만 더 자유롭게 살래. 어차피 나이 가 들면 언니처럼 사람들의 시선을 의식하고 행동해야 할 것 아냐?”

“못하는 소리가 없구나, 소소야.”

“그걸 이제 알았어?”

소소라고 불린 소녀가 혀를 길게 내보였다. 그 모습이 깨물 어주고 싶을 정도로 귀여웠기에 여인은 더 이상 말을 하지 못했다.

"하여간 미려 언니는 너무 고지식해서 탈이라니까."

"내가 뭐가 고지식하다는 것이니?"

"가문이 정해준 대로 살아가고, 가문이 정해준 대로 혼인을 하고. 너무 뻔한 삶이잖아. 언니가 조금만 더 생각하면 가문을 마음대로 이용할 수 있다는 것을 알 텐데."

"그렇게 쉽게 말할 수 있는 성질의 것이 아니란다. 소소야. 우리 같이 무가에서 태어난 여인들은……."

"됐네요. 또 고주알미주알 고지식한 잔소리는."

여인의 말을 탁 끊은 소녀의 이름은 조소소였다. 그리고 눈앞의 여인은 조미려라 했다. 두 사람 모두 인근의 무가인 조가장(趙家莊)의 장주인 조원태의 딸로, 오늘 귀환 손님을 맞기 위해 평상시에는 나오지 않던 이곳까지 온 것이다.

두 사람의 대화에서 조가장의 여식임을 확인한 사람들이 대부분 시선을 돌렸다. 조가장은 인근에서 꽤나 힘을 쓰는 가문으로, 대부분의 사람들은 조가장과 은원이 얽히는 것을 두려워했다.

하지만 몇몇 사람들은 쉽게 두 사람에게서 시선을 떼지 못했다. 그도 그럴 것이 두 사람 모두 북방에서는 쉽게 보기 힘든 미인들이었던 것이다.

조미려는 성숙한 여인의 향기를 뿜어내며 미모가 활짝 만개하고 있었고, 조소소도 몇 년만 시간이 흐르면 조미려 못지않은 미인이 될 자질이 충분해 보였다. 무엇보다 두 사람 모두 북방의 여인들에게서 보기 힘든 눈부시게 하얀 피부를 가지고 있어 더욱 미모가 돋보였다.

결국 그녀들을 지켜보고 있던 남자들 중 한 명이 얼굴에 가득 미소를 지으며 다가갔다.

"실례하겠습니다. 워낙 아름다운 두 분인지라 그저 통성명이나 하고자 결례를 무릅쓰고 이렇게 다가왔습니다. 이 몸은 팔선공자(八仙公子) 요문수라고 합니다."

"무슨 용건이신가요?"

"사내로 태어나 어찌 아름다운 여인을 눈앞에 보고 그냥 지나칠 수 있단 말입니까? 오늘 통성명이나 하고 차후 인연을 이어가고자 함입니다."

"됐습니다. 오늘 우리는 중요한 사람들을 만나기 위해 왔습니다. 요 공자님과 보낼 시간이 없습니다."

"시간이야 만들면 되는 거지요."

조미려의 거절에도 요문수는 능글맞은 웃음을 지으며 쉽게 물러나지 않았다. 그에 조미려의 미간에 골이 패였다.

그때 조소소가 한마디 더했다.

"팔선공자는 들어본 적이 없지만, 팔선음마(八仙淫魔)에 대해서는 들어본 적이 있는데. 이십대 중반으로 보이지만, 사실은 칠십이 넘은 노인네라고. 혹시 아저씨가 팔선음마가 아니에요?"

"뭐, 뭐?"

직접적인 조소소의 물음에 요문수가 당황한 표정을 지었다. 허나 그는 이내 무슨 소리를 하냐는 듯이 손사래를 치며 말했다.

"아이야, 잘못 알고 있는 것 같구나. 나는 분명 팔선공자란다. 강호에 나와 비슷한 별호의 음마가 있다는 소문을 들은 적이 있지만, 맹세코 나는 아니란다."

"에이! 아닌 것 같은데. 소문에 따르면 팔선음마는 인중이 말처럼 길고, 두 눈 사이에 흉터가 있다고 했는데, 아저씨도 똑같네요."

"이익!"

조소소의 말에 요문수의 말문이 탁 막혔다.

그의 진정한 정체는 분명 팔선음마였다. 팔선공자는 그가 임시변통으로 쓰는 별호였다. 하지만 이렇게 어린아이에게 금방 들통 날 줄은 꿈에도 생각하지 못했다.

정체가 들통 난 요문수의 표정이 딱딱하게 굳었다.

"어린 아가씨가 본 공자를 당황하게 만드는구나. 맞다. 내가 팔선음마 요문수다. 허나 강호의 소문은 종종 와전되어 진실과 다르게 퍼져가는 법이지. 본 공자에 대한 소문은 모두 이 몸을 질시하고 시기하는 자들이 악의로 퍼트린 것이 대부분이란다. 그러니까 나에 대해 경계할 필요가 없다."

"이제까지 서른두 명의 여인을 욕보이고, 세 명을 죽였으

며, 그중에는 지부대인의 첩도 있다는 말이 모두 거짓이란 건
가요? 흐응! 그렇다면 정말 소문이 악질적으로 난 건데.”

조소소가 천진난만한 표정을 지었다. 그러나 요문수는 그녀
의 눈빛에서 한 줄기 요악한 빛을 발견했다. 도저히 어린아이
의 눈빛이라고 볼 수 없는 그런 빛을 말이다.

조가장에서 조소소의 별명은 소제갈(小諸葛)이었다. 그 조그
만 머리에 얼마나 많은 지식이 쌓여있는지는 오직 그녀 자신
밖에 알지 못했다.

이미 조소소는 모든 것을 알면서 요문수를 놀리고 있었다.
그런 그녀의 태도에 화가 치미는 것을 느꼈다.

요문수는 더 이상 자신의 본색을 숨기려 하지 않았다.

“하하! 어린 것이 제법이구나. 네 말이 모두 맞다. 그렇다면
내가 너희들을 왜 찾아왔는지도 알고 있겠지?”

“그건 이미 짐작하고 있지만, 그렇게 대놓고 나서도 돼요?”

“왜? 내가 이 주루에 있는 것들을 두려워하기라도 해야 한
단 말이냐?”

“그건 아니에요.”

조소소가 고개를 저었다. 그러자 요문수의 목소리가 더욱
커졌다.

“그렇다면 내가 두려워할 필요가 없잖느냐?”

“이 객잔 안에 있는 사람들이야 그렇지만, 방금 들어와 당
신의 등 뒤에 서있는 사람은 어떻게 할 건가요?”

“내 뒤에 누가 서있다고 그러는 것이냐? 나는 너의 거짓말에 속지 않는다.”

“흐응! 안타깝군요. 나는 진심으로 걱정이 돼서 한말인데.”

“꼬마 계집, 정말 눈 하나 깜빡이지 않고 거짓말을 하는구나.”

요문수의 눈이 음욕으로 빛났다.

그는 다 큰 성인 여인도 좋아하지만, 조소소 또래의 어린아이도 좋아했다. 비록 당돌하긴 하지만 조소소는 충분히 매력 있는 여아였다. 그는 조소소에 대한 탐욕을 숨기지 않았다.

“당신은 그 아이의 충고를 듣는 것이 좋을 뻔했다.”

그 순간 요문수의 등 뒤에서 상당히 거친 음성이 들려왔다. 요문수의 등골을 타고 식은땀이 흘러내렸다.

‘누가?’

분명 목소리는 들리는데 기척은 느껴지지 않았다. 그 말은 곧 요문수의 감각을 속일 수 있을 만큼 고수이거나, 자신의 기척을 숨기는데 능통한 무인이라는 뜻이었다. 그 어느 쪽이든 요문수에게는 그다지 좋은 일은 아니었다.

지금 등 뒤에는 그가 미처 기척을 감지하지 못한 미지의 무인이 서있었다. 그리고 조소소의 반응으로 미루어보아 그는 조씨 자매와 무척 친할 확률이 높았다.

조소소가 재밌다는 표정으로 그를 바라보고 있었다. 그 요악스런 얼굴에 주먹 한 방을 먹여주고 싶었지만, 우선은 자신에게 닥친 위기를 벗어나는 것이 급선무였다.

요문수의 손가락이 꼼지락거렸다. 소매 안에서 둥그런 단환이 흘러나와 손가락 사이에 안착했다. 그가 평상시 여인들을 겁간할 때 사용하는 미혼약이 담겨 있었다. 복용을 시켜도 되지만, 급할 때는 내공을 이용해 가루로 만들어 뿌려도 효과를 볼 수 있다. 미혼약을 조금이라도 흡입하는 순간 정신력과 판단력이 흐려지기 때문에 요문수는 급박한 상황에 종종 사용해 왔다.

요문수는 이번에도 미혼약이 자신의 위기를 벗어나게 해줄 것이라고 생각했다. 그는 내공을 이용해 단환을 가루로 만들려 했다. 하지만 그 순간 등 뒤에서 다시 한 번 차가운 목소리가 들려왔다.

"꼭 그런 부류가 있지. 직접 지옥불을 경험하기 전에는 자신은 절대로 죽지 않을 거라고 생각하는."

쾅!

말이 채 끝나기도 전에 요문수는 등판에 강력한 충격을 느끼고 고꾸라져야 했다. 미처 미혼약을 뿌리기도 전에 일어난 일이었다.

"크윽!"

요문수가 선혈을 토해내며 고개를 들었다. 그러자 이제 이십대 후반으로 보이는 붉은 장삼을 입은 사내가 보였다. 마치 송충이 같이 짙은 눈썹과 굳게 다문 입술, 사자를 보는 듯 뭉

툭한 코는 강렬한 인상으로 다가왔고, 그의 다부진 체격은 위압적이기까지 했다.

그중에서도 가장 눈에 띄는 것은 바로 그의 등에 고이 접혀 있는 한 자루의 창이었다. 창신과 창날까지 온통 붉은색의 금속으로 만들어져 있는 창의 표면에는 비상하는 듯한 용의 모습이 선명하게 양각되어 있었다.

창을 확인하는 순간 요문수는 자신을 공격한 산내의 정체를 알아차렸다.

"너는 광혈룡(狂血龍) 묵원상(墨元想)."

"내가 바로 묵원상이다."

스스로를 묵원상이라 밝힌 사내의 음성에는 강한 자부심이 담겨 있었다. 그도 그럴 것이 묵원상은 능히 그럴 만한 자격을 가진 사내였다.

신주십대고수의 뒤를 잇는 가장 강력한 후기지수들을 일컫는 단어가 바로 오기였고, 묵원상은 오기의 일원으로 당당히 그 이름을 올리고 있는 남자였다. 그 말은 곧 신주십대고수의 다음 세대에 능히 새로운 십대고수의 반열에 올라갈 수 있다는 뜻이기도 했다. 그런 만큼 묵원상의 자부심은 결코 작은 것이 아니었다.

"크윽! 묵원상."

요문수의 얼굴에 당황한 빛이 떠올랐다.

하필 묵원상이라니.

광혈룡이라는 별호답게 한번 무공을 펼치면 미친 용처럼 주위의 모든 것을 파괴하고 끝을 봐야만 직성이 풀리는 남자가 바로 묵원상이었다. 일단 적으로 돌리면 어떤 경우에도 봐주지 않는 완고함과 우직함도 그의 명성을 높이는 요인 중 하나였다. 바꿔 말하면 지금 묵원상은 요문수를 적으로 삼은 것이나 다름없었다.

'빌어먹을! 하필 묵가의 묵원상이라니.'

묵원상은 두렵지 않았지만, 묵원상의 가문인 묵가(墨家)는 두려웠다. 천하에 묵씨를 성으로 쓰는 사람들은 수도 없이 많았지만, 그들 중 가문으로 일가를 이룬 곳은 묵원상의 가문밖에 없었다. 그렇기에 그들은 그 어떤 수사도 없이 단지 묵가라는 단어를 썼다. 천하에서 묵가는 오직 자신들밖에 없는 것처럼.

묵가는 집요했다. 자신의 적을 결코 용서하지 않는다는 점에서는 구주천가와도 어느 정도 일맥상통했다. 그래서 절대적으로 둬서는 안 되는 집단 중 하나가 바로 묵가였다. 그런데 묵가의 묵원상이 자신을 적으로 삼았다. 그 사실 하나만으로도 등골이 서늘해지는 요문수였다.

요문수는 억지로 몸을 일으켰다. 묵원상을 적으로 삼은 이상 그와 싸우든지, 평생을 도망 다니든지, 둘 중의 하나를 선택해야 했다. 그러나 묵원상의 눈을 보니 절대로 그냥 가게 내버려둘 것 같지 않았다.

그가 고통을 참으며 호기롭게 외쳤다.

“나는 오래전부터 묵가의 창을 견식해보고 싶었다.”

“당신은 나의 창을 볼 자격이 없다.”

“나를 모욕하지 마라. 묵가의 애송이.”

“훗! 음적이 못하는 말이 없군.”

묵원상의 입가에 서늘한 미소가 떠올랐다. 그것은 명백한 조소였다.

요문수의 눈가가 파르르 떨렸다. 하지만 그는 이내 마음을 가라앉혔다. 묵원상이 최근에 두각을 나타낸 신진고수라면 자신은 이미 오십 년 전부터 강호에서 활동한 늙은 생강이었다. 늙은 생강이 매운 것은 다 이유가 있기 때문이다.

비록 정통무공은 묵원상에 비할 수 없지만, 그에겐 수많은 사선을 넘어 온 경험과 노련함이 있었다.

“챠핫!”

요문수가 바닥을 발로 차자 나무가 부서지며 묵원상을 향해 비산했다. 묵원상이 미간을 찌푸리며 손바닥으로 나무를 쳐내며 요문수의 다음 공격에 대비했다. 통상 이런 경우 암습이 이어지기 때문이다. 하지만 요문수는 묵원상을 공격하는 대신 재빠르게 뒤로 몸을 날렸다.

어차피 지금 이 자리에서 묵원상과 싸워서 그에게 득 될 게 없었다. 그냥 피하는 게 차라리 나았다. 어차피 이곳을 빠져나가 얼굴만 조금 바꾸면 누구도 알아보지 못할 터였다.

뒤늦게 묵원상이 요문수의 의도를 깨닫고 추적하려 했다.

그러나 그때 요문수는 이미 입구에 도달한 상태였다. 이제 문만 벗어나면 경공으로 묵원상을 떨쳐낼 수 있을 거라 자신했다. 경공만큼은 천하의 그 누구에게도 뒤지지 않는다고 자부하는 요문수였다.

그가 문을 막 빠져나가기 직전 거대한 그림자가 어슬렁거리며 객잔 안으로 들어오는 모습이 보였다. 덩치가 얼마나 거대한지 입구가 꽉 차는 것이 느껴졌다.

요문수의 마음이 급해졌다.

그가 일장을 날리며 소리쳤다.

"비켜라. 이 곰 같은 자식아."

요문수는 자신의 일장에 덩치가 큰 남자가 나가떨어질 것임을 의심치 않았다. 그가 펼친 경뢰수(鏡雷手)는 능히 그럴 만한 위력을 가진 무공이었으니까.

콰앙!

그의 예상대로 그의 일장은 사내의 가슴에 격중했다. 단지 그의 예상과 다른 것이라면 자신의 일장을 맞고도 사내가 꿈쩍도 하지 않았다는 것이다. 그리고 또 한 가지 의외 일이라면 사내가 팔을 휘둘러왔다는 것이다. 마치 파리를 잡듯 그렇게 말이다.

퍼억!

"꾸웨액!"

사내가 휘두른 팔에 얻어맞은 요문수는 처절한 비명과 함께 바닥에 파리처럼 처박혔다. 사내의 팔을 막으려던 두 팔은 교차된 채 으스러져 있었다.

요문수가 바닥에 엎어져 파르르 떨었다. 그제야 사내가 요문수에게 눈길을 주었다.

"이건 또 뭐야?"

그는 요문수에게 얻어맞은 가슴을 아무렇지 않게 툭툭 털어내며 중얼거렸다. 하지만 그의 목소리는 너무 커서 객잔 안에 있는 모든 사람들이 똑똑히 들을 수 있었다.

'저자는 또 뭐야?'

'무슨 덩치가 산 만하냐?'

그 순간 중인들은 사내의 산만한 덩치에 질려 요문수가 너무 쉽게 바닥에 패대기쳐졌다는 사실을 인지하지 못했다. 그리고 요문수의 입에서 게거품이 게워져 나오고 있다는 사실도.

사실 요문수는 저렇게 쉽게 쓰러져서는 안 되는 사람이었다. 비록 그가 묵원상을 피해서 몸을 날렸다고는 하나, 그것은 어디까지 당장의 귀찮음과 충돌을 피하기 위함이었지, 무공이 약해서는 아니었다. 만약 무공이 약했다면 지난 오십 년 동안 무사히 채화음적 짓을 하지도 못했을 것이다.

그런 요문수가 사내가 귀찮은 듯 휘두른 팔에 얻어맞아 인사불성이 되었다. 그래도 사람들은 이상하게 생각하지 않았다. 바로 새로이 나타난 사내의 거대한 덩치가 그 모든 것을 당연하게 생각하도록 만든 것이다.

“쯧쯧!”

사내를 따라 뒤늦게 객잔 안에 들어온 외팔이 사내가 정신을 잃은 채 몸을 부들부들 떨고 있는 요문수를 보며 혀를 찼다.

“보아하니 몸 안의 뼈란 뼈는 전부 부러져 정신을 차려도 병신을 면치 못하겠군.”

외팔이 사내가 한심하단 듯이 혼절한 요문수를 바라봤다.

한 명은 거대하고, 하나는 팔이 없었다. 그 특이한 조합에 사람들의 시선이 집중됐다. 하지만 그들은 사람들의 시선을 아랑곳하지 않고 객잔 안으로 들어왔다. 이미 혼절한 요문수 따위는 신경도 쓰지 않고 말이다.

그 모습에 눈을 빛낸 것은 조씨 자매와 묵원상이었다. 조소소는 흥미로운 눈으로 바라보았고, 묵원상은 이채로운 시선으로 바라봤다. 그만큼 새로 나타난 자들은 사람들의 눈을 끌기 충분했다.

거대한 사내가 의자에 앉으며 소리쳤다.

“점소이.”

“예!”

“이집에서 제일 잘하는 음식 열 가지만 내오거라.”

“네?”

“가격은 상관없으니 제일 맛있는 것으로 열 가지를 내오란 말이다. 내말이 들리지 않느냐?”

“아, 아닙니다. 그렇게 주방에 전하겠습니다요.”

점소이가 당황스런 얼굴로 대답을 하고 급히 주방으로 뛰어
갔다. 음식 종류도 묻지 않고 말하는 사내의 기세에 기가 질린
까닭이었다.

그렇게 모두의 시선을 집중시키며 나타난 남자는 철군패였
다. 그가 드디어 장성을 넘어 중원 북부에 모습을 드러낸 것이
다. 그의 곁을 따라오고 있는 외팔이 남자는 바로 백련귀였다.

철군패는 무슨 이유에선지 백련귀와 동행했다. 백련귀는 순
순히 철군패를 따랐다. 무공을 금제당한 백련귀였다. 도주할
수도 없는 팔자였지만, 무슨 이유에선지 도주할 생각도 하지
않았다. 그는 마치 철군패의 종이라도 되는 것처럼 수발을 들
었다. 그리고 철군패 역시 그런 백련귀의 행동을 당연한 것처
럼 받아들였다.

일반인의 상식으로는 도저히 이해할 수 없는 두 사람의 관
계였다.

철군패는 객잔 안에 있는 사람들에겐 신경조차 쓰지 않았
다. 그는 이곳 객잔 안에 누가 있든지 상관없는 것 같았다. 하
지만 다른 사람들은 그렇지 않았다.

그들은 새로이 나타난 이 거구의 남자에게서 눈을 뗄 수 없
었다. 묵원상과 조가 남매도 그런 이들 중 한 명이었다. 그들
중에서도 조소소는 유독 반짝이는 시선으로 철군패를 바라보
고 있었다.

제 5 장

난마정국(亂麻政局)

조소소가 목소리를 낮췄다.

"저 아저씨는 정말 거대한 산 같아. 나는 저렇게 덩치가 큰 사람을 처음 봤어. 그런데 저렇게 커다란데도 미련해보이지 않다니 정말 뜻밖이야."

"그만 하거라. 남의 말을 함부로 하는 것이 아니다."

조미려가 조소소를 나무랐다. 하지만 조소소는 전혀 승복하는 표정이 아니었다. 그녀가 조그만 혀를 내보이며 코를 찡긋해보였다. 악동 같은 표정이었다.

조미려가 조소소를 보며 한숨을 내쉬었다.

"무릇 여인이란 다른 사람들 앞에서 체신을 지킬 줄 알아야 한다. 그런데 너는……."

"체신은 언니가 지키고 있잖아. 그런 사람은 가문에서 한 명이면 족해. 나까지 그렇게 되면 너무 숨 막히잖아."

"소소야."

"그만해, 언니. 우리끼리 말다툼하려고 나온 것은 아니잖아. 오랜만에 원상 오라버니를 만났는데 우리끼리 다툴 필요는 없잖아."

"휴!"

조미려가 한숨을 내쉬었다.

조소소는 어떻게 통제가 되지 않을 정도로 자유분방했다. 같은 핏줄을 타고 태어난 자매가 어떻게 이렇게 다른 성격을 가질 수 있는지 때로는 조미려도 의문이었다. 엄격한 가풍의 조가에서 조소소는 어떻게 보면 이단아나 마찬가지였다.

조미려는 조소소에게서 묵원상으로 시선을 돌렸다.

"오랜만이에요, 오라버니."

"그래! 오랜만이구나. 그간 잘 있었느냐?"

"염려 덕분에 잘 지냈어요."

"너는 그동안 더욱 아름다워진 것 같구나. 바라보기가 두려울 정도로 눈이 부시구나."

묵원상의 말에 조미려가 얼굴을 은은하게 붉혔다.

사람들은 잘 모르지만, 묵원상과 조미려는 매우 오래전에 가문에서 약혼한 사이였다. 물론 두 사람도 서로를 싫어하지 않았다. 아니, 오히려 서로에게 연모의 마음을 갖고 있기에 가문의 결정을 반겼다.

오늘은 묵원상이 오랜만에 조가로 돌아오는 날이었다. 오늘의 방문이 있고 난 후 몇 달이 지나면 두 사람은 혼인을 할 것이다. 그야말로 선남선녀의 결합이라고 할 수 있을 것이다. 하지만 두 사람을 바라보는 조소소의 얼굴에는 지루한 기색만이 가득했다.

'좋아! 다 좋은데, 따분해. 이 사람들은 너무 고지식하단 말이야.'

자신의 언니고, 형부 될 사람이었지만, 조소소는 그들이 너무 답답하다고 생각했다. 어찌 보면 그녀의 가문 분위기 전체가 그랬다. 완고하면서도 경직된 특유의 가풍은 천성적으로 자유분방한 성격을 가진 조소소를 답답하게 만들었다.

새로이 형부가 될 묵원상도 조가의 가풍에 어울리는 경직된 분위기를 갖고 있었다. 그 점이 못내 아쉬운 조소소였다.

조소소의 시선이 철군패가 있는 탁자로 향했다. 정말 그곳엔 산더미처럼 음식이 쌓여 있었다. 철군패는 자신의 앞에 놓인 음식을 마치 짐승처럼 탐하고 있었다. 그 모습이 사뭇 게걸스러워 보였지만, 한편으로는 매우 잘 어울려 보이기도 했다. 그의 앞에는 백련귀가 조금씩 음식을 먹고 있었다. 본래 백련귀는 음식을 많이 먹지 않는 사람이었다. 그러다보니 자연 대식가인 철군패와 비교가 되었다.

철군패에게 얻어맞아 바닥에 쓰러진 요문수는 아직도 정신을 차리지 못하고 있었다. 그 때문에 묵원상도 철군패를 예의 주시하고 있었다.

'앉아있어도 덩치가 산처럼 크구나. 강호의 젊은 무인들 중 저 정도의 덩치를 가진 무인이 있었던가?'

당장 생각이 나는 사람이 몇 명 있긴 했다. 하지만 그들 중 팔선음마 요문수를 단방에 때려잡을 수 있는 사람은 없었다. 실제로 자신조차 요문수와 정면으로 승부해 단번에 제압할 자신이 없었다.

정체가 궁금했지만, 그렇다고 먼저 다가가 인사를 하자니 그의 자존심이 용납하지 않았다. 광혈룡이라는 별호가 무림에서 결코 작은 위치를 차지하는 것이 아니었다. 그런 자신의 자존심을 숙이고 싶지는 않았다.

그런 이유로 묵원상은 움직이지 않았지만, 조소소는 달랐다.

"아무래도 궁금해서 안 되겠어."

그녀는 누가 뭐라 말리기도 전에 자리에서 일어나 철군패의 자리로 다가갔다.

"저, 저?"

갑작스런 그녀의 행동에 조미려가 놀라 입만 벙긋거렸다. 묵원상도 미처 제지를 하지 못하고 미간만 찌푸렸다.

조소소는 당돌하게도 철군패의 자리에 다가가 말을 건넸다.

“안녕하세요.”

“응?”

철군패가 닭다리를 잡은 모습 그대로 고개를 들었다. 입가에 기름기가 묻은 모습이었지만, 그리 추해보이지는 않았다.

철군패가 고개를 갸웃했다.

“우리가 아는 사이던가?”

“아니요. 그래서 이제부터 알고 싶어서요.”

“꼬마 아가씨가 나를? 왜?”

“그냥 궁금해서요. 그러면 안 돼요?”

“안 될 것은 없지만, 뜻밖이라서. 내가 꼬마 아가씨에게 호감을 주는 부류인가 싶어서 말이야.”

“풋! 꿈 깨세요. 누가 아저씨에게 호감이 있어서 이러는 줄 알아요?”

“쳇! 벌써 꿈을 깨야한다니 안타깝군. 이제야 마음에 드는 이상형을 만났는데.”

“정말요?”

“당연히 농담이지.”

철군패의 웃음 섞인 말에 조소소가 두 뺨을 잔뜩 부풀렸다. 그 모습이 여간 귀여운 것이 아니었다. 사랑을 듬뿍 받고 자란 사람들만이 저런 사랑스런 표정을 지을 수 있었다. 하지만 철군패는 그녀의 사랑스런 겉모습 뒤에 숨겨진 본모습을 꿰뚫어 보았다.

'요악한 여우 한 마리가 사랑스런 모습 뒤에 숨어있군.'

조소소는 대담하게 철군패의 탁자에 턱하니 앉았다.

"아저씬 누구세요?"

"나는 나지, 누구긴."

"그런 거 말구요. 아저씨 진짜 정체요."

"내 진짜 정체? 그거 알면 다칠 텐데."

철군패의 목소리엔 장난기가 가득했다.

거의 이십 년 만에 중원으로 돌아왔다. 그런데 첫 번째로 맞아주는 이가 이런 귀여운 아가씨니 어찌 기분이 좋지 않을 수 있을까? 비록 귀여운 얼굴 뒤에 앙큼한 여우 한 마리가 숨어 있다 하더라도 말이다. 때문에 그의 얼굴에 짓궂은 표정이 어렸다.

조소소가 팩 토라진 얼굴을 했다.

"쳇! 관둬요. 나도 아저씨 정체가 하나도 궁금하지 않으니까."

"후후! 화났느냐?"

"아니에요. 그리고 사실 나는 아저씨와 비슷한 사람이 있다는 사실을 들은 적이 있어요. 하지만 내가 들은 그 사람과 아저씨 사이에는 큰 괴리가 있는 것 같아요. 그래서 묻지 않을래요. 만일 나의 짐작이 사실이라면 크게 실망을 할 것 같으니까."

"대단하구나."

철군패가 고개를 주억거렸다. 조소소의 반짝이는 눈동자에서 철군패는 그녀가 사실을 말한다는 사실을 깨달았다.

문득 철군패가 닭다리를 내밀었다.

"먹겠느냐?"

"누가 배고프대요?"

조소소가 어이없다는 표정을 지었다.

"그럼 그냥 그러고 있던가."

철군패가 다시 닭다리를 뜯었다. 그는 입가와 손에 기름이 묻는 것에도 아랑곳하지 않았다. 그 모습에 조소소가 혀를 찼다.

"쳇! 한 번만 묻는 사람이 어딨어요? 아저씨, 그래서는 여자에게 인기가 없다구요."

"여자? 여기에 여자가 어딨는데? 내 눈엔 입만 뽀루퉁 내밀고 있는 꼬마밖에 안 보이는데."

"쳇! 쳇!"

조소소가 연신 콧방귀를 꼈다.

말로는 도저히 철군패를 당할 수 없다는 사실을 절감했다. 하지만 철군패와 장난 섞인 대화를 하며 알았다. 철군패가 단지 덩치만 큰 게 아니라 굉장히 똑똑한 사람이라는 것을. 그가 미련했다면 이런 식의 대화는 절대 이뤄지지 않았을 것이다.

'이 남자, 단순히 덩치만 큰 게 아니다. 커다란 덩치만 보고 어수룩하게 판단했다가는 큰코다치겠구나.'

조소소가 갑자기 손을 내밀었다.

"우리 화해해요. 나는 조소소에요."

"반갑다. 나는 철군패다."

철군패가 조소소의 조그만 손을 마주잡았다. 그러자 조소소의 손이 온통 닭기름으로 범벅이 되었다. 그에 조소소가 코를 찡그렸다.

"지금 일부러 그런 거죠?"

"뭐가? 네가 손을 내밀었지 않느냐?"

"쳇! 쳇!"

조소소가 연신 콧방귀를 꼈다. 그 모습이 여간 귀여워 보이는 것이 아니었다. 그래서 연신 장난이 치고 싶어지는 철군패였다.

그때 조미려가 다가와 대신 철군패에게 사과를 했다.

"죄송해요. 애가 아직 철이 없어서 결례를 저질렀어요."

"아니오. 덕분에 즐거웠소."

"저는 인근 조가장의 조미려라고 해요. 실례지만 존성대명을 알 수 있을까요?"

"철군패라고 하오."

"어디 출신인지 알 수 있을까요?"

조미려의 말에 철군패가 말없이 북쪽을 가리켰다.

"장성 밖에서 오신 건가요?"

"그렇소."

"중원은 초행이신가요?"

"거의 그렇다고 봐야겠지. 이십 년 만에 돌아온 셈이니까."

"고향에 돌아오신 것을 환영해요."

"고맙소."

"그저 노파심에 말씀드리는 건데, 지금 이곳의 민심은 그다지 좋지 않아요. 그러니까 각별히 주의하는 게 좋을 거예요."

"왜 그렇소?"

"북쪽으로 무인들이 집결하고 있어요. 무영문의 소문주가 반천련이라는 단체의 연판장을 가지고 북상하고 있다는 소문이 돌고 있어요. 반천련과 구주천가 양쪽 모두 연판장을 원하고 있어요. 그러다보니 양측에서 움직인 무인들이 그녀를 따라 북쪽으로 이동하고 있어요. 자칫 그들의 소동에 휘말리면 철 소협의 안위도 장담할 수 없을 거예요."

"나에게 왜 그런 이야기를 해주는 것이오?"

"제 동생의 결례를 웃음으로 받아준 것에 대한 보답이라고 생각하세요. 고마웠어요. 제 동생의 무례를 받아주셔서. 그럼."

조미려가 인사를 끝으로 조소소의 손을 잡아끌었다. 조소소 환한 미소를 지으며 손을 흔들었다.

"안녕, 아저씨. 다음에 또 봐요."

"잘 가거라."

철군패의 음성을 뒤로하고 걸음을 옮기던 조소소가 문득 조미려의 귀에 속삭였다.

"언니, 저 아저씨를 잘 봐둬. 어쩌면 우리는 무림의 새로운 전설을 보고 있는 건지도 모르니까."

"그게 무슨 말이니?"

"그런 게 있어. 내 짐작이 맞다면, 저 아저씨는 '그'가 맞을 거야."

"그?"

조미려의 얼굴에 의뭉스런 빛이 떠올랐다. 하지만 조소소는 그 이상 말해주지 않았다. 대신 눈을 빛내고 있을 뿐이었다.

그 순간 철군패는 두 자매가 멀어지는 모습을 보며 유쾌하게 웃고 있었다.

뜻밖의 곳에서 뜻밖의 만남이었다. 덕분에 꽤나 즐거웠다. 하지만 조씨 자매가 자신의 자리로 돌아간 직후, 철군패의 얼굴은 딱딱하게 굳었다.

"반천련과 구주천가라."

무영문의 소문주는 고명희였다. 다른 이들은 모두 그녀를 단월이라고 부르는 모양이었지만, 철군패에게 있어 그녀는 고명희라는 이름으로 기억되어 있었다.

현재 그녀는 무척 곤란한 상황이었다. 구주천가는 그들 나름대로, 반천련 또한 그들 나름대로 그녀를 잡기 위해 움직이고 있었다. 그 과정에서 조금씩 소문이 퍼져나가 이제는 모르는 사람이 없게 되어버렸다.

칠백 년 동안 이 땅을 지배해온 절대세 구주천가. 그리고 그에 대항하는 사람들이 모여 만든 단체 반천련.

단순히 두 문파의 충돌이 아니었다. 기존의 질서와 그에 대항하는 새로운 질서의 태동이었다. 그들의 충돌은 필연적으로 세상을 난세로 몰아넣을 수밖에 없었다.

그러나 지금 이 순간까지도 사람들은 반천련이 구주천가를 어찌할 수 있을 거라고는 생각하지 않았다. 이제까지 수많은 문파와 사람들이 구주천가의 아성에 도전했지만, 그 누구도 성공한 곳은 없었다. 사람들은 다른 문파들이 그랬듯 반천련 역시 그렇게 멸망의 길을 걸을 거라고 말했다.

그러나 차후에 반천련이 어떻게 되든, 지금 당장은 고명희가 반천련과 구주천가에 의해 곤란한 지경에 처해있는 것은 분명했다.

＊　　　＊　　　＊

객잔에 방을 예약해두고 철군패와 백련귀는 밖으로 나왔다.

백련귀가 태평스럽게 물었다.

"어디로 가는 겁니까?"

"무영문으로."

"역시 그녀의 소식을 듣기 위해섭니까?"

눈치는 둘째가라면 서러운 백련귀였다. 그누구도 철군패가

남하한 이유를 말해주지 않았지만, 그는 주워들은 이야기와
돌아가는 사정만으로도 사정 전반을 눈치 챘다.

　무공도 금제당하고, 팔 하나도 잃은 백련귀였다. 그런데도
그는 천연덕스럽게 철군패에게 붙어 다녔다. 이곳까지 오는
동안 몇 번이나 도주할 기회가 있었는데도, 그는 도망가지 않
았다. 언젠가 그 이유를 물으니 자신이 곁에 붙어 있어야 철군
패를 죽일 기회가 난다는 것이었다. 그러면서도 철군패의 수
발을 드는 데 부족함이 없게 했다.

　확실히 백련귀는 보기 드문 인물유형이었다.

　'뭐, 그래봤자 언젠가는 내 뒤통수를 치겠지만 말이야.'

　철군패는 곁에 둔 백련귀 때문이라도 절대로 긴장을 풀 수
없었다.

　"그런데 무영문은 어떻게 찾아낼 생각입니까?"

　"그건 이제부터 네가 생각해야지?"

　"네?"

　"밥값을 해야 할 것 아냐. 그래서 데려온 것이니까."

　"크으!"

　백련귀의 얼굴이 일그러졌다.

　확실히 백련귀 자신이 그런 방면의 전문가이기는 했다. 하
지만 그는 어디까지나 철군패의 적이었다. 그런 자신을 태연
히 이용하겠다는 철군패의 발언에는 그도 두 손 두 발을 다 들
지 않을 수 없었다.

'도대체 이 남자는 무신경한 것인가? 그도 아니면 자신의 적마저도 포용할 수 있을 만큼 그릇이 큰 것인가?'

한 가지 확실한 것은 자신의 그릇으로는 그의 크기를 도저히 짐작할 수 없다는 것이다.

'뭐, 일단은 밥값을 해야겠지. 무영문을 찾는 과정에서 대사조께 나의 존재를 알릴 수도 있을 테니까.'

백련귀에게도 그리 나쁜 조건은 아니었다. 백련귀는 머리를 맹렬히 굴렸다. 비록 대부분을 새외에서 활동을 했지만, 그래도 중원에 대한 지식만큼은 그 누구보다 해박하다고 자부하는 백련귀였다.

비록 미흡하긴 하지만, 무영문에 대한 정보 역시 그의 머릿속에 존재했다.

'무영문은 구주천가와 더불어 가장 방대한 정보망을 구축하고 있다했다. 도둑들이 구성원의 대부분인 탓에 은밀히 자신들의 정체를 숨기고 있으며, 고급정보를 많이 취급한다고 했지.'

현재 무영문은 대외활동을 완전히 중단했다. 따로 외부에 노출된 지부를 둔 것도 아니었고, 문도들이 스스로를 무영문도라고 드러내놓고 다니는 것도 아니었기에, 스스로 모습을 드러내기 전까지 그들을 찾는 것은 쉬운 일이 아니었다.

'결국 무영문도를 찾기 위해선 그들이 스스로 우리를 찾아오게 만드는 것이 최선인데.'

결국 철군패의 존재를 세상에 알리는 것이 급선무였다. 그의 존재가 드러나면 무영문 측에서 먼저 접근해올 것이다.

백련귀의 머릿속에서 수많은 가능성과 방법들이 도출되었다. 백련귀는 그 중 쓸 만한 방법들을 추려 현재 자신들이 있는 지역과 상황에 적용시켰다. 그러자 금방 답이 나왔다.

백련귀가 주위를 두리번거렸다.

거친 북방답게 길을 걷는 대부분의 사람들이 허리에 무기를 찾고 있었다. 대부분이 삼삼오오 모여 길을 걷고 있었는데, 개중에는 이곳을 주름잡는 문파들의 무인들도 다수 있었다.

백련귀가 특유의 표정을 지으며 무인들의 뒤로 다가갔다. 외팔이에다 무공도 익히지 않았기에 그 누구도 백련귀를 경계하지 않았다.

"어이, 이보시오."

백련귀가 앞서가는 이들의 어깨를 두드리며 말을 걸었다. 그러자 무인들이 험악한 표정을 지으며 뒤돌아봤다.

"뭐야?"

"하하! 안녕들 하시오."

백련귀가 유들거리는 표정으로 손을 들어 인사했다. 사내들의 얼굴이 더욱 험악해졌다. 생전 처음 보는 남자가 제멋대로 건들고 인사를 하니 더욱 화가 날 수밖에 없었다.

"뭐냐고 물었잖나?"

"하하! 그렇게 화내지 마시오. 사실 우리 주인이 당신들에게 전해주라고 한 말이 있어서 이렇게 왔소.”

“뭣이?”

사내들의 눈썹이 성큼 치켜올라갔다. 그러자 백련귀가 사내들의 귀에 무어라 속삭였다.

철군패는 그 자리에 서서 백련귀가 하는 모습을 지켜보았다. 무슨 도깨비놀음인지는 알 수 없지만, 그래도 백련귀의 능력을 보고 싶었기에 지켜보는 것이다.

백련귀는 결코 만만한 사람이 아니었다. 비록 자신에게 제압당해 내공이 금제되었지만, 그는 결코 자신에게 승복하거나 굴복하지 않았다.

굳이 억지로 표현하자면 당당한 비굴함이라고 할까?

백련귀의 그런 독특한 성격은 철군패의 마음에 쏙 들었다. 비록 그 본질이 적일지라도 말이다.

백련귀가 뭐라고 속삭이자, 무인들이 화가 머리끝까지 난 표정으로 철군패를 노려보는 모습이 보였다. 백련귀는 그들에게 철군패를 손가락으로 가리키며 무어라 몇 마디 더했다. 그러자 그들이 화가 폭발해 철군패를 향해 다가오며 소리쳤다.

“네놈! 감히 우리 대북삼웅(大北三雄)을 무시하다니.”

“육시럴 놈. 가만두지 않겠다.”

그들이 살기어린 눈빛으로 철군패를 노려보며 성큼성큼 다가왔다. 철군패는 팔짱을 낀 채 백련귀를 바라보았다. 그러자 백련귀가 웃음 띤 얼굴로 어깨를 으쓱해보였다.

‘저 녀석.’

왠지 당했다는 생각이 들었다. 능글맞게 웃고 있는 백련귀의 얼굴에 주먹 한 방을 날리고 싶다는 생각이 들 정도였다.

스스로를 대북삼웅이라고 밝힌 무인들이 살기어린 얼굴로 철군패 앞에 섰다.

“네가 지금 우리 대북삼웅을 모욕했느냐?”

“내가?”

“그래! 네놈이 우리 대북삼웅의 부모님을 모욕하지 않았느냐? 우리 부모들이 서로 바람 피워 낳은 자식들이 우리라고.”

“내가?”

“그래! 네놈이 말이다.”

“그렇단 말이지?”

철군패는 이제야 백련귀가 어떤 말을 했는지 알 수 있었다. 그리고 백련귀가 어떤 의도에서 그런 말을 했는지도 말이다.

철군패가 사과를 하지 않고 엉뚱한 말을 하자 대북삼웅이 다짜고짜 철군패를 공격했다. 그래도 대북삼웅이라 하면 일대에서 알아주는 무인들이었다.

비록 같은 핏줄을 타고 태어난 것은 아니었지만, 친형제처럼 닮은 외모와 비슷한 성격 덕분에 쉽게 의기투합해 이제까지 한 몸처럼 붙어 다녔다. 그런 그들이 공통적으로 참지 못하는 것이 있었는데, 바로 부모를 욕하는 것이었다.

쉬아악!

그들이 들고 있는 대도가 철군패를 짓쳐왔다. 날이 시퍼렇게 갈린 대도는 금방이라도 철군패의 몸을 두 쪽 낼 것처럼 위맹해보였다. 그러나 철군패는 마치 석상이라도 된 것처럼 꼼짝도 하지 않았다. 마치 겁에 질려 피할 엄두조차 내지 못하는 것처럼 말이다.

"흐흐! 미친놈."

대북삼웅이 흉소를 흘렸다. 그들은 곧이어 자신들의 대도에 피를 뿌리며 바닥에 쓰러질 철군패의 모습을 상상했다. 하지만 이어 들려온 소리는 그들의 즐거운 상상을 일거에 날려버리기 충분했다.

캉!

"어?"

대북삼웅의 눈이 크게 떠졌다. 분명 인간의 피륙을 후려쳤는데, 쇳소리가 들렸기 때문이다.

대북삼웅이 눈을 크게 뜨고 그들의 대도가 작렬한 자리를 바라보았다. 분명 그들의 도는 철군패의 가슴에 작렬했다. 그런데 철군패의 가슴에는 흔한 생채기조차 생기지 않았다. 대신 손바닥이 마치 쇳덩이를 후려친 것처럼 얼얼했다.

"크윽! 이건 뭐……."

"아아!"

호구가 찢어져 피가 흐르고 있었다.

그들이 고개를 들자 철군패가 서늘한 시선으로 내려 보고 있는 것이 보였다. 철군패와 시선이 마주치는 순간 그들은 자신의 안구가 파열되는 듯한 통증을 느꼈다.

"크으으!"

철군패가 신음성을 흘리는 대웅의 멱살을 한 손으로 잡아 번쩍 들어올렸다. 대웅의 덩치도 결코 작은 것이 아니었는데, 철군패에게 잡히자 어린아이처럼 대롱거렸다.

"대형을 놔주지 못하겠느냐?"

"이놈!"

나머지 대북삼웅이 대웅을 구하기 위해 다시 철군패를 공격했다. 하지만 철군패는 아랑곳하지 않고 대웅을 잡은 그대로 손을 휘둘렀다. 그러자 대웅의 몸이 장작개비처럼 팩 돌아가며 그대로 나머지 대북삼웅의 몸을 강타했다.

대웅을 이용한 공격에 대북삼웅의 몸이 그대로 뒤엉키며 바닥에 나뒹굴었다.

"으허헉!"

처절한 비명성이 울려 퍼졌다. 서로에게 부딪친 그들의 몸이 기형적으로 꺾여 있었다. 팔다리가 기괴한 방향으로 꺾여 있는 것을 보아하니, 부러진 것이 분명했다.

철군패는 무공을 사용하지도 않았다. 그저 가공할 힘으로 대웅의 몸을 던져 무기로 사용한 것뿐이다. 그런 무식한 공격에 백련귀가 치를 떨었다.

"저런 무식한……."

철군패의 저런 힘은 솔직히 사기나 마찬가지였다. 저런 힘을 갖고 있는 자에겐 어지간한 무공은 통하지 않으니까. 이미 그런 사실을 알고 있었지만, 다시 눈으로 확인을 하자 새삼 치가 떨려왔다.

"으으으!"

서로 엉킨 대북삼웅이 쉽사리 일어나지 못하고 신음성만 흘렸다. 그러자 인근에 있던 무인들 중 그들과 안면이 있는 자들이 달려왔다.

"이보게! 괜찮은가?"

"네놈은 누구냐? 감히 누군데 하곡의 무인을 상대로 시비를 거는 것이냐?"

팔은 안쪽으로 굽는다고 했다. 대북삼웅과 인연이 있는 무인들은 일단 그들의 편을 들었다. 그렇지 않아도 위압감을 주는 커다란 덩치 때문에 철군패를 좋지 않게 바라보던 무인들이 살기어린 시선으로 노려봤다.

순식간에 철군패는 하곡 무인들의 적이 되었다. 성질이 급한 몇몇 무인은 다짜고짜 철군패를 공격해왔다. 물론 그 모든 상황이 오해라는 것은 알고 있었지만, 철군패 역시 물러설 생각은 없었다.

철군패의 커다란 주먹이 허공을 갈랐다.

쾅!

"크윽!"

강렬한 굉음과 함께 철군패를 공격해오던 서너 명의 무인들이 뒤로 나가떨어졌다. 그들의 모습 또한 대북삼웅과 다를 바가 없었다. 단 한 방의 주먹질에 그들 또한 항거불능의 상태가 되어 게거품을 게워 올렸다.

"이놈!"

상황이 이렇게 되자 이번엔 다른 무인들이 나섰다. 철군패가 하곡 무인들 공통의 적이 되어버린 것이다. 그러나 철군패 또한 오해란 사실을 알면서도 전혀 물러날 생각이 없었다.

쿵!

철군패가 거세게 전각을 굴렀다. 그러자 강렬한 충격파가 동심원 형태로 퍼져나갔다. 영혼을 관통하는 듯한 강렬한 기세에 무인들의 몸이 움찔했다.

그 순간 그들은 볼 수 있었다. 철군패의 입꼬리를 타고 올라가는 한 줄기 호선을. 비웃음이라고 생각했는지, 움찔했던 무인들이 분노로 부르르 몸을 떨었다.

"이놈!"

"이야아아!"

무인들이 다시 철군패를 향해 달려들었다. 그 수가 무려 수십 명에 이르렀다.

"허! 정말 무식하구나."

백련귀는 멀찍이 떨어져서 철군패가 하곡의 무인들을 제압하는 모습을 바라보았다. 한 명이 덤비든, 열 명이 덤비든 소용없었다. 몇 명이 합공을 하더라도 철군패의 몸에 생채기 하나 낼 수 없었다. 철군패는 하곡의 무인들이 감당할 수 있는 수준의 존재가 아니었다. 하곡의 무인들도 그 사실을 알고 있었다. 그런데도 악착같이 덤벼들고 있었다.

거친 북방에서 자라 누구보다 거친 기질을 가지고 있는 사내들. 이쯤 되면 안 된다는 것을 뻔히 알 텐데도 그들은 결코 물러서지 않았다. 그리고 철군패도 그들을 추호도 봐주지 않았다.

그렇게 물러서지 않는 남자들이 격돌했기에 피해는 기하급수적으로 커져만 갔다. 물론 그 대부분의 피해는 하곡의 무인들이 입은 것이었다. 거의 서른 명에 가까운 무인들이 바닥에 널브러져 신음을 흘리고 있었다.

쿵!

악착같이 덤벼들던 콧수염 난 무인을 마지막으로, 더 이상 덤벼드는 상대는 없었다.

서른 명의 무인들을 모조리 쓰러트릴 때까지 걸린 시간은 일 각이 채 되지 않았다. 그의 단 일격조차 견딘 자가 없었다.

그나마도 철군패가 사정을 봐줬기에 망정이지, 만일 전력을 다했다면 이들 중 목숨을 부지한 사람은 단 한 명도 없었을 것이다.

철군패가 하곡의 무인들을 제압하는 광경을 거리에 지나다니는 모든 사람들이 봤다. 그들의 웅성거림이 철군패의 귀에 들렸다.

어느 날 갑자기 나타나 하곡의 무인들을 단숨에 제압한 거구의 무인에 대한 소문은 급속히 퍼져나갈 것이다. 그리고 소문을 들은 무영문의 무인들 중 누군가가 찾아올 것이다. 천하에 수많은 무인들이 존재하지만, 그들 중 철군패처럼 강렬한 특징을 가진 무인은 없으니까.

철군패의 시선이 백련귀를 향했다.

'그것이 네가 원하는 일이겠지.'

참으로 효율적인 방법이다. 덕분에 철군패는 귀찮아지겠지만, 백련귀가 알 바는 아니었다. 백련귀는 철군패의 요구를 충족시켰으니까.

멀리서 백련귀가 흰 이를 드러내며 웃고 있는 모습이 보였다. 철군패도 마주 웃어 보였다.

"재밌어지겠군."

*　　　*　　　*

온유하는 차분히 걸음을 옮겼다. 그녀의 곁에는 한월이 보조를 맞춰 걷고 있었다.

"그녀는 꽤나 귀찮은 존재군요. 설마 연판장을 탈취해 도주할 줄이야. 제대로 한 방 얻어맞았어요."

온유하가 원하던 최상의 내용은 화진천이 이끄는 혈포사신대가 연판장을 탈취하고, 모든 증거를 인멸하는 것이었다. 하지만 증거를 인멸하지도 못했을 뿐더러, 단월은 유유히 빠져나가고 말았다.

만일 단월이 최악의 상황을 벗어나서 이런 사실을 공표한다면 온유하가 떠안을 정치적 부담은 엄청날 수밖에 없었다.

"화 대주가 혈포사신대를 이끌고 추적에 나섰으니 금방 연판장을 회수할 수 있을 겁니다."

"물론 그래야지요. 그러나 신경이 쓰이는 것은 어쩔 수 없군요. 요즘 들어 나의 의도와 달리 계획이 조금씩 어긋나고 있어요. 이것은 결코 좋은 징조가 아니에요."

온유하의 눈빛이 차갑게 가라앉았다.

요즘 들어 바짝 곤두선 신경이 쉽게 가라앉지 않았다. 그녀가 구주천가의 문상으로 있었던 이십 년 동안 이런 경우는 단 한 번도 없었다. 있었다면 아직 영왕으로 있었던 이십 년 전 마해의 침공 때뿐이었다.

‘설마 마해의 준동이 다시 시작되었단 말인가? 아니다. 그런 조짐이 있었다면 분명 나에게 보고가 들어왔을 것이다.’

구주천가의 정보력은 천하제일이었다. 그녀가 심혈을 기울여 구축한 정보망은 그 어떤 작은 조짐이라도 놓치지 않는다. 아직까지 구주천가의 어떤 정보망에도 마해가 다시 준동하고 있다는 징후는 포착되지 않았다.

‘그냥 신경이 곤두선 탓이겠지. 이십 년 전 천마를 잃은 마해가 벌써 전력을 회복했을 리는 없지 않은가.’

머리가 아픈지 온유하가 자신의 관자놀이를 문질렀다. 한월이 그런 온유하를 근심스런 표정으로 바라보고 있었다. 지난 이십 년 동안 온유하를 보필해왔지만, 요즘처럼 온유하의 신경이 바싹 곤두선 모습을 본 적이 없기에 더욱 걱정스러웠다.

“한월.”

“예!”

“암혼살화에게서 다른 소식은 없었나요?”

“별다른 소식은 없었습니다.”

“새로운 암혼살화를 키우는 일은 어떻게 되어가나요?”

“순조롭게 진행되고 있습니다. 그들 중 상당수는 지금 새로운 임무에 투입해도 될 정돕니다.”

“그들을 투입하세요.”

“그들을 말입니까?”

한월의 얼굴에 이채가 떠올랐다.

온유하는 무척이나 신중한 사람이었다. 그녀는 어떤 일을 해도 신중을 기했고, 결코 함부로 인력을 투입하는 사람이 아니었다. 그런 그녀가 이런 주문을 한다는 것 자체가 무척 이례적인 일이었다.

"아무래도 느낌이 이상해요. 천하에 대한 감시를 좀 더 강화했으면 해요."

"알겠습니다. 그들을 임무에 실전 투입하겠습니다."

"그 일은 한월만 믿겠어요."

"맡겨만 주십시오."

"오라버니에게서는 아직 아무런 연락도 없나요?"

"아직 연락이 없습니다."

한월은 자신의 오라비인 섬호에게까지 신경을 쓰는 온유하가 이상하다고 생각했다. 섬호의 연락이 끊어진지 십수 년이 넘었다. 그동안 잘 있다는 서신만 두어 번 왔을 뿐, 한 번도 어디에 있다든지, 어떻게 지낸다든지에 대한 이야기는 하지 않았다. 그녀 역시 섬호의 행방이 궁금했지만, 그가 스스로 연락을 해오지 않는 이상 따로 연락을 할 방법은 없었다.

'그러고 보니 오라버니는 어떻게 지내고 있을까? 오라버니도 참으로 무심하구나. 구주혈사가 끝난 후 그렇게 홀연히 사라지고는 연락도 거의 없으니.'

한월이 구주천가에 몸을 담고 있는 이유는 간단했다. 이곳에서 기다리면 언젠가는 섬호가 돌아오리라는 믿음 때문이었다. 섬호가 돌아올 때까지 그가 지킨 구주천가를 지킨다는 것이 그녀의 생각이었다.

한월이 나직이 한숨을 내쉬었다.

그렇게 생각은 하지만 요즘 들어 부쩍 힘이 드는 것을 느끼곤 했다. 암혼살화라는 거대한 살수조직을 이끄는 것은 결코 쉬운 것이 아니었다. 지난 이십 년 동안은 그래도 잘 이끌어왔지만, 갈수록 힘이 드는 것은 사실이었다.

한월이 온유하의 옆모습을 슬쩍 바라보았다.

지난 이십 년 동안 누구보다 훌륭히 구주천가를 이끌어온 여장부였다. 하지만 온유하를 볼 때마다 한월은 그녀가 누군가의 잔향을 지우기 위해 몸부림친다는 느낌을 받곤 했다. 그때마다 한월은 궁금했다. 과연 누가 있어 온유하에게 저렇게 짙은 잔향을 남길 수 있는지 말이다. 하지만 차마 그녀에게 물어볼 수는 없었다. 누구에게나 한 가지 비밀쯤은 있기 마련이고, 그런 비밀은 존중해줘야 한다는 것이 그녀의 생각이었다.

그렇게 상념에 빠진 채 걷다보니 거대한 전각이 눈앞에 나타났다. 한월이 온유하에게 말했다.

"그럼 저는……."

"그래요."

온유하가 고개를 끄덕이자 한월이 모습을 감췄다. 한월은 대외적으로 존재하지 않았다. 사람들이 많은 곳에서 그녀는 결코 모습을 드러내지 않았다.

온유하는 고개를 들어 눈앞에 나타난 커다란 전각을 바라봤다.

천원각(天元閣).

구주천가의 가주인 십전제 천우경의 거처.

일만 명 구주천가의 무인들 뿐 아니라 천하 모든 무인의 생사를 관장하는 절대자의 거처. 제아무리 온유하가 천우경의 처라지만, 이곳에 올 때면 긴장을 하지 않을 수 없었다.

온유하는 잠시 멈춰 서서 호흡을 가다듬은 후 다시 걸음을 옮겼다.

사박사박 옷자락을 끄는 소리가 울려 퍼졌다. 그만큼 천원각은 적막했다. 하지만 온유하는 보이는 것만이 전부가 아니란 사실을 너무나 잘 알고 있었다.

겉으로 보기엔 무방비 상태로 보이지만, 기실 천하에서 가장 완벽한 경호 태세를 갖춘 곳이 바로 천원각이었다. 누군가 이곳에서 약간의 살기라도 내비친다면 그 순간 죽음의 천라지망이 발동한다. 설령 살기를 내비친 존재가 천우경의 부인이자 문상인 온유하라 할지라도 말이다.

온유하가 다가가자 전각의 문이 소리 없이 열렸다. 안으로 들어서자 낯익은 무인이 포권을 취했다.

"문상을 뵙습니다."

"가주님은?"

"처소에 계십니다. 기다리고 계실 겁니다. 안으로 들어가십시오.”

“고마워요.”

온유하가 미소를 지어보인 후 복도를 따라 걸음을 옮겼다. 그녀가 들어간 직후 전각의 문이 굳게 닫혔다.

온유하는 조용히 걸음을 옮겼다. 그렇게 소리 없이 얼마나 걸었을까? 그녀의 눈앞에 커다란 문이 나타났다. 이곳이 바로 천우경의 처소였다.

온유하가 조용한 목소리로 말했다.

“저 왔어요.”

그러자 절로 문이 열리며 내부의 전경이 나타났다.

제일 먼저 온유하의 눈에 들어온 것은 커다란 창문과 그 앞의 탁자에 앉아있는 천우경의 모습이었다. 온유하가 들어오자 천우경이 일어서서 그녀를 맞아주었다.

“어서 오시오, 부인.”

“그동안 격조했습니다, 상공.”

“그러게 말이오. 같은 공간에 있으면서도 내가 부인에게 너무 무심했나보오.”

“아닙니다. 상공이 얼마나 천하경영에 고심하고 있는지 알고 있습니다. 저에게까지 미안해하지 않으셔도 됩니다.”

“후후! 부인에게는 항상 신세만 지고 있구려. 앉으시오.”

“네!”

온유하는 천우경이 내주는 자리에 앉았다.

부부로 산 지 이십 년이 넘었다. 그런데도 두 사람이 같은 공간에 있는 시간은 그리 많지 않았다.

"그렇지 않아도 오늘쯤 부인이 올 거라 생각했소."

"그런가요?"

온유하는 놀라지 않았다. 그가 아는 천우경은 능히 그 정도의 혜안을 가지고 있는 남자였기 때문이다. 문무겸전, 그 어느 쪽으로도 막히는 곳이 없는 천우경이었다. 괜히 구주천가 사상 최고의 기재라는 말을 듣는 것이 아니었다.

십전제라는 단어는 오직 그를 위해 존재했다. 하지만 십전제라는 말을 들을 때마다 온유하는 다른 누군가의 얼굴을 동시에 떠올렸다.

눈앞의 천우경과 완벽하게 똑같은 얼굴의 사내.

그의 존재를 아는 사람은 극히 소수일 뿐이다. 하지만 그들에게 그 남자는 전설로 기억되고 있었다. 그것은 온유하도 마찬가지였다. 그녀는 그 남자를 누구보다 견제했지만, 그의 강렬한 존재감과 장악력만큼은 아직도 기억하고 있었다. 간혹 그가 떠오를 때면 자신이 아직도 그 남자의 장악력 아래 존재하고 있다는 생각이 들곤 했다.

온유하의 표정에서 생각을 읽었는지 천우경이 미소를 지으며 말했다.

"부인은 또 형을 생각하는 모양이구려."

"죄송합니다."

"아니오. 나 역시 아직 형의 잔향에서 벗어나지 못하고 있는 것은 마찬가지니 부인을 탓하고 싶지는 않소. 천하의 그 누구라도 형의 잔향에서 벗어날 수는 없지."

천우경의 말에 온유하의 표정이 어두워졌다.

지금 천우경의 말은 구주천가에서 금기나 마찬가지였다. 절대 해서는 안 되는 말, 입 밖으로 내뱉어서는 안 되는 말이다.

'홀로 난세를 잠재운 남자, 나의 남편과 똑같은 얼굴로 천하를 병탄한 남자. 그 남자의 이름은 천우진.'

구주천가에서도 오직 소수의 몇 명만 아는 극비 중의 극비. 입 밖으로 내뱉는 것조차 허락이 되지 않는 그 이름.

천우진.

어둠을 온몸에 두르고 천하를 질타했던 남자. 밤이 되면 그 누구도 그 남자의 적수가 될 수 없었다. 아마 천 년이 흐른다고 하더라도 그와 같은 남자는 두 번 다시 나타나지 않을 것이다. 그만큼 그 남자의 존재감은 독보적이었다.

"지극한음정에서 깨어났을 때, 나에게는 일 년의 시간이 존재하지 않았지. 나의 인생에서 유일하게 비어있는 시간. 하지만 사람들은 그 사실을 알지 못하오. 왜냐하면 형이 나의 시간을 대신 살았기 때문이지. 내 얼굴로 세상을 살아가고, 내 눈으로 세상을 보고, 내목소리로 세상을 향해 포효를 했기 때문에 나는 전설로 기억될 수 있었소. 허나 그것은 나의 위업이 아니오. 오롯이 형의 위업일 뿐이지."

"허나 모두가 상공의 업적으로 기억하고 있습니다."

"그렇게 살아갈 수밖에 없겠지. 그것만이 형이 지킨 구주천가와 천하의 평화를 유지하는 방법이니까."

천우경이 씁쓸하게 웃었다.

그는 천우진의 그림자 속에 갇혀 있었다. 아무리 그림자에서 벗어나려 해도 천우진의 존재감은 너무나 크고 강력해 아직까지도 완벽하게 벗어나지 못했다.

천우진이 천우경의 이름을 빌어 이룬 위업은 그만큼 엄청난 것이었다. 아마 구주천가 역사상 그 정도의 위업을 이룬 가주는 단 한 명도 존재하지 않을 것이다.

온유하는 문득 천우경이 불쌍하다고 생각했다.

천우경은 그 자신만의 무력으로도 능히 천하제일이라 할 수 있었다. 지극한음정에서 깨어난 직후, 천우경은 천우진이 걸었던 행로에 몰두했다. 그가 어떻게 구주천가를 지키고 마해를 물리쳤는지 손바닥처럼 파악하고 난 후, 죽기 살기로 무공을 익혔다. 그것만이 천우진이 지킨 구주천가를 온전히 유지하고 발전시키는 것이라 생각했기 때문이다.

그렇게 무공성취를 높이고, 구주천가의 절대자가 되었다. 그의 앞길에 걸림돌이 될 만한 존재들은 모두 그의 형이 정리했기에 그 누구도 방해가 되지 못했다. 그렇게 천우경은 탄탄대로를 걸어왔다.

형이 남겨준 유산을 그렇게 훌륭히 이어받아 발전시켜왔다.

그래도 그는 형의 잔향에서 벗어나지 못했다. 어쩌면 그는 천우진의 유산을 지켜야 한다는 강박관념에 사로잡혀 있는지도 몰랐다. 그래서 최대한 외부와의 출입을 삼가고, 천우진과 비슷한 분위기를 내려고 했다.

그렇게 천우경은 천우진의 그림자가 되었다. 그것이 지난 이십 년 동안의 천우경의 삶이었다. 그는 분명히 화려한 절대자의 길을 걷고 있었지만, 그것은 온전히 그의 것이 아니었다.

모든 무인의 정점에 섰지만, 그는 아직 완벽하게 독립되지 못했다. 어쩌면 죽는 날까지 그럴지도 모른다.

분위기가 무거워지자 온유하는 화제를 돌릴 필요성을 느꼈다.

"저를 부르셨다고 들었습니다."

"위강이 문제 때문에 부인을 불렀소."

"위강이 문제인가요?"

"그렇소! 나는 그 아이도 이제 후계자 수업을 받을 때가 되었다고 생각하는데, 부인은 어떻게 생각하시오?"

"상공이 그렇게 판단하셨다면 분명 그런 거겠지요."

"그렇게 생각하니 고맙구려. 그래서 말인데, 위강이를 강호에 내보낼까 생각하오."

"벌써 말인가요?"

온유하가 뜻밖이라는 표정을 지었다.

아직 온유하에게는 어리게만 생각되는 천위강이었다. 자신의 자식이라고 하지만 이제 겨우 열아홉 살에 불과한데, 이렇게 빨리 천우경이 후계자 수업을 시킬 생각을 하고 있는 줄은 미처 짐작하지 못했다.

"벌써가 아니오. 나도 그 아이 나이 때 벌써 후계자 수업을 받았소. 그리고 위강이에게는 나처럼 경쟁자가 될 만한 이들이 없소. 자칫하다가는 자만감이 그 아이를 망치게 될 것이오."

천우경의 말에 온유하는 고개를 끄덕일 수밖에 없었다.

비록 이십 년 전에 철폐되기는 했지만, 구주천가에서는 대대로 후계자의 자만심을 견제하기 위해 다른 가문의 젊은 무인들에게도 가주직에 도전할 기회를 주었다. 그들과의 경쟁을 통해서 스스로 구주천가의 가주 자리를 쟁취하게 만들었던 것이다. 허나 그런 가문의 관례는 이십 년 전에 폐지되었다. 그 폐해가 너무 컸기 때문이다.

결국 천위강은 안정적인 소가주의 직위를 얻었으나, 대신 다른 젊은 무인들과 경쟁할 기회를 잃게 되었다. 그 때문에 천우경은 천위강을 강호에 내보내 경험을 쌓게 해주려고 했다.

'내 아들만큼은 형의 잔향에서 벗어나게 해야 한다. 그 아이에게 독자적인 경험을 쌓게 해서 형을 능가하는 위업을 쌓게 해야 한다.'

천우경에게 있어 천우진은 존경하면서도 언젠가는 넘어서야 할 존재였다. 자신의 자식에게만큼 자신이 느끼는 감정을 느끼면서 평생을 살게 하고 싶지는 않았다.

강하게 키워야 했다.

스스로의 두 발로 일어나 그 누구의 도움도 없이 하늘을 향해 비상할 수 있을 만큼.

"혼자 내보낼 생각인가요?"

"그렇소. 그 아이에게 수행원 따위는 붙여주고 싶지 않소. 당신은 어떻게 생각하시오?"

"꼭 그렇게까지 해야 하나요?"

구주천가를 실질적으로 이끌어가는 철혈의 여장부였지만, 온유하 역시 자식이 관계되자 마음이 약해졌다. 모성이란 그렇게 냉철한 책사의 마음조차 녹일 정도로 위대했다.

"나는 그러고 싶소. 지금이 아니면 그 아이가 진정한 강호를 경험할 기회가 없을 것이오."

"어쩌면 조만간 천하대란이 일어날지도 몰라요. 그런데도 강호에 내보낸다는 건가요?"

"그래서 더욱 기회라고 생각하고 있소. 강한 쇠는 강한 불에서만 태어나오. 시련이 그 아이를 강하게 키울 거라고 나는 믿소."

"알겠어요. 당신의 생각이 정 그렇다면 어쩔 수 없죠. 당신의 뜻대로 하세요."

"정말이오?"

"저는 상공의 결정을 믿고 있어요."

"고맙소."

그제야 천우경이 미소를 지었다. 그러나 온유하의 얼굴은 좀처럼 쉽게 펴지지 않았다. 일단 허락은 했지만, 앞으로 홀로 강호를 주유해야 할 자식이 걱정되었던 것이다.

"걱정하지 마시오. 그 아이는 당신과 나의 장점을 그대로 빼닮았소. 어떤 위험이라도 잘 헤쳐 나갈 수 있을 것이오."

"그래요. 그 아이는 우리의 자식이니까요."

결국 온유하는 수긍하지 않을 수 없었다.

천우경의 말처럼 천위강은 무인으로 최상의 자질을 갖고 태어났다. 열아홉의 나이에 그는 벌써 절대지경에 근접하고 있었다. 물론 구주천가의 엄청난 지원이 있기에 가능한 일이었지만, 그래도 본인의 자질이 출중하지 않았다면 있을 수 없는 일이었다.

천위강의 자질은 결코 천우경에 뒤지지 않았다. 이제 남은 것은 강호의 경험뿐이었다. 시련과 고난 속에서 천위강은 더욱 강해지리라.

"위강이 또래에서 그 아이를 당해낼 수 있는 존재는 없을 것이오."

천우경이 확신에 찬 목소리로 말했다.

용담호혈(龍潭虎穴)

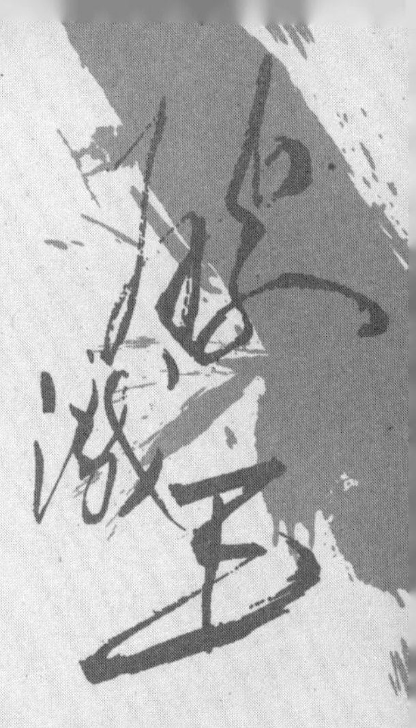

철군패는 북로객잔에 머물렀다.

이미 그는 하곡에서 유명 인사였다. 하곡의 무인 서른 명을 압도한 그의 무력은 이미 모르는 사람이 없을 정도였다. 더구나 서른 명을 상대하는 동안 그가 제대로 된 무공 한 번 사용하지 않았다는 사실은 많은 사람들에게 충격을 주기 충분했다.

거친 북방의 무인들이 완벽하게 패배를 인정했다는 사실은 사람들의 입을 통해 금세 퍼져나갔다.

철군패는 자신의 방 탁자에 앉아 유유히 차를 마셨다. 비록 싸구려 차에 불과했지만, 오랜만에 마시는지라 꽤나 맛있게 느껴졌다. 장성 밖에서는 차를 구하기가 힘들었기에 이렇게 물처럼 마실 수가 없었다.

백련귀는 그의 옆방에 따로 머물고 있었다. 철군패는 그가 도주할 생각이 없음을 알고 있었다. 아니, 도주하라고 떠밀어도 백련귀는 악착같이 철군패의 곁에 붙어 있으려고 할 것이다. 그가 무슨 일을 꾸미든, 뒤에서 무슨 짓을 하든 상관없었다. 철군패가 긴장을 풀지 않게 하는 것만으로도 백련귀는 자신의 역할을 다한다고 할 수 있었다.

철군패가 북로객잔에 머문 후 많은 사람들이 왔다 갔다. 개중에는 낮에 패한 무인들이 앙심을 품고 청부한 살수도 있었고, 강한 호승에 이끌려 찾아온 무인들도 있었다. 하지만 그들 중 온전히 자신의 두 발로 걸어 나간 자는 존재하지 않았다.

이제 더 이상 철군패에게 도전을 하겠다는 자들이나, 앙심을 드러내는 자들은 없었다. 감히 그들의 능력으로는 철군패를 어찌할 수 없다는 사실을 인지한 것이다.

철군패는 결코 서두르지 않았다. 그는 큰일일수록 치밀하고 느긋하게 준비해야한단 사실을 알고 있었다. 그는 근육을 최대한 이완시킨 채 간만의 휴식을 즐겼다. 그는 이런 평화가 결코 오래 가지 않을 거란 사실을 알고 있었다.

시간이 얼마나 흘렀을까? 갑자기 철군패의 귀에 옷자락이 바닥에 스치는 소리가 미약하게 들렸다. 이제까지 자신을 찾아왔던 자들과 다른 기척에, 철군패의 눈에 이채가 떠올랐다.

살수들과는 또 다른 종류의 가벼움이 걸음걸이에서 느껴졌다. 같은 은밀함이라지만 살수의 그것과는 또 다른 분위기가 느껴졌다. 우선 살기가 느껴지지 않았다. 또한 자신의 존재감을 은밀하면서도 확실히 드러내고 있었다. 자신이 적이 아니란 사실을 간접적으로 말하고 있는 것이다.

갑자기 기척이 미약해지는가 싶더니 창틀 위로 낯선 그림자가 나타났다. 하지만 철군패는 이미 그럴 줄 알았다는 듯이 창가를 주시하고 있었다.

창가에 나타난 그림자는 철군패를 보더니 포권을 취했다.

"이렇게 야밤에 불쑥 찾아와서 죄송합니다. 철군패 대협이 맞습니까?"

"맞소."

"멸제를 뵙게 되어 영광입니다. 저는 무영문의 하곡 지부장인 우중현이라고 합니다. 소문을 듣고 긴가민가했는데, 정말 멸제 본인이셨군요. 설마 이렇게 모습을 보일 줄은 미처 생각하지 못했습니다. 물론 덕분에 쉽게 찾을 수 있었지만요."

우중현은 사십 대 초반의 사내였다. 그는 도둑답게 매우 호리한 몸매를 하고 있었다. 비록 무공은 약했지만, 도둑답게 경공이 빠르고 특히 은신술에 능했다.

무영문의 전 문도가 숨을 죽이고 활동을 자제하고 있는 시점이었다. 하지만 우중현은 중요한 사명을 가지고 있었기에 은밀히 활동을 하고 있었다.

"문주님의 명을 받고 이제나 저제나 멸제께서 중원에 들어

오시기만을 기다리고 있었습니다. 여기 문주님의 서신이 있습니다. 일단 읽어보시지요.”

철군패는 우중현의 서신을 받아 읽어 내렸다.

특별히 다른 내용은 없었다. 어차피 예전에 받았던 서신보다 좀 더 구체적인 이야기가 적혀 있을 뿐이었다. 아직도 고산도는 철군패의 정체를 알지 못했다. 그렇기에 어떻게 해서든 철군패를 움직이는 조건을 제시해 딸을 구하려는 마음이 서신에 묻어나오고 있었다.

철군패가 서신을 쥔 손에 힘을 주자 불꽃이 일어나 모든 것을 태워버렸다. 그 모습에 우중현이 숨을 삼켰다.

멸제.

아직 중원에 널리 알려진 별호는 아니었다. 하지만 무영문의 문주 고산도는 중원의 그 어떤 무인보다 위험한 무인이라며 각별히 주의할 것을 지시했다.

고산도의 치밀한 성정을 잘 아는 우중현은 철군패가 결코 범상치 않은 존재라는 사실을 이미 인정했다. 하곡의 무인들이 비록 대단치는 않은 존재지만, 그들을 별다른 무공을 사용하지 않고 제압할 수 있다는 것은 기본적으로 철군패의 무력이 받쳐 주지 않으면 불가능한 일이었다.

우중현이 위험을 무릅쓰고 이곳에 나타난 이유는 오직 하나, 단월 때문이었다. 구주천가와 반천련이라는 양대세력에 의해서 북방으로 쫓기고 있는 그녀를 구하기 위해서라면 우중현은 어떤 위험이라도 무릅쓸 자신이 있었다.

"그녀는 지금 어디에 있지?"

"소문주께서는 지금 적들의 추적을 피해 오태산(五台山) 쪽으로 이동하고 계십니다. 이제까지는 잘도 저들의 추적을 따돌렸지만, 이제는 거의 한계에 달한 것 같습니다. 제발 그분을 구해주십시오. 그분만 구해주신다면 원하는 것은 뭐든지 들어드리겠습니다."

우중현이 무릎을 꿇었다.

그는 현재 상황에서 믿을 수 있는 사람이 철군패 밖에 없다는 사실을 알고 있었다. 구주천가의 영향력이 미치는 모든 문파가 단월을 추격하고 있었다. 마찬가지로 반천련에 합류한 자들 역시 어떤 수를 써서라도 단월을 제거하고 연판장을 회수하려하고 있었다.

중원의 그 어떤 무인과 문파도 단월을 구원할 수는 없었다. 단월과 연관되는 그 순간 구주천가와 반천련에 의해서 멸문을 당하기 때문이다.

중원과 어떤 연관도 없는 자. 그러면서도 구주천가와 반천련을 두려워하지 않는 자만이 단월을 구할 수 있었다. 그런 면에서 보자면 철군패는 최적의 조건을 지니고 있었다.

비록 중원에는 거의 알려져 있지 않았지만, 새외에서 그의 명성은 이미 신화적인 것이었다. 그런 그가 발 벗고 나선다면 단월을 구할 가능성이 있었다. 그렇기에 우중현은 체면도 잊고 기꺼이 철군패에게 무릎을 꿇었다.

철군패는 우중현을 일으켜 세우지 않았다. 대신 그의 신경은 온통 단월에게 집중되어 있었다.

"그녀의 정확한 위치는?"

"오태산에 있는 절이라는 것만 알 뿐, 이름은 알지 못합니다."

"연락할 방법은?"

"전서구를 이용하는 수밖에 없는데, 천라지망이 펼쳐져 있어 그마저도 장담할 수 없습니다. 그녀는 철저히 고립되어 있습니다."

우중현은 참담한 표정을 짓고 있었다.

그녀가 지척에 있는 것을 알고 있는데도 어찌할 수 없다는 사실이 그를 자괴감에 빠져들게 했다. 이 이상 철군패에게 정보를 알려줄수 없다는 사실이 송구스러울 뿐이었다.

철군패가 나직이 중얼거렸다.

"어디에 숨었는지 모른다면, 나를 찾아오게 만들어야겠군."

*　　*　　*

오태산은 불교의 성지였다. 본래는 신선도라는 도교의 성지였으나, 불교가 유입되면서부터 산 곳곳에 수많은 절들이 들어서기 시작하여, 지금은 불교의 성지가 되었다. 그렇게 오태산에 들어선 절의 수만 무려 삼백 개가 넘었다. 그 역사 또한 천 년이 훨씬 넘었다. 북태산과 남태산 등 다섯 개의 봉우리를 모두 합쳐 오태산이라는 이름으로 불리는 거대한 산.

산이 넓은 만큼 숨을 곳도 많았고, 사람들의 시선이 닿지 않는 곳도 많았다. 더구나 삼백 개가 넘는 절 속에 몸을 숨기면 찾는 것은 거의 불가능했다.

화진천과 혈포사신대는 거대한 오태산의 위용에 압도당했다. 다섯 개의 큰 봉우리 때문에 오태산이라 불린다는 사실은 알고 있었지만, 이것은 생각보다 더욱 거대하고 웅장했다.

그들이 얻은 정보에 의하면 단월과 남정옥은 오태산으로 스며들었다. 문제는 그녀가 삼백 개가 넘는 절들 중 어느 절에 숨어 있느냐는 것이다. 어쩌면 절이 아니라 따로 은신처를 마련했을 수도 있었다. 어느 쪽이든 그녀를 찾는 것은 결코 쉬운 일이 아니었다. 하지만 연판장을 손에 넣기 위해서는 반드시 그녀를 잡아야 했다.

단월을 추적하는 것은 화진천과 혈포사신대 뿐만이 아니었다. 반천련에서도 단월이 오태산에 스며든 사실을 알아내 추적자들을 보냈다. 설령 날개가 있더라도 단월이 이곳을 빠져나가는 것은 불가능했다.

"현재 우리 측에서 동원할 수 있는 무인들은 얼마나 되지?"

"지금 당장은 다섯 곳 정도입니다. 하지만 구주천가의 이름으로 동원령을 내린다면 열흘 안에 최소 서른 곳 이상의 문파를 동원할 수 있습니다.”

“그들이라면 오태산에 있는 절들에 대해 잘 알겠지. 시간이 얼마나 걸리든, 그들을 동원해 수색을 시작해.”

“알겠습니다.”

“반드시 반천련보다 먼저 그녀를 찾아내서 연판장을 회수해야 한다.”

“척살입니까? 포획입니까?”

궁일현의 질문에 화진천은 잠시 대답하지 못했다. 잠시 생각을 하던 그가 이윽고 입을 열었다.

“포획을 기본으로 한다. 하지만 반항을 한다면 척살한다.”

“그렇게 전하겠습니다.”

“시작해.”

“존명!”

화진천과 혈포사신대가 움직이기 시작했다.

일부 혈포사신대는 인근의 문파들을 동원해 오태산의 절들을 하나하나 수색하기 시작했고, 화진천 역시 직접 수하들을 이끌고 절들을 방문했다.

“오태산에 있는 절은 정확히 삼백육십 개. 하루에 최소 서른 개 이상의 절을 뒤져야 한다. 그래도 열흘이 걸린다. 그동안 오태산에 천라지망을 펼쳐 개미새끼 한 마리 빠져나가지 못하도록 만든다.”

그의 명령에 의해 오태산에 일반인들의 출입이 엄금되었다.

또한 절의 승려들 역시 산에서 내려가는 것이 금지되었다. 몇몇 절에서 그들의 조치에 반발했지만, 화진천은 가뿐하게 무시했다.

분명 오태산의 몇몇 절들은 어지간한 문파에도 뒤지지 않는 무력을 지닌 무승들을 보유하고 있었지만, 화진천과 혈포사신대에 감히 대항할 수는 없었다.

그렇게 화진천과 혈포사신대가 오태산 수색을 진행하고 있을 때, 구주천가에서도 속속 후속부대가 도착했다. 그중 하나가 본래 단월을 추적하던 황룡대였다. 황룡대까지 합류하자 수색엔 더욱 활기가 돌기 시작했다.

"곽 대주님."

화진천이 황룡대주 곽일지를 맞이했다.

"오랜만이오, 화 대주."

곽일지가 반갑게 인사를 했다.

직급상으로 보면 화진천이 곽일지보다 위였다. 하지만 본래 혈포사신대가 독립부대인 데다 곽일지의 경력이 위다 보니 두 사람은 서로에게 존대를 하는 형편이었다.

"고생이 많으셨소, 화 대주."

"아닙니다. 곽 대주님이야말로 고생이 많습니다."

"그녀가 오태산으로 숨었다고 들었소. 맞소?"

"맞습니다. 그녀는 분명 오태산으로 들어왔습니다."

"그녀를 찾아내는 일이 쉽지는 않겠구려. 오태산에 있는 삼

백 개가 넘는 절을 일일이 수색하는 것은 결코 쉬운 일이 아닌
데."

"알고 있습니다. 그래서 인근의 문파들을 동원했으니 반드
시 그녀를 찾을 수 있을 겁니다."

"휴! 이게 무슨 일인지 모르겠구려. 모든 것이 너무 갑작스
럽게 변하니, 이 몸은 도무지 영문을 짐작하기 힘들구려."

곽일지가 한숨을 내쉬었다.

그는 오랜 경험으로 이 모든 일에 흑막이 숨어있다고 생각
했다. 구주천가의 손님으로 와있던 단월이 갑자기 탈출을 한
것도 뜻밖인데, 그녀가 반천련의 연판장을 가지고 있다하니
더욱 기가 막힐 수밖에 없었다. 더구나 화진천과 혈포사신대
가 오래전부터 그녀를 추적하고 있었다고 한다. 그러면 이제
까지 단월을 추적해온 황룡대의 입장은 뭐가 되는가?

황룡대주 곽일지가 모르는 그 어떤 일이 이곳 오태산에서
벌어지고 있었다. 하지만 이미 문상 온유하의 명령을 받은지
라 곽일지는 의문을 표하는 대신 자신이 할 일을 물었다.

"내가 어떤 일을 하면 되겠소?"

"오태산에는 우리뿐만 아니라 반천련의 무인들도 들어왔습
니다. 곽 대주님과 황룡대가 그들을 제압하고, 견제해주십시
오."

"반천련이 실체를 드러냈단 말이오?"

"그들의 실체는 연판장을 얻기 전까지 알 수 없습니다. 곽

대주님은 그들이 방해를 하지 못하게 해주십시오.”

“알겠소.”

곽일지가 고개를 끄덕였다.

정말 반천련이 이곳에 들어와 있다면 그들의 실체를 밝혀낼 절호의 기회였다. 의문은 잠시 접고, 눈앞의 일에 집중해야 했다.

곽일지가 황룡대에게 명령을 내렸다.

“황룡대는 지금부터 전투태세로 전환한다. 반천련의 무인들이 발견되는 즉시 출동해 제압한다. 앞으로도 본가의 무인들이 속속 도착할 테니 그들에게 각 문파의 무인들을 지휘하게 한다.”

“존명!”

황룡대가 힘찬 목소리로 대답했다.

화진천은 그들의 모습을 바라보며 눈을 빛냈다.

바람이 불어오고 있었다.

묘하게도 바람은 단월을 중심으로 불어오고 있었다. 그녀가 움직임으로써 구주천가가 움직였고, 또다시 반천련이 휩쓸렸다. 일개 여인 한 명에 천하에서 가장 거대한 두 세력이 휘말린 형국이었다.

“어쩌면 당신이야말로 천하 난세의 시발점일지도 모르겠군.”

화진천의 눈빛이 묵직하게 가라앉았다.

　　　*　　　*　　　*

　조가장은 하곡 인근에서 가장 큰 세력이었다. 그들에게도 구주천가의 협조요청이 들어왔다. 그에 조가장주 조원태는 가문 구성원들을 모아놓고 장고에 들어갔다.

　조가장은 중도를 표방하고 있었다. 조가장의 역사에서 단 한 번도 외압에 굴복한 적은 없었다. 그 어떤 역경과 고난에도 조가장은 꿋꿋이 독자적인 길을 걸어왔다. 그 결과 조가장은 자신들만의 자랑스러운 역사를 갖게 되었다.

　그런 조가장이었지만, 구주천가의 협조 요청은 거절하기 힘들었다. 누가 뭐래도 구주천가의 전력은 가히 사상 최강이라 할 만했다. 만일 구주천가의 눈 밖에 났다가는 후일 조가장이 어찌될지 명약관화였다.

　조가장주 조원태는 장고 끝에 전력을 오태산으로 파견하기로 결정했다. 그 책임자로 곧 사위가 될 묵원상이 뽑혔다. 비록 아직은 외인이었지만, 곧 조미려와 혼인을 할 예정인 데다, 무엇보다 그는 강력한 무력을 소유하고 있었다.

　그가 오기의 일원에 오른 것은 결코 우연이 아니었다. 광혈룡이라는 별호를 얻기까지 그가 흘린 피는 결코 적은 것이 아니었다.

　묵원상은 오십 명의 무인들과 함께 조가장을 나섰다. 그를 따라나선 오십 명의 무인들은 모두 조가장의 정예들이었다.

그들 중에는 조미려와 조소소도 있었다. 이번 기회를 통해 두 자매의 강호 경험을 충족시켜주려는 조원태의 배려였다. 그만큼 사위가 될 묵원상을 믿고 있다는 뜻이기도 했다.

선두에는 묵원상이 있었다. 그의 곁에는 조미려가 함께했다. 조소소는 그들보다 약간 떨어져서 다가오고 있었다. 두 사람이 함께 할 시간을 주려는 조소소의 배려였다.

묵원상이 약간은 미안한 얼굴로 입을 열었다.

"조 소저에게 미안하구려. 좀 더 오붓한 시간을 보내고 싶었는데."

"아니에요. 오히려 제가 미안하죠. 조가장의 일에 공자님을 끌어들였으니까."

"우리는 이미 운명 공동체가 아니오? 그런 말 하지 말구려."

"고마워요."

"이미 묵가와 조가는 떨어질 수 없는 사이. 어쩌면 우리에게 구주천가의 협조요청이 온 것도 하늘의 뜻인지도 모르겠소."

"어쩌면 그럴지도 모르겠군요."

조미려가 고개를 주억거렸다.

그녀가 묵묵히 걷고 있는 묵원상의 옆모습을 바라보았다. 강인한 얼굴 옆선이 인상적이었다. 그녀가 선택한 남자였다. 그리고 이제 그녀는 묵원상이 선택한 길을 걷고 있었다.

어쩌면 이것도 운명인지 모른다는 생각이 들었다.

'과연 오늘의 선택이 훗날 어떤 결과로 돌아올지 모르겠구나.'

조미려가 나직이 한숨을 내쉬었다.

하지만 오늘의 선택을 후회할 생각은 결코 없었다. 설령 그어떤 형태로 결과가 나타날지라도 말이다.

조가장을 나온 묵원상과 무인들은 북로객잔에 들렀다.

오십 명이나 되는 사내들이 한꺼번에 식사를 할 만한 곳은 북로객잔이 유일했다. 뿐만 아니라 이곳에서는 현재 북방에서 일어난 대부분의 정보를 손쉽게 얻을 수 있었다. 때문에 묵원상은 오태산으로 출발하기에 앞서 이곳에서 정보를 얻으려고 했다.

예상대로 북로객잔에는 수많은 이들이 북적거리고 있었다. 하지만 미리 사람을 보내 자리를 준비하게 한 덕에 조가장의 무인들이 앉을 자리는 비어 있었다.

오십 명이나 되는 조가장의 무인들이 들어오자 사람들이 수군거리기 시작했다. 이곳에 있는 대부분의 자들이 시류에 민감한 자들이었다. 그들은 조가장 무인들의 복색이 무엇을 의미하는지 이미 알고 있었다.

"역시 저들도 오태산으로 동원되는 모양이군."

"구주천가에서 인근의 문파들에게 동원령을 내렸다더니 사실인 모양이군."

구주천가가 왜 동원령을 내렸는지 사람들도 이제는 알고 있었다. 이미 단월에 대한 소문은 급속도로 퍼져나가 최소한 이곳 북방에서 모르는 사람은 없었다.

지금 이 순간에도 구주천가가 동원한 문파들의 무인들이 속속 오태산으로 향하고 있었다. 그렇게 동원된 인원만 천 명이 넘었다. 이곳 북방에서 근래에 이토록 많은 무인들이 동원된 일은 없었다. 때문에 북방의 분위기는 술렁이고 있었다.

그렇게 오태산은 천하 풍운의 중심으로 변하고 있었다.

구주천가는 오태산을 수색하는 와중에 반천련의 무인들과 조우했다. 반천련의 무인들 역시 단월을 찾고 있었기에 그들의 충돌은 필연적이었다.

그렇게 구주천가와 반천련은 오태산에서 본격적으로 격돌했다. 그 과정에서 수많은 사상자가 나왔지만, 두 문파는 아랑곳하지 않고 오히려 더욱 많은 전력을 투입했다.

처음엔 국지전으로 시작했지만, 작금에 이르러서는 근래에 일어났던 그 어떤 문파 간의 충돌보다 더욱 치열한 혈전이 벌어지고 있었다.

이십 년 동안 평화롭기만 했던 대륙에 처음으로 본격적인 피바람이 불고 있었다. 북방의 무인들은 이미 난세의 시작을 피부로 느끼고 있었다.

북로객잔에서도 그런 분위기가 고스란히 느껴지고 있었다. 사람들은 무기를 휴대하고 있었고, 어딘지 모르게 긴장한 빛이 역력했다. 경직된 분위기 속에서 조가장의 무인들은 식사를 했다.

식사를 하는 와중에도 조가장의 무인들은 주위에서 들려오는 목소리에 신경을 썼다. 사람들이 말하는 사소한 말 한마디가 그들에겐 중요한 정보가 됐다.

"그런데 정말 그 연판장이란게 존재하는 것인가? 도대체 반천련이 무엇이기에 연판장이 그리 중요한 것이지?"

"듣기로는 구주천가에 대항하는 문파들의 이름과 수장의 서명이 담겨있다던데."

"그게 정말이라면 엄청 중요한 물건이군. 그런데 정말 그런 물건을 무영문의 소문주가 가지고 있다는 것인가?"

"들리는 소문에 의하면 그녀가 연판장을 가지고 오태산에 있는 절 중 하나에 숨었다고 하더군."

"오태산에 절이 좀 많은가? 그녀는 정말 제대로 된 선택을 했군."

이곳에서 사람들의 화두는 당연히 오태산의 풍운이었다. 그 중에서도 단월의 행적이 단연 화두의 중심에 있었다. 사람들이 가장 많이 하는 말 역시 단월이 과연 언제 어느 쪽에 의해 잡힐까하는 것이었다.

그 어느 누구도 단월이 오태산을 무사히 빠져나갈 수 있으리라고는 생각하지 않는 듯했다. 단지 언제 붙잡히느냐 하는 시기의 문제만 남았을 뿐이었다.

어떤 이들은 단월의 생사를 두고 내기까지 하고 있었다. 그들은 너무 쉽게 타인의 죽음을 이야기하고 있었다.

그렇게 어수선한 분위기 속에서 조가장의 무인들은 식사를 했다. 그중에는 흥미진진한 표정을 짓고 있는 조소소도 있었다. 그녀가 식사를 하며 중얼거렸다.

"정말 대단한 언니네. 구주천가와 반천련이라는 두 단체의 뒤통수를 그렇게 멋지게 때리다니."

"소소야."

"왜? 사실이잖아. 안 그래?"

동생의 말에 조미려가 한숨을 내쉬었다.

단월이 어떤 의도로 연판장을 탈취했는지 모르지만, 불행히도 그녀의 선택은 옳은 것이 아니었다. 그 결과로 천하에서 가장 강한 두 문파의 주적이 되었기 때문이다.

단월은 결코 멋진 여자가 아니었다. 한순간의 잘못된 실수로 수백 년의 역사를 가진 무영문을 위험에 노출시킨 어리석은 여인이었다. 그녀는 결코 존경받아서는 안 됐다.

조소소는 마치 소풍이라도 가는 것처럼 들떠 있었다. 하지만 조미려는 그녀를 나무라지 않았다. 지금 들떠있는 모습이 그녀의 진실된 모습이 아니란 사실을 알기 때문이었다.

그렇게 떠들던 수많은 사람들의 웅성거림이 어느 순간 딱 멈췄다. 시끄럽던 객잔안의 분위기가 순식간에 차갑게 가라앉았다. 사람들은 입을 꾹 다물고 객잔의 이층에서 내려오는 계단을 바라보았다.

조미려 일행의 시선도 절로 계단으로 향했다.

계단이 삐걱거리면서 비명을 지르고 있었다. 금방이라도 부서질 듯 휘는 나무 계단을 밟고 내려오는 거대한 사내. 장내의 모든 사람들의 시선이 그에게 향해 있었다.

근래에 하곡에서 가장 유명한 사내였다. 그의 손에 하곡의 내로라하는 무인 서른 명이 쓰러졌다. 그 후로도 몇 번인가 그에게 도전하겠다는 무인이 나섰지만, 그 누구도 제 발로 걸어 나간 자는 없었다.

그 과정에서 그가 특별한 무공을 쓰는 모습을 본 자는 없었다. 그저 엄청난 거구에서 뿜어져 나오는 엄청난 힘으로 무인들을 제압했을 뿐이었다.

거구의 사내는 철군패였다. 모두의 주목을 받고 있었지만, 철군패는 아랑곳하지 않고 걸음을 옮겼다. 그의 등 뒤에는 백련귀가 따르고 있었다.

"저자?"

철군패를 보는 순간 묵원상의 미간이 찌푸려졌다.

그 역시 근래 철군패가 하곡에서 주목을 받는단 사실을 알고 있었다. 하지만 그는 다른 이유로 철군패를 신경 쓰고 있었다.

철군패는 팔선음마 요문수를 쓰러트린 자였다. 요문수는 그렇게 허무하게 쓰러져서는 안 될 자였다. 비록 음마라는 오명

을 갖고 있었지만, 지닌 바 무공만큼은 절정을 넘어선 요문수
가 반항조차 하지 못하고 쓰러졌다는 사실은 결코 허투루 넘
길 일이 아니었다.

묵원상은 혼절한 요문수를 조가장으로 데려와서 직접 살폈
다. 하지만 철군패가 어떤 무공을 쓴 것인지 결국 밝혀내지 못
했다.

덩치가 산처럼 거대하다는 것을 빼면 철군패의 정체에 대해
서는 그 어느 것도 알려져 있지 않았다. 그의 연원, 그의 무
공, 심지어는 그의 이름까지도 말이다. 그래서 더욱 신경이 쓰
였다.

단지 보는 것만으로도 신경이 시위를 당긴 것처럼 팽팽하게
일어섰다. 마치 생사대적을 보는 것처럼 모골이 송연해지는
느낌 때문에, 일단 철군패를 보게 되면 도저히 시선을 거둘 수
가 없었다.

"공자님."

만일 조미려가 부르지 않았다면 묵원상은 언제까지고 철군
패를 바라봤을지도 몰랐다.

"무슨 일이오?"

"이제 출발해야 할 시간입니다."

"알겠소."

묵원상이 고개를 끄덕이며 자리에서 일어났다. 하지만 철군
패에게 고정된 시선만큼은 쉽게 떼지 못하고 있었다.

만일 오태산으로 가는 길이 아니었다면 철군패와 무공을 겨뤄봤을지도 몰랐다. 그만큼 철군패는 존재감만으로도 묵원상의 신경을 불길하게 자극하는 자였다.

'언젠가는 만나게 되겠지. 그때는 결코 지금처럼 바라보고만 있지 않으리라. 지금은 우선 그들과의 약속을 이행하는 것이 급선무다.'

묵원상은 쉽게 떨어지지 않는 걸음을 억지로 옮겼다.

그의 뒤에서 조소소가 묘한 눈으로 철군패를 바라보고 있었다.

*　　*　　*

철군패가 자리에 앉자 점소이가 미리 준비해둔 음식을 내왔다. 철군패가 먹는 음식은 간단했다. 북로객잔에서 가장 잘 하는 음식 열 가지. 그는 이곳에 머무는 동안 매일 그렇게 먹었다. 사정이 그렇다보니 북로객잔에서도 항상 철군패를 위해 음식을 준비해두고 있었다.

상다리가 부러질 정도로 음식이 탁자 위를 가득 채웠다. 철군패는 말없이 음식을 먹기 시작했다. 철군패의 엄청난 거구를 움직이기 위해서는 엄청난 양의 음식이 필요했다. 지금 먹어두지 않으면 또 언제 이렇게 먹을지 모른다. 그 사실을 잘 알기에 철군패는 평상시보다 많은 양의 음식을 먹었다.

그 모습을 보며 백련귀가 내심 고개를 저었다.

'정말 무식할 정도로 먹어치우는구나. 이 정도면 소와 다를 바가 뭐가 있겠는가?'

그도 수많은 사람들을 만나봤다고 자부하지만, 철군패만큼 엄청난 식성을 가진 자는 본 적이 없었다. 철군패가 음식을 먹는 모습을 지켜보는 것만으로도 식욕이 싸그리 사라졌다.

백련귀는 젓가락을 놓고 대신 차를 마셨다. 차를 홀짝이면서 철군패가 먹는 모습을 지켜보던 백련귀는 문득 북풍대에 생각이 미쳤다.

'그들은 어디에 있을까? 아직도 장성 밖에 있을까? 아니면 벌써 중원에 들어와 있을까?'

백련귀가 떠올리는 것은 바로 북풍대였다.

그가 이제까지 봐온 무력 집단 중 가장 강한 파괴력을 가진 집단. 삼백 명의 사내들이 마치 하나의 의식을 공유한 듯 최고의 단결력과 파괴력을 선보인 북풍대. 백련귀는 중원에 들어와서도 그들에게서 신경을 거두지 못하고 있었다.

철군패와 함께 장성을 넘어왔기에, 백련귀는 북풍대가 어찌 되었는지 전혀 알지 못했다. 아직 장성에 있는지, 그도 아니면 벌써 장성을 넘어왔는지 말이다.

'만일 그들이 멸제를 따라 장성을 넘어왔다면 금세 그들의 행적이 노출될 것이다. 그들이 합류하기 전에 멸제를 없애야 한다. 그들이 합류한다면 더 이상 멸제를 어찌할 기회는 얻지

못할 것이다.'

그는 북풍대의 파괴력을 누구보다 잘 알고 있었다. 덕분에 그의 머릿속은 그 어느 때보다 복잡했다.

'오태산에서 반천련이 움직이고 있다 했다. 대사조 역시 반천련과 연수하기 위해 중원으로 들어왔으니, 어쩌면 그곳에서 우리측 무인들을 만날지도 모른다. 만일 그렇게 된다면 절대로 기회를 놓쳐서는 안 된다.'

백련귀는 그런 복잡한 속내를 숨기며 코를 찡긋거렸다. 바로 그 순간 철군패가 모든 식사를 끝냈다. 그 많던 음식들이 하나도 남김없이 사라졌다. 모두 철군패의 뱃속으로 말이다. 실로 어마어마한 식욕이었다.

그렇게 식사를 끝낸 후에야 철군패는 자리에서 일어났다. 밖으로 나오자 이미 화왕이 나와 있었다. 말 주제에 건방지게 철군패가 움직일 줄 알고 미리 준비한 것이다.

철군패는 망설이지 않고 화왕 위에 올라탔다. 화왕에 올라 탄 철군패의 눈빛은 그야말로 묵직하게 가라앉아 있었다.

그는 지난 며칠 동안을 이곳 하곡에서 머물렀다. 사정을 아는 사람들이 본다면 너무 느긋하게 군다고 볼지도 모를 것이다. 그러나 철군패는 지난 며칠을 결코 허투루 허비한 것이 아니었다.

단월을 구하기 위해서는 천하 전체를 적으로 삼아야 할지도 몰랐다. 그래도 철군패는 결코 망설이지 않았다. 단월은 어린 시절 그에게 손을 내밀어준 사람이었다. 아무것도 바라지 않고, 아무런 의도도 없이 말이다.

이젠 자신이 그녀에게 손을 내밀 차례였다.

"가자."

그가 향하는 곳은 오태산. 용담호혈(龍潭虎穴)의 대지였다.

제 7장

천마유희(天魔遊戱)

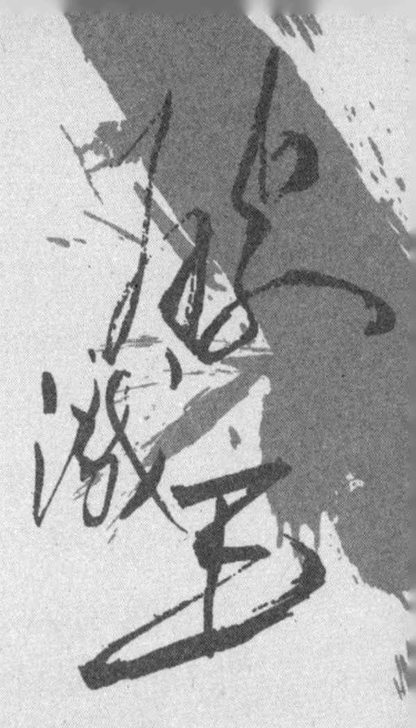

그가 고개를 들어 허공을 바라봤다.

"왜 그러십니까?"

"아니다."

금청사의 물음에 그가 무심히 고개를 저었다. 금청사는 감히 그의 심기를 거스를까 염려가 되어 숨조차 크게 쉬지 않았다.

지난 이십 년 동안 실질적으로 마해를 이끌어온 남자가 바로 금청사였다. 이 순간 그는 무해의 해주가 아니었다. 눈앞에 있는 남자의 충실한 심복일 뿐이었다.

마해의 시작과 끝에 존재하는 남자.

스스로 하늘의 뜻을 거스르고 역천(逆天)의 길을 걷는 존재.

그는 죽음조차 거부하고 칠백 년의 세월을 살아왔다.

천마(天魔)라는 이름으로 불리는 사내.

하지만 금청사는 사내의 진정한 이름을 알고 있었다.

소운천(김雲天).

눈앞의 남자는 이십 년 전에 긴 잠에서 깨어난 소운천이었다.

이십 년 전, 어린아이의 몸을 갈취해 다시 태어난 소운천은 그동안 폐관수련을 하며 착실히 본래의 힘을 되찾았다. 이십 년의 폐관수련을 마친 그의 능력이 어느 정도나 될지 금청사는 감히 추측조차 할 수 없었다.

'어쩌면 주군께서는 칠백 년 전을 능가하는 힘을 얻으셨는지도 모른다.'

단지 금청사의 짐작일 뿐이었다. 특별한 이유는 없었다. 그저 소운천의 모습을 보는 순간 그런 생각이 들었을 뿐이었다.

이십 년 만에 다시 모습을 드러낸 소운천은 그야말로 절세미남의 모든 요건을 갖추고 있었다. 길게 늘어트린 흑발은 신비로운 분위기를 풍기고 있었고, 짙은 눈썹 아래 자리한 검은 눈동자는 마치 흑요석처럼 요요하기 그지없었다. 코는 태산준령처럼 오뚝했고, 입술은 마치 여인의 그것인 양 붉었다. 그 모든 것이 조화를 이뤄 소운천을 이 세상 사람이 아닌 것처럼 보이게 만들었다.

현재 소운천은 이십 년 동안 칩거했던 마해를 나온 상태였다. 수행원이라고 해봐야 다 늙은 금청사와 몇몇의 호위무사들이 전부였다. 하지만 소운천이나 금청사 그 누구도 일신의 안위를 걱정하지 않았다. 소운천과 금청사는 차치하고라도, 호위무사들만 나서도 당할 자가 그리 많지 않았다.

그림자처럼 소운천을 곁에서 보좌하는 열 명의 호위무사들은 금청사가 지난 이십 년 동안 심혈을 기울여 키운 존재들이었다. 마해의 기재들 중 추리고 또 추려 극상승의 재질을 갖고 있는 기재들만을 뽑은 후 그야말로 죽음의 수련과정을 거쳐 살인병기로 다시 태어나게 했다.

금청사는 그들에게 천마십위(天魔十衛)라는 이름을 주고, 소운천의 그림자가 되도록 명령했다. 그 후부터 천마십위는 소운천이 존재하는 곳이라면 어디든 그림자가 되어 따라다녔다.

소운천은 천마십위가 거추장스럽다고 생각했지만, 금청사의 충심을 생각해서 곁에 내버려두었다. 조상 때부터 무려 칠백 년이나 대를 이어 충심으로 자신을 기다려온 금청사였다. 그런 금청사의 충심을 어찌 외면할 수 있을 것인가?

이십 년 만에 세상에 나온 소운천이었다. 아니, 환영의 탑에 갇혀있던 시간까지 합한다면 무려 칠백이십 년이란 시간을 암흑 속에서 보내야 했었다.

'나를 금제했던 곳에 세운 탑의 이름이 환영의 탑이라고 했던가? 환영의 탑 때문에 무려 칠백 년이란 세월을 홀로 보내야 했다.'

육신이 금제되었다고 해서 생각까지 못했던 것은 아니었다.

세상에 나올 때만 잠시 폭주했을 뿐, 금제되어 있던 시간 동안 에는 너무나 또렷하게 정신을 유지했다.

무려 칠백 년이었다. 칠백 년이란 긴 시간동안 소운천은 사 고(思考)를 하고 또 했다. 그 긴 시간 동안 그가 할 수 있었던 것은 단지 사고를 하는 것뿐이었다.

생각하고 또 생각하고, 추론하고 또 추론하면서 칠백 년이 란 시간을 보냈다. 비록 금제당한 육신 때문에 움직일 수는 없 었지만, 수많은 세월을 그렇게 생각하며 보내다보니 머릿속에 서 그의 무공은 비약적인 발전을 이뤘다.

지난 이십 년의 세월은 칠백 년 동안 그가 새로이 정립한 무 리(武理)를 몸에 익히는 기간이었다. 그동안 새로이 얻은 육체 에도 적응을 하고, 자신의 무공을 익히기 쉽게끔 환골탈태도 했다. 그렇게 지난 이십 년 동안 새로운 육체에 새로운 무공을 익히면서 그간 구상했던 원대한 계획을 착실히 진행시켰다.

금제되어 있던 칠백 년 동안 계획을 세웠다. 그리고 이제는 실행할 차례였다. 그 전에, 소운천은 자신의 눈으로 천하를 보 고 싶었다. 지난 칠백 년 동안 천하가 어떻게 변했는지 자신의 눈으로 확인하고 각인시키고 싶었다.

그래서 마해를 나와 천하를 주유하는 소운천이었다. 금청사 와 천마십위는 그런 소운천을 묵묵히 따를 뿐이었다. 소운천 의 발걸음이 천하의 어디를 향하든, 그들은 그림자가 되어 따 를 것이다.

문득 소운천이 금청사에게 물었다.

"그 남자는 어떻게 되었느냐?"

"그라면?"

"내가 처음 세상에 나왔을 때 막아섰던 남자 말이다."

"그라면 지난 이십 년 동안 세상 어디에서도 흔적이 발견되지 않았습니다. 아마도 이십 년 전에 주군과의 전투가 그의 마지막이었던 듯합니다."

"그런가?"

소운천이 고개를 갸웃거렸다.

"갑자기 그 남자는 왜 물으시는 겁니까?"

"문득 그런 생각이 들었다. 내가 죽지 않았다면, 그도 죽지 않았을 거라는 생각이 말이다."

"하지만 그가 살아있었다면 분명 본해에서 알아차렸을 겁니다."

"내가 칠백 년 동안 원한을 곱씹었듯, 그의 일족 역시 원한을 곱씹었을 것이다. 그런 원한은 결코 쉽게 없어지는 것이 아니지."

자신이 하늘을 거스르기로 맹세했듯, 그의 일족 역시 자신에 대항하기로 맹세했다.

그 모든 것이 칠백 년 전의 일 때문이었다.

'내가 그의 가족을 죽이지 않았다면, 환영의 탑은 결코 존재하지 않았을 것이다.'

그 남자의 이름은 백수경이라고 했다. 소운천은 백수경 앞에서 그의 가족을 모조리 죽여 버렸다. 환사영에게 자극을 주기 위해서라고 했지만, 그 일로 인해 백수경은 소운천에게 원한을 갖게 됐다. 대를 이어서도 지워지지 않을 그런 원한을 말이다. 그리고 스스로 환영의 탑을 만들고 소운천에 대항할 방도를 연구했다. 그 남자가 바로 환영의 탑을 만든 시조인 것이다.

"훗! 아무려면 어쩐가? 어차피 운명의 수레바퀴는 수많은 사람들의 피와 눈물 속에서 돌아가는 것을. 그 역시 내 운명이 만들어낸 피조물에 불과할 뿐."

"예? 무슨 말씀이십니까?"

"아니다. 그냥 혼잣말을 했을 뿐이다."

소운천은 무심한 눈으로 전방을 바라보았다.

이름 모를 강이 유유히 흐르고 있었다. 강에는 포구가 형성되어 있어 많은 사람들이 배를 타려고 기다리고 있었다. 강을 건너는 사람들이 꽤 많은지 포구에는 제법 큰 마을이 활기차게 돌아가고 있었다.

포구 인근에는 어시장이 열려 사람들이 좌판을 깔고 강에서 잡은 고기와 직접 기른 채소들을 팔고 있었다. 강을 건너려고 기다리는 사람들은 어시장을 서성거리며 장을 보고 있었다.

'칠백 년이란 세월이 흘렀건만 세상은 하나도 변하지 않았구나.'

그가 활동했던 칠백 년 전에도 세상은 이랬다. 그때와 비교

해서 발전하거나 달라진 것은 전혀 없는 듯했다. 칠백 년 전의 풍경이 현세에 다시 펼쳐져 있었다.

포구에 배가 들어오고 있었다. 배는 일반 여객선이 아니라 쌀을 강 상류로 나르는 미곡 운반선이었다. 보통은 미곡 운반선에 일반 사람들을 태우지는 않지만, 이곳에서는 달랐다. 여유가 되는 자리에 강을 건너는 사람을 태워 선부들이 소소한 용돈벌이를 하고 있었다. 강을 건너는 사람들의 입장에서도 일반적인 배보다 삯이 반도 안 되게 싸기 때문에 시간만 맞으면 자주 이용했다.

소운천은 미곡 운반선에 거침없이 올랐다. 조금 더 기다려 훨씬 좋은 배를 이용할 수도 있었지만, 소운천은 개의치 않았다. 소운천의 뒤를 금청사와 천마십위가 따랐다.

소운천이 배에 오르자 약속이라도 한 듯 많은 사람들이 흘깃흘깃 그를 바라보았다. 그중에서도 여인들의 시선은 소운천에게 고정되어 떨어질 줄 몰랐다.

소운천은 그들이 처음 보는 절세의 미남이었다. 단지 얼굴만 잘 생긴 게 아니라 신비한 기품이 있어 보는 이들의 시선을 절로 황홀하게 만들었다.

'어쩜 좋아. 사람이 저렇게 잘생길 수 있다니.'

'이건 꿈일 거야. 어찌 사람의 외모가……'

여인들의 눈이 몽롱해졌다. 그러나 누구도 소운천에게 접근하지 못했다. 그림자처럼 그의 곁을 지키고 있는 사내들 때문이었다. 한눈에 보아도 범상치 않은 사내들 열 명이 곁을 지키고 있는 것으로 보아, 고관대작의 자제거나 그에 준하는 신분을 가지고 있을 거라고 짐작하고 섣불리 접근을 하지 않는 것이다.

배는 강을 타고 유유히 흘러갔다. 미곡 운반선이기에 속력은 그다지 빠르지만, 그래도 꾸준히 상류로 올라갔다. 소운천은 뱃전에 서서 흘러가는 강물을 바라봤다.

'도대체 저분은 무엇을 생각하시는 것일까? 저분의 머릿속에는 어떤 대계가 펼쳐지고 있을까?'

금청사는 조용히 소운천을 지켜보았다.

그의 나이도 이제 곧 백 세를 바라보는 노구였지만, 소운천을 대하는 그의 태도는 한없이 극진하고 공손했다. 그는 나머지 생을 모두 바쳐 소운천을 곁에서 보필하기로 맹세했다. 그를 위해 금청사는 이미 자신의 후계자를 뽑아 무해를 이끌도록 하고, 자신이 없어도 마해가 돌아갈 수 있도록 모든 조처를 취해놓았다.

배가 강을 거슬러 올라가고 있었다. 한가하기 그지없는 주변의 풍경은 마치 시간이 멈춘 듯한 느낌을 갖게 만들었다. 멈춰있는 시간의 중심에 소운천이 있었다.

세상의 모든 시간이 소운천을 중심으로 흘러가는 느낌이 드는 것은 결코 금청사만의 착각은 아닐 것이다.

그렇게 얼마나 시간이 흘렀을까? 배는 다시 한 번 강의 상류에 있는 포구에 정박했다. 목적지에 도착한 사람들이 배를 내리고, 또 그만큼의 사람들이 배에 올라탔다.

대부분의 사람들이 평범한 일반인들이었지만, 새로이 올라 탄 사람들 중에는 눈에 확 띄는 존재도 있었다.

마치 한 마리의 고고한 학처럼 새하얀 옷을 입고 있는 눈이 부시게 아름다운 여인이 배 위에 올라오고 있었다. 그녀의 머릿결은 특이하게도 은은한 은색을 띠고 있었는데, 그 때문에 더욱 신비로워 보였다. 그녀의 등에는 봉황무늬가 음각되어 있는 검이 걸려 있었다.

여인은 배 위에 올라서서 주위를 잠시 둘러보다 소운천을 발견하곤 이채로운 표정을 지었다. 허나 그것도 잠시, 이내 그녀는 소운천이 있는 반대편의 난간에 앉았다.

부드럽게 불어오는 강바람에 그녀의 머릿결이 흩날리고 있었다. 그 모습이 한 폭의 풍경화처럼 아름다웠기에 사람들은 그녀의 모습에서 시선을 떼지 못했다.

여인을 바라보는 금청사의 눈이 빛났다.

'은빛을 담고 있는 머리칼과 등 뒤에 꽂은 봉황 문양의 검. 그녀는 봉황문(鳳凰門)의 후인인가?'

봉황문은 세상에 거의 알려져 있지 않은 문파였다. 하지만 그들은 검의 길을 가는 수많은 검문(劍門)들 중 단연 독보적인 영역을 가지고 있었다. 봉황문은 일정 수준이 되기 전까지는 절대로 제자를 외부로 내보내지 않는다. 그 때문에 강호에서 봉황문의 무인을 보는 것은 무척이나 어려운 일이었다.

'현재 강호에서 유일하게 활동하고 있는 봉황문 출신의 무인은 단 한 명. 분명 그녀의 이름은 해여령이라고 했지. 그녀의 별호가 남봉황(南鳳凰)이었던가?'

남봉황 해여령.

봉황문이 삼십 년 만에 세상에 내보낸 기녀(奇女)였다. 외모면 외모, 무공이면 무공, 어느 것 하나 뒤떨어지는 것이 없어 별호조차 남봉황이었다.

오죽하면 북쪽에 하나의 꽃이 있다면, 남쪽에는 비상하는 봉황이 있다는 이야기가 전해질까?

북일화(北一花) 단월과 남봉황 해여령은 젊은 여자 무인들의 대표 주자였다. 미모의 우열을 가릴 수도 없을뿐더러 무공 또한 고강해 같은 또래의 젊은 여자 무인들 중에서 그녀들에 견줄 만한 자는 없었다.

금청사의 짐작대로 아름다운 여무인은 남봉황 해여령이었다. 그녀는 지금 모종의 일 때문에 북상을 하고 있는 중이었다. 시간을 아끼기 위해 이곳에서 배를 탔고, 그 결과 소운천과 같은 배를 타게 되었다.

운명은 알 수 없는 방향으로 흐르고 있었다.

*   *   *

해여령은 곁눈질로 소운천을 바라보았다. 배 위에 있는 많은 사람들이 그녀를 보고 있었지만, 소운천은 관심도 없다는 듯이 무심한 시선으로 강 주변의 풍광을 바라보고 있었다.

해여령은 무공을 익힌 고수였다. 그녀의 문파인 봉황문은 시험을 통과하지 못한 제자에게는 절대 강호에 출도할 수 있는 권리를 주지 않았다. 봉황문의 시험을 거치고 강호에 나올 수 있는 제자의 수가 그리 많지 않았을 뿐더러, 그들의 성향 자체가 은둔을 선호했기에, 설령 시험을 통과했다고 하더라도 강호에 나오는 일은 거의 없었다.

해여령은 봉황문이 삼십 년 만에 세상에 내보낸 유일한 제자였다. 홀로 강호를 주유하면서 해여령은 오기의 일원이 되었다. 신주십대고수의 뒤를 잇는 젊은 무인들의 대표로 당당히 공인을 받은 것이다.

강호 주유를 마친 해여령이 향하는 곳은 바로 고향이었다. 강을 거슬러 올라가다보면 소양(邵陽)이라는 곳이 나오는데, 바로 그곳이 해여령의 본가가 있는 곳이었다.

봉황문에 입문한 후 십오 년 동안 단 한 번도 고향에 가보지 못한 해여령의 얼굴은 기대감으로 물들어 있었다.

'부모님은 어떻게 변했을까? 남동생 신호도 많이 컸겠지? 모두가 그립구나.'

기대감으로 가슴이 두근두근 뛰었다.

그런데 자꾸만 시선이 반대편 난간에 앉아있는 소운천을 향했다. 소운천은 해여령이 처음 보는 미남이었다. 하지만 단지 그의 외모 때문에 시선이 끌리는 것은 아니었다. 비록 소운천만은 못하지만, 그래도 명문정파의 기남기재들을 수없이 만나본 해여령이었다. 하지만 눈앞의 소운천에게는 그들에게서 느낄 수 없는 그 어떤 기운과 분위기가 있었다. 그 때문에 쉽게 소운천에게서 눈을 뗄 수가 없었다.

'그는 도대체 누구지?'

그를 호위하고 있는 무사들만 보아도 소운천이 범상치 않은 신분을 가지고 있다는 사실을 알 수 있었다. 해여령 역시 무공을 익힌 고수, 허나 그런 그녀의 감각으로도 천마십위의 본신 무력을 감히 추측하기 힘들었다.

잠시 소운천을 바라보던 해여령이 이내 시선을 거뒀다. 분명 호기심이 동하기는 했지만, 지금은 그보다는 얼마 지나지 않아 만나게 될 부모와 형제를 만날 기대감이 더 컸다.

해여령은 어서 시간이 흘러가길 기다렸다. 그렇게 시간이 얼마나 흘렀을까? 배의 속력이 갑자기 줄었다. 이곳에서부터는 급류가 시작되는 구간으로, 잘못 배를 몰면 좌초될 수도 있기에 일부러 속력을 줄인 것이다.

"배가 곧 요동칠 테니 아무 물건이나 단단히 꼭 잡으시오."

선부의 외침에 배에 탔던 사람들이 난간이나 밧줄 등을 꼭 잡았다. 엄청난 요동 속에서 배가 급류를 통과했다. 선부들은 요동치는 배 위에서 이리 움직이고 저리 움직이며 균형을 잡았다. 배가 기울어지면 돛을 조절해 중심을 잡았다.

그렇게 반 시진의 사투 끝에 배는 겨우 급류구간을 빠져나왔다. 급류구간을 빠져나왔으니 이제부터는 평온한 물길만 남아 있었다. 그러나 대신 급류를 헤쳐 나오느라 선부들이 기진맥진해 있었다. 그것은 승객들도 마찬가지였다. 그들은 마치 자신이 사투를 한 것처럼 땀으로 흠뻑 젖어있었다. 어떤 사람들은 바닥에 널브러져 거친 숨을 토해내고 있었다.

그러나 소운천과 천마십위, 금청사, 그리고 해여령은 표정 하나 변하지 않고 평온한 모습이었다. 비록 급류가 심하긴 했지만, 그들과 같이 무공을 익힌 자들에겐 별다른 영향을 끼치지 못했다.

해여령이 나직이 한숨을 내쉬었다.

"휴우! 이 뱃길은 예전이나 지금이나 전혀 달라지지 않았구나."

달라진 것이 있다면 해여령 자신이었다. 예전에 이 수로를 지나갈 때 그녀는 무척이나 어리고 힘이 없었지만, 지금의 그녀는 결코 힘없는 어린아이가 아니라 무공을 익힌 절정의 고수였다. 이 정도의 시련은 결코 걸림돌이 될 수 없었다.

아직 사람들은 널브러져 일어나지 못했다. 오랜 경력을 가진 뱃사람들조차 체력을 회복하지 못하고 거친 숨을 내쉴 때였다.

"수적이다."

갑자기 망을 보던 선원이 소리쳤다. 그에 사람들이 화들짝 놀라 난간으로 달려갔다. 난간에서 밖을 바라보니 과연 배 두 척이 빠른 속도로 다가오고 있었다. 배에는 검은 용이 그려진 깃발이 위풍당당하게 휘날리고 있었다.

"흑룡채(黑龍砦)다."

"언제 흑룡채가 이곳까지 영역을 넓혔단 말인가?"

선원들의 얼굴에 암담한 빛이 떠올랐다.

흑룡채는 최근에 급속도로 세력을 넓히는 수적들로, 검은 용이 그려진 깃발을 표식으로 삼고 있었다. 흑룡채의 수적들이 지나간 자리에는 물고기 한 마리 살아남지 못한다는 말이 있을 정도로, 그들의 약탈행위는 도가 지나쳤다.

본래 흑룡채의 영역은 이곳이 아니었다. 만일 흑룡채가 이곳에까지 영역을 넓힌 줄 알았다면 미곡 운반선은 결코 무방비상태로 이곳을 지나치지 않았을 것이다.

"우하하! 배를 멈추거라. 만일 멈추지 않는다면 배 위에 있는 모든 사람들의 목을 모조리 베어버리고 말 것이다."

수적들이 탄 배에서 우렁찬 목소리가 들려왔다. 고슴도치처럼 사방으로 뻗은 수염과 다 떨어진 들소 가죽으로 만든 옷을 걸친 남자가 선수에 서서 미곡 운반선을 노려보고 있었다.

그가 바로 흑룡채를 이끄는 광파랑(狂波郎) 척무격이었다. 열다섯 어린 나이에 수적들의 세계에 발을 들인 후 급속도로 세를 키워 오늘날의 흑룡채를 만든 남자가 바로 척무격이었다.

척무격은 기세등등하게 살기를 퍼트리고 있었다. 미곡 운반선을 우연히 조우한 것 같았지만, 사실 오늘을 위해 척무격은 많은 조사를 했다.

미곡 운반선의 운항항로는 물론이고, 시간과 타는 사람들, 그리고 급류를 거슬러 올라온 후 선원들의 체력이 얼마나 급속도록 소모되는가 하는 것까지 치밀하게 조사한 후 습격을 했다.

지금 미곡 운반선의 선원들은 체력이 다 소모되어 수적들에게 대항할 기력이 없었다. 그 사실을 알고 있기에 척무격은 기세등등하기 이를 데 없었다. 꼭 그뿐만이 아니더라도 무공으로 자신을 당할 자가 거의 없을 거라는 믿음이 그에겐 있었다.

척무격이 다시 한 번 큰 목소리로 외쳤다.

"어서 배를 세우거라. 배를 세우고 순순히 미곡을 넘겨준다면 목숨만은 살려주마."

그의 외침에 선원들이 서로의 눈치를 봤다. 도주하려고 해도 이 배는 평범한 미곡 운반선에 불과했다. 속력을 내기 위해 설계된 배가 아니었다. 그에 비해 수적들이 타고 있는 배는 약탈하기 위해 특별히 건조된 배였다. 아무리 빨리 달리더라도 금세 추월당하고 말 것이다.

결국 선장은 힘든 결정을 내려야 했다.

"쌀만 넘겨준다면 사람의 목숨은 빼앗지 않을 것이다. 배를 멈춰라."

"하지만 선장님?"

“내 말을 듣게. 지금은 우리의 목숨을 건사해야 할 때네.”

“알겠습니다.”

결국 선원들도 선장의 말을 따를 수밖에 없었다.

배가 멈춰 서자 수적들이 자신들의 배를 곁에 대고 올라왔다. 수적들이 배에 가득 쌓인 쌀을 보며 휘파람을 불었다.

“휘유! 이건 정말 대단한걸.”

“그러게 말이야. 이 정도면 우리 수채에서 일 년을 능히 날 수 있을 것 같군.”

수적들이 누런 이를 드러내며 웃었다.

미곡 운반선이라고 해서 항상 쌀이 실려 있는 것은 아니었다. 이렇게 가득 실려 있는 것은 더욱 드문 일이었다.

배 위에 올라선 수적은 안하무인으로 행동했다. 그들이 승객들을 협박했다.

“이제부터 귀중품은 모두 바닥에 내놓는다. 만일 뒤져서 하나라도 숨긴 것이 나온다면 목숨을 보장할 수 없다.”

“흐흐! 들었지? 어서 빨리 돈과 귀중품을 내놓거라.”

척무격의 지시에 수적들이 기세등등하게 나섰다. 그들은 승객 한 명 한 명의 몸을 뒤져서 귀중품과 돈을 빼앗았다. 졸지에 돈을 빼앗기게 된 승객들은 얼굴이 새하얘졌다. 하지만 목숨을 잃기는 싫었기에 갖고 있던 귀중품을 내놔야했다.

수적들의 시선이 멈춘 것은 난간에 앉아있던 해여령을 보면서부터였다.

수적들이 소리쳤다.

"채주님, 여기 좀 보십시오. 웬 계집이 여기 있습니다."

"이게 웬 떡이야? 이런 촌구석의 배에 이런 미인이 있다니."

수적들이 아름다운 해여령을 보며 침을 흘렸다.

해여령은 그들이 이제껏 한 번도 보지 못한 엄청난 미인이었다. 그런 그녀를 바라보는 수적들의 얼굴엔 탐욕과 음욕의 빛이 동시에 떠올라 있었다.

척무격도 해여령을 바라보았다.

"호오! 이런 배에 미인이 타고 있었다니. 오늘 이 몸이 큰 행운을 잡았군."

그의 거친 말에 해여령이 미간을 찌푸렸다.

오랜만에 고향으로 돌아가는 길이라 될 수 있으면 문제를 일으키고 싶지 않았지만, 상황이 이렇게 된 이상 마냥 참을 수만은 없을 것 같았다.

그녀가 몸을 일으키며 말했다.

"좋은 말로 할 때 수하들을 이끌고 배를 내려가라."

"뭣이? 오호라, 등에 검을 찬 것을 보니 그래도 무공을 배웠다는 것이냐? 그 여리여리한 팔뚝으로 과연 검이나 휘두를 수 있겠느냐? 우하하하!"

"하하하!"

척무격의 농지거리에 부하들이 같이 웃음을 터트렸다.

　해여령 같은 미인은 결코 쉽게 볼 수 없었다. 더구나 그들과 같은 수적이라면 언감생심 꿈도 꾸지 못할 일이었다. 그 때문에 해여령을 바라보는 그들의 눈빛은 더욱 끈적끈적해졌다. 해여령이 검을 차고 있지만, 크게 생각지는 않았다. 현시대에 검을 차고 다니는 여무인들은 꽤나 흔했기 때문이다.

　척무격이 눈을 번들거리며 말했다.

　"어떻게 하겠느냐? 순순히 이 몸을 따라 본좌의 수채로 가겠느냐? 그도 아니면 반항을 하겠느냐?"

　"요즘 들어 수로에 광파랑이라는 미친 작자가 나타났다더니 너를 말하는 것이었군."

　"호! 벌써 내 이름이 그렇게 유명해졌던가? 요 이쁜아, 너는 이 몸이 귀여워해줄 테니 아무 말 하지 말고 따라 오너라. 그럼 이 배에 타고 있는 다른 승객들은 살려주마."

　쉬익!

　그의 말이 채 끝나기도 전에 해여령의 검이 뽑혀져 나왔다. 더 이상 모욕을 참기 힘들었던 것이다. 그녀의 공격에 척무격이 뒤로 물러나며 거대한 도를 뽑아들었다.

　"젠장! 이쁜 년이라고 그래도 가시 하나는 있다는 것이냐? 좋다, 후회나 하지 말거라."

　카카캉!

　그의 도와 해여령의 검이 부딪쳤다.

　척무격의 도는 힘을 바탕으로 하는 중도(重刀)의 묘리를 품고 있었다. 그에 반해 해여령의 검은 표홀하기 그지없었다. 마치 바람을 타고 움직이는 것처럼 그녀의 검은 척무격의 틈을 노리고 찔러왔다.

해여령의 검에 실린 기세가 범상치 않자 그제야 척무격의 표정이 변했다.

'이년, 무림의 고수였구나. 아직 어린 나이에 이 정도의 검력(劍力)이라니. 오늘 잘못하면 득보다 실이 많겠구나.'

척무격은 도산검림(刀山劍林)에서 평생을 굴러온 능구렁이였다. 비록 해여령의 미색에 혹해 자신이 상대를 잘못 건드렸다는 것을 깨달았지만, 그렇다고 해서 순순히 물러설 생각은 없었다.

그가 해여령의 검을 막으며 수하들에게 소리쳤다.

"애들아! 내가 상처를 하나 입을 때마다 승객 하나를 죽이거라."

"예!"

그의 말이 채 끝나기도 전에 부하들이 승객들의 목에 검을 갖다댔다. 졸지에 목숨의 위협을 받게 된 사람들은 얼굴이 새하얗게 질려 어쩔 줄을 몰라 했다.

그 순간 해여령의 검이 척무격의 어깨를 스쳐지나갔다. 그러나 척무격의 부하가 가차 없이 승객의 목숨을 빼앗았다.

"아악!"

목숨을 잃은 승객의 비명에 해여령의 몸이 움찔했다. 정말 자신이 상처를 입히자 승객의 목숨을 빼앗을 줄은 생각지도 못했기 때문이다.

자신도 모르게 해여령의 검이 느슨해졌다.

사실 무력으로만 따지만 정통의 검법을 사사한 해여령이 척무격보다 위였다. 하지만 강호의 경험이나 심계는 노련한 척무격에 비할 수 없었다. 그 때문에 그녀의 손발이 어지러워지고 있었다.

"흐흐! 계집, 어떠냐? 네년이 나에게 상처를 입힐 때마다 승객이 목숨을 잃는다. 그들이 목숨을 잃는 것은 모두 네년 책임이다. 네년이 반항하기 때문에 목숨을 잃는 것이다. 자, 이제 어찌하려느냐?"

"말도 안 돼."

"그래? 그럼 어디 내 몸에 상처를 내보거라. 그럼 또 한 명이 죽을 테니까."

척무격이 누런 이를 드러내며 비웃었다. 그에 반해 해여령은 금방이라도 울 것 같은 표정이 되었다. 봉황문에서 각종 수련을 받은 그녀였지만, 이런 경우를 대비해 받은 훈련은 없었다.

다시 한 번 그녀의 검이 척무격의 몸에 상처를 냈다. 그러자 어김없이 누군가의 비명이 울려 퍼졌다.

"비, 비겁해!"

"흐흐! 그래 난 비겁하다. 그 비겁함이 내가 이제까지 생존할 수 있었던 비결이다. 그러니 감히 누가 날 비겁하다 할 수 있겠느냐? 계집, 더 이상 반항한다면 승객 모두를 죽이겠다. 어찌하겠느냐?"

척무격의 협박에 해여령의 손발이 점점 어지러워졌다. 그녀의 눈에 눈물이 그렁그렁 맺혔다. 결국 그녀는 어찌할 바를 모르고 주춤주춤 뒤로 물러나고 말았다.

"흐흐! 그럴 줄 알았다. 너는 강호 경험이 전혀 없는 애송이다. 이제부터 이 몸이 너에게 강호의 진정한 멋을 알려주마. 아울러 극도의 쾌락도."

척무격이 해여령에게 손을 뻗었다. 그 광경을 뻔히 보면서도 해여령은 피하지 못했다. 사지에 힘이 풀려 도무지 어떻게 해야 할지 생각이 나지 않았다. 마치 머릿속이 하얗게 빈 것 같았다.

'어떻게 하지? 이럴 땐 어떻게 하지?'

그녀가 배운 강호는 이런 곳이 아니었다. 협과 정이 넘치는 곳이었고, 협객이 정정당당히 승부를 겨루는 곳이었지, 이렇게 비겁함이 판치는 곳이 아니었다. 그녀의 머리는 혼란스럽기 그지없었다.

척무격이 해여령의 마혈을 제압하기 직전이었다.

"시끄럽군."

사위를 정적 속으로 몰아넣는 나직한 한마디가 울려 퍼졌다.

목소리가 들리는 순간 수적들은 물론이고 척무격까지 입을 다물고 말았다. 왜 그런지는 아무도 몰랐다. 남자의 목소리가 들려오는 순간 반드시 그렇게 해야 할 것 같았다.

'누가?'

해여령이 눈물이 그렁그렁 맺힌 눈으로 급히 목소리가 들린 방향을 바라보았다. 그녀의 눈에 반대편 난간에 앉아있던 소운천의 모습이 보였다.

소운천이 난간에서 일어났다. 그 순간 해여령과 소운천의 서늘한 시선이 마주쳤다.

부르르!

순간 해여령은 알 수 없는 오한으로 몸을 떨었다. 소운천의 눈을 보는 순간 무언가 무서운 일이 일어날 것 같다는 느낌이 들었다. 척무격의 비겁한 수에 의해서 사람들이 목숨을 잃은 것과는 비교도 할 수 없는 무서운 일이.

척무격이 겨우 외쳤다.

"네, 네놈은 누구냐?"

"너는 내 이름을 알 자격이 없다."

소운천이 오른손을 배 밖을 향해 내뻗었다. 척무격이 타고 온 배가 있는 방향이었다.

"무, 무슨 짓을 하려는 것이냐?"

그러나 소운천은 대답 없이 손을 들었다. 그러자 놀라운 일이 눈앞에서 벌어졌다. 소운천의 손짓에 따라 수적들이 타고 온 거대한 배 두 척이 허공으로 떠오른 것이다.

배는 허공 십 장 높이에서 멈춰 섰다.

"무, 무슨?"

"말도 안 돼."

눈앞에서 벌어지는 엄청난 일에 척무격의 눈이 찢어질 듯 부릅떠졌다.

허공섭물(虛空攝物)의 절기로 거대한 배를 허공으로 띄우다니. 척무격의 상식으로는 절대 있을 수 없는 일이 눈앞에서 벌어지고 있었다. 졸지에 허공에 떠오르게 된 배에 타고 있던 수적들이 아우성을 쳤다.

해여령과 척무격은 똑똑히 볼 수 있었다. 소운천의 입가로 번져가는 호선을. 그것은 분명히 웃음이라고 해도 무방할 그런 변화였다. 하지만 그 웃음을 보는 순간 척무격와 해여령은 자신의 영혼이 갈가리 찢겨져나가는 듯한 충격을 받았다.

소운천이 활짝 펼쳤던 손바닥을 오므렸다.

퍼석!

그 순간 거대한 배가 허공에서 모래처럼 부서졌다. 장력을 날린 것도 아니었고, 강기를 날린 것도 아니었는데, 거대한 배가 산산이 부서져 잔재만이 허공에 흩날리고 있었다.

"……"

그 누구도 감히 입을 열수가 없었다.

비명도 없었다. 배에 타고 있던 수십 명의 수적들은 소리 하나 내지 못하고 피모래로 산화해 강에 떨어졌다. 그 충격적인 광경에 사람들은 신음소리 하나 내지 못했다.

푸스스!

가루로 변한 배의 잔해가 강에 떨어지는 소리만이 울려 퍼졌다.

한참 후에 겨우 정신을 차린 척무격이 입을 열었다.

"네, 네놈. 아니 당신은 누구……. 크윽!"

그러나 척무격은 끝까지 말을 잇지 못했다.

갑자기 목소리가 나오지 않으며 세상이 기울어졌다.

툭!

갑자기 몸통에서 분리되어 바닥을 나뒹구는 척무격의 머리. 그의 등 뒤에는 어느새 새하얀 전포를 걸친 사내가 있었다. 천마십위 중 한 명이었다. 그가 척무격의 목을 벤 것이다. 그 여파로 해여령의 얼굴에 피가 점점이 튀었다.

천마십위가 차가운 목소리를 내뱉었다.

"주군께서 시끄럽다고 하셨다."

소운천의 의지가 살기를 발산하자, 금청사가 천마십위에게 명령을 내린 것이다. 다른 천마십위도 동시에 움직이고 있었다. 미곡 운반선에 올랐던 수적들은 비명도 지르지 못하고 천마십위에 의해 목숨을 잃었다.

사람들이 볼 수 있었던 것은 눈앞에서 무언가 번쩍하고 지나가는 것뿐이었다. 그때마다 수적들은 비명도 지르지 못하고 목숨을 잃었다.

수적들은 반항 한 번 해보지 못하고 목숨을 잃었다.

그 모든 것이 단 한 순간에 일어난 일이었다.

해여령이 뺨에 묻은 피를 닦을 생각도 하지 못하고 소운천을 바라보았다.

여전히 이 세상의 존재가 아닌 것 같은 이질적인 존재감을 풍기며 소운천이 있었다.

해여령이 자신도 모르게 물었다.

"당신은 누군가요?"

"소운천, 그것이 나의 이름이다."

"소운천."

해여령이 망연히 소운천의 이름을 불렀다.

그녀의 시선은 소운천에게서 떨어질 줄을 몰랐다.

소운천의 실망에 가득 찬 목소리가 강바람에 울려 퍼졌다.

"인간은 절대로 변하지 않는구나. 칠백 년 동안 인간은 또다시 어리석은 역사를 반복하고 있구나."

*　　　*　　　*

오태산으로 통하는 관도에서는 구주천가의 무인들에 의한 검문이 벌어지고 있었다. 구주천가의 무인들은 혹시 있을지 모를 단월의 방조자를 미리 차단하기 위해 철저한 검문을 벌였다.

구주천가의 동원령에 의해 움직인 무인들은 들여보내고, 그

외의 무인들은 철저히 조사해 한 점의 의심스러운 부분이라도 있다면 무조건 잡아들였다. 그 때문에 오태산 일대는 공포 분위기가 조성되어 있었다. 일반 사람들은 무인들의 위세가 두려워 감히 오태산에 출입할 생각도 하지 못하고 있었다.

오태산에서 약초를 캐거나 밭을 경작하던 사람들은 무인들의 등장에 삶의 터전에 들어가지도 못하고 주위를 서성이기만 했다. 그들은 하루라도 빨리 무인들이 오태산에서 나가기를 원했다. 그런 분위기 때문인지 오태산을 향하는 무인들을 바라보는 사람들의 시선은 결코 호의적이지 않았다.

철군패는 화왕을 타고 가면서 그런 분위기를 피부로 느꼈다. 두려움과 공포가 담긴 시선으로 바라보는 사람들의 눈빛이 부담스러웠다. 수백, 수천 명의 적들이 살기 어린 눈으로 노려봐도 두려워하지 않는 철군패였지만, 이렇게 원망어린 눈으로 바라보는 사람들의 눈빛만큼은 감당하기 힘들었다.

그러나 철군패는 그들의 시선을 결코 외면하지 않았다. 부담스럽긴 했지만, 그들의 눈빛을 모두 받아들였다. 그러나 백련귀는 그와 달랐다.

"무공만 금제당하지 않았어도 저들을 모조리 손보는 건데, 아쉽군요."

"손을 봐?"

"건방지지 않습니까. 힘도 없는 주제에 저런 눈빛이라니요. 새외에서는 감히 상상도 할 수 없는 일입니다."

백련귀가 살아온 삶이란 것은 알고 보면 단순했다. 십이사
조에게 충성을 하고, 다른 이들을 억압했다. 그가 이사조 경율
진에게 충성을 다한 것도 그만큼의 권세를 보장해주었기 때문
이다. 그런 그에게 있어 이런 사람들의 눈빛은 낯설기 그지없
었다.

"말조심해라, 백련귀."

"네?"

"지금의 너는 그들과 다르지 않다. 너 역시 힘이 없는 서러
움이 어떤 것인지 경험하고 있을 텐데."

"그야…… 그렇지요."

철군패의 차가운 말에 백련귀가 수긍했다.

본래부터 힘이 없던 자보다, 힘이 있던 자가 힘을 잃어버리
면 오히려 상실감이 더욱 큰 법이었다. 지금 백련귀는 모든 힘
을 잃어버린 상태였다. 만일 철군패라는 보호막이 없었다면
진즉에 어떻게 됐을지도 몰랐다.

철군패는 필요에 의해서 백련귀를 살려놓았고, 백련귀는 그
런 철군패의 의도를 읽고 오히려 이용하려 하고 있었다. 그야
말로 기묘한 일행이었다. 그리고 철군패와 동행하면서 백련귀
는 힘없는 자의 설움을 누구보다 뼈저리게 경험하고 있었다.

'내가 힘만 되찾으면……'

백련귀가 입술을 질근 깨물었다.

그가 고개를 들어 앞서가고 있는 철군패의 등을 바라보았

다. 덩치가 거대한 데다 화왕까지 탔기에 한참을 올려다봐야
했다. 누구보다 굳건한 등이 마치 거대한 산맥 같았다.

"빌어먹을!"

나직한 욕설이 흘러나왔다. 그러나 철군패는 못 들은 것 같
았다. 아니, 어쩌면 듣고도 못 들은 척을 하는 건지도 몰랐다.
철군패의 음흉한 성격을 볼 때, 후자가 더 가능성이 높았다.

철군패는 고개를 들어 하늘을 쳐다봤다.

그 순간의 구름은 너무나 빠르게 흘러가고 있었다. 구름 사
이로 비추는 햇빛이 눈부셨다.

푸르르!

갑자기 화왕이 투레질을 했다. 철군패가 전면을 보니 일단
의 무리들이 길을 막고 있었다. 길목을 막고 검문을 하고 있는
구주천가의 무인들이었다.

철군패는 한눈에 그들이 구주천가의 무인들이란 사실을 알
아보았다. 비록 이십 년이란 세월이 흘렀지만, 구주천가만의
독특한 분위기는 결코 변하지 않았기 때문이다.

구주천가의 무인들이 소리쳤다.

"멈추시오."

철군패와 백련귀는 순순히 멈춰섰다.

꿀꺽!

누군가 마른침을 삼켰다. 커도 너무 큰 철군패와 화왕의 모
습 때문이었다. 이제까지 그들은 철군패처럼 거대한 사람과

화왕처럼 거대한 말을 본 적이 없었다. 올려다보는 것만으로도 고개가 아파올 지경이었다.

길을 막아선 자들은 구주천가에서 파견된 외당 출신의 무인들이었다. 그들의 역할은 오태산으로 들어가는 무인들의 신분을 확인하는 것이었다.

이들을 이끄는 외당의 제삼 조장 장태직이 앞으로 나서며 말했다.

"어디에서 온 누구시오? 정체를 밝히기 전에는 누구도 오태산에 들어갈 수 없소."

"당신들은?"

"우리는 구주천가의 외당 무인들이오."

"구주천가는 이곳에서 수천 리 떨어진 곳에 있는 것으로 알고 있는데, 언제부터 구주천가가 이런 변방에서 검문을 했지?"

"우리는 특별한 임무를 맡고 있소."

"특별한 임무란 것이 겨우 오태산에서 사람을 막는 것인가?"

"뭣이?"

철군패의 도발에 장태직의 눈썹이 치켜 올라갔다. 그는 철군패의 말투에서 결코 좋지 못한 감정을 느꼈다. 그가 애써 화를 눌러 참으며 말했다.

"다시 한 번 말하겠소. 정체를 밝히시오."

“그러지 못하겠다면?”

“구주천가의 이름으로 잡아들일 수밖에.”

장태직의 말에 철군패가 미간을 찌푸렸다. 그의 말에서 오만을 엿보았기 때문이었다.

장태직은 구주천가라는 이름을 전가의 보도처럼 내세우고 있었다. 이름을 세우는 것도 어렵지만, 더욱 어려운 것은 이름을 유지하고 빛내는 것이다. 장태직과 같이 아무 때나 구주천가의 이름을 내세운다면 그 명성이 빛이 바래는 것도 시간문제였다.

“이곳의 책임자는 누군가?”

“나 외당 제삼 조장 장태직이 책임자요.”

“그럼 지금부터 일어나는 모든 일은 당신 책임이군.”

“구주천가의 행사에 반항을 하겠다는 것이오?”

“아니, 나의 행사에 구주천가가 방해를 하는 것이지.”

“뭣이?”

장태직과 외당 무사들이 노성을 터트렸다. 그들이 일제히 무기를 빼들었다. 모욕을 당했다고 생각했는지, 그들이 그대로 철군패를 향해 달려들었다.

“말에서 내려와라.”

“감히 구주천가를 모욕하다니.”

그 모습을 보며 백련귀가 혀를 끌끌 찼다.

‘쯧쯧! 제 죽을 자리도 모르고 달려드는구나.’

그가 고개를 돌려 외면했다.

쾅!

"크아악!"

포탄이 터지는 소리와 함께 사내들의 처절한 비명성이 울려 퍼졌다. 마치 폭풍에 휩쓸린 것처럼 사내들이 사방으로 날아갔다.

"쯧쯧! 내가 그럴 줄 알았다니까."

백련귀의 눈에 사방으로 널브러져있는 구주천가의 무인들이 보였다. 그 모두가 철군패의 주먹 한 방에 일어난 일이었다.

일격포(一擊砲)가 중원에서 처음으로 그 위용을 드러낸 것이다. 화왕 위에서 내리지도 않고 펼친 일격포에 구주천가의 무인 일곱 명이 의식을 잃고 말았다. 장태직이라고 예외는 아니었다. 제일 정면에서 달려들었기에 그가 당한 피해는 더욱 컸다. 그가 바닥에 널브러진 채 겨우 가쁜 숨만 몰아쉬고 있었다.

마치 온몸이 해체되는 듯한 충격에, 장태직은 손가락 하나 까딱할 수 없었다. 그가 겨우 고개를 들어 철군패를 올려다보았다.

"크윽! 당신은 누구요? 후환이 두렵지 않다면 정체를 밝히시오."

"철군패."

"그 이름, 꼭 기억하겠소."

그 말을 마지막으로 장태직은 그대로 정신을 잃고 말았다. 비록 성급하긴 했지만, 구주천가의 무인다운 강직함은 잃지 않은 모습이었다.

그 모습을 보며 철군패는 구주천가의 무인들이 얼마나 자신들의 이름에 강한 자부심을 갖고 있는지 다시 한 번 확인했다.

"칠백 년 동안 쌓아올린 전통과 역사가 이들을 강하게 만들고 있다. 하긴 어찌 그렇지 않겠는가? 그런 피의 역사가 쌓여 오늘의 구주천가를 만들었는데."

칠백 년 이래 천하를 지배해온 가장 위대한 가문. 어쩌면 철군패는 그런 위대한 가문을 오늘 적으로 돌리게 될지도 몰랐다. 그래도 철군패는 후회하지 않을 것이다. 오늘 이 자리를 외면했다면 더욱 후회했을 테니까.

철군패는 쓰러진 구주천가의 무인들을 뒤로하고 화왕을 몰았다. 철군패와 백련귀가 자리를 떠난 지 얼마 되지 않아 또다시 구주천가의 무인들이 모습을 드러냈다. 그들은 삼조의 임무를 교대하기 위해 온 오조의 무인들이었다.

오조장 강희는 처참한 모습으로 쓰러져있는 장태직과 삼조의 무인들을 보고 급히 뛰어왔다.

"이게 어찌된 일인가?"

그는 장태직을 흔들어 깨우며 영문을 물었으나, 장태직은 쉽게 정신을 차리지 못했다. 결국 강희는 적의 습격으로 결론을 내렸다.

"적이 삼조를 습격했다. 어서 이 사실을 화 대주님에게 알려라."

"옛!"

슈우우!

비상 신호용으로 항상 갖고 다니던 불화살이 허공으로 쏘아졌다. 잠시 후 산 위에서도 불화살이 연이어 쏘아졌다. 구주천가의 비상 연락망이 발동한 것이다.

비상 연락망이 발동하자 강희가 몸을 일으켰다.

"우리는 삼조를 습격한 자들을 추적한다. 모두 무장하도록."

"예!"

부하들이 힘차게 대답했다. 그들은 철군패가 올라간 흔적을 추적하기 시작했다.

*   *   *

구주천가의 비상 연락을 시작할 때 쯤, 철군패는 이미 오태산 초입에 있는 향원사(香園寺)라는 절에 도착해 있었다. 향원사는 오태산 삼백육십 개 사찰 중의 하나로, 역사가 무려 사백 년이 넘었다.

평상시라면 향화객들로 북적거릴 향원사였지만, 지금 이 순간만큼은 마치 묘지를 보는 것처럼 적막하기 이를 데 없었다.

승려들은 절 문을 걸어 잠갔고, 향화객들은 자취를 감췄다. 그리고 입구에는 낯선 무인들 서너 명이 번을 서고 있었다.

구주천가에서 향원사의 수색을 마친 후 다른 사람이 출입할 수 없도록 번을 세운 것이다. 번을 서고 있던 무인들이 낯선 이의 출현에 경계의 눈빛을 했다.

그 모습을 보며 철군패가 중얼거렸다.

"다행히 그녀는 아직까지 붙잡히지 않은 것 같군."

만일 단월이 붙잡혔다면 이토록 삼엄한 경계망을 펼칠 이유가 없었다. 아직까지 그녀가 붙잡히지 않았기에 천라지망과도 같은 경계망이 펼쳐진 것일 게다.

철군패는 말을 몰아 향원사를 지나갔다. 향원사를 지나간 지 얼마 되지 않아 또다시 조그만 절이 나타났다. 부운사(浮雲寺)라는 절이었다. 부운사에도 향원사와 마찬가지로 번을 서고 있는 무인들이 있었다. 그런 절들이 수십 개가 넘었다.

지금 이 순간에도 절에 대한 수색은 계속되고 있었다. 구주천가의 무인들은 천라지망을 펼친 채 포위망을 점점 좁혀가고 있었다.

철군패가 백련귀에게 물었다.

"이곳엔 반천련도 와있다고 그랬지?"

"분명히 그렇게 들었습니다."

"반천련과 십이사조는 연수했으니까 누군가 와있을지도 모르겠군."

"솔직히 그것까지는 알 수 없습니다. 대사조님의 의중에 달렸지만, 굳이 이런 일에까지 사조님들을 파견하지는 않았을 것 같습니다."

"하지만 네 입장에선 십이사조 중 누군가 파견 나와 있는 것이 좋겠지. 그래야 구원받을 수 있을 테니까."

철군패의 말에 백련귀는 가슴이 뜨끔하는 것을 느꼈다. 하지만 그는 이내 아무렇지도 않은 듯 말을 이었다.

"십이사조께서 저처럼 하찮은 존재에게까지 신경을 쓸 여유가 있겠습니까?"

"아니, 그들은 반드시 너를 찾을 거야. 십이사조의 입장에서 보자면 너는 꽤나 유용한 존재일 테니까."

"멸제께서 저를 그리 높게 평가해주시다니 기분이 좋아지는군요. 감사하다고 할까요?"

백련귀가 이죽거렸다. 하지만 철군패는 대꾸조차 하지 않고 앞을 바라보았다. 일단의 무리들이 산을 내려오고 있었다. 완전 중무장을 한 채 내려오는 무리들은 바로 구주천가에서 동원한 무인들이었다.

그들은 바로 철검방(鐵劍房) 소속의 무인들이었다. 철검방은 오태산 인근에 터를 잡은 문파로 이름 그대로 철검을 쓰는 법을 가르쳤다.

철검방주 조현상은 본래 야심이 매우 큰 자였다. 하지만 지닌 바 능력이 야망을 따라주지 않아 오태산 인근의 조그만 무관주로 만족을 해야 했다. 그런 그에게 구주천가의 동원령은 꿈을 이뤄줄 수 있는 유일한 동아줄이나 마찬가지였다.

이곳에서 구주천가의 눈에 들어 비호를 받을 수만 있다면 중앙으로 진출하는 것도 단지 꿈만은 아닐 것이다. 그렇기에 조현상은 수하들을 이끌고 그 누구보다 열심히 오태산을 수색했다.

지금 조현상은 부하들에게 약간의 휴식을 주기 위해 산을 내려오는 중이었다. 그런 그들의 눈에 거대한 철군패와 화왕의 모습이 들어왔다. 누가 봐도 위압적이고 수상한 모습이었다.

조현상의 눈이 빛났다. 그가 철군패를 보며 소리쳤다.

"당신들은 누구인가? 구주천가의 무인은 아닌 것 같고. 그렇다면 통행증은 받았는가?"

"통행증?"

"그래! 구주천가의 허락을 받아 산에 올랐으면 분명 통행증을 가지고 있을 것이다. 통행증을 보여라."

"그런 것 없는데."

"뭣이? 그렇다면 어떻게 산에 올라온 것이냐?"

"그냥 그들이 보내주던데."

"그럴 리가 없다. 그들은 절대로 아무런 상관이 없는 외인을 산에 들여보내주지 않는다. 이제 보니 수상한 놈들이로구나."

조현상이 소리를 치며 무기를 꺼내들었다. 철검방의 다른 무인들 역시 일제히 무기를 꺼내들었다.

어떻게 하든 공을 세워 구주천가의 눈에 들어야겠다는 강박관념에 빠져있는 조현상이었다. 그런 그의 눈에는 철군패의 모든 것이 수상하게 보이고 있었다.

"혹시 오태산에 들어왔다는 반천련의 무인이 아니냐?"

너무나 어이없는 물음이었기에 철군패는 대답하지 않았다. 그러자 조현상이 자신의 생각이 틀림없다고 확신했다.

"놈들은 반천련의 무인이 틀림없다. 놈들을 잡으면 구주천가에서 큰 상을 내릴 것이다. 놈들을 제압하라."

"와아아!"

그의 말에 철검방의 무인들이 철군패와 백련귀를 향해 달려들었다. 모두가 공에 눈이 멀어 앞뒤를 가리지 않는 상황이었다. 그 모습에 백련귀가 조심스럽게 말했다.

"일단 이곳을 피한 뒤 은밀히 단월 소저를 찾는 것이 좋을 것 같습니다. 더 귀찮아지기 전에 피하시죠."

"아니."

그러나 철군패는 고개를 저었다. 백련귀의 생각이 어떻든 간에 그는 전혀 피할 생각이 없었다. 그의 주먹에 가공할 공력이 모여들었다.

화왕 위에 올라탄 채 철군패가 그대로 주먹을 내질렀다.

콰아앙!

마치 포탄이 터지는 듯한 굉음과 함께 선두에서 달려든 다섯 명의 사내가 피떡이 되어 뒤로 날아갔다.

비명조차 없었다.

마치 시간이 멈춘 것처럼 철군패를 향해 달려들던 철검문 무인들의 걸음이 그대로 멈췄다. 놀란 그들이 입만 벙긋거렸다. 엄청난 풍압에 그들의 얼굴이 일그러져 있었다.

놀란 조현상이 말을 더듬었다.

"너, 너는 누구냐?"

"철군패."

"우, 우리는 구주천가의 일을 돕고 있는 철검방의 무인들이다. 우리를 건드리면 구주천가를 건드리는 것이나 마찬가지다."

슈우우!

대답대신 날아온 것은 철군패의 무식하도록 큰 주먹이었다. 조현상이 급히 자신의 철검을 들어 전면을 막았다. 검 위에 철군패의 주먹이 작렬했다.

콰앙!

공력을 주입했던 검이 산산이 부서지고, 조현상을 피를 울컥 토해내며 뒤로 날아갔다.

"방주님."

서너 명의 부하들이 급히 조현상을 붙잡았지만, 오히려 가공할 힘을 이기지 못하고 같이 뒤엉켜 나뒹굴고 말았다.

"크으으!"

“으윽!”

여기저기서 비명이 터져 나왔다. 그 속에는 철검방의 방주 조현상도 있었다.

“크으! 이럴 수가.”

조현상이 연신 피를 토해내며 믿어지지 않는다는 표정을 지었다. 설마 자신이 단 일격을 견디지 못할 줄은 꿈에도 생각하지 못했다. 그는 부서진 철검을 보며 악몽이라고 생각했다.

쿵!

그 순간 철군패를 태운 화왕이 위압적인 걸음으로 다가왔다. 화왕이 한발 한발 다가올 때마다 조현상은 이루 말로 표현할 수 없는 엄청난 공포심을 느껴야했다. 거대한 말의 모습이 꼭 지옥에서 올라온 야수처럼 보였다.

공포에 질린 조현상이 바둥거리며 소리쳤다.

“놈은 반천련의 무인이다. 어서 이 사실을 구주천가에 알려라.”

그의 외침에 일부 수하가 신호용 폭죽을 터트렸고, 나머지 수하들은 철군패를 향해 달려들었다.

“와아아!”

수십 명의 무인들이 달려오는 모습을 보면서도 철군패는 표정 하나 변하지 않았다. 문득 그의 시선이 오태산 정상을 향했다. 오태산 어디선가 단월이 자신을 보고 있을 거라는 생각이 들었다.

쿠와앙!

그가 다시 일격포를 펼쳤다.

일진광풍과 함께 십여 명의 사내들이 뒤로 튕겨져 나갔다.

폭죽과 굉음소리에 인근에 있던 구주천가와 연관된 무인들이 급히 달려왔다.

그 모습을 보고서야 백련귀는 한 가지 사실을 깨달았다.

"그는 자신이 이곳에 왔음을 그녀에게 알리고 있다."

드넓은 오태산에서 구주천가도 찾지 못한 단월을 찾아내는 것은 거의 불가능했다. 그렇기에 철군패는 모두의 주목을 끌어 자신이 왔음을 단월에게 알리고 있었다.

구주천가의 무인이든, 반천련의 무인이든 상관없었다. 규모가 클수록 좋았다. 그래야 그녀가 더욱 잘 알아볼 수 있을 테니까.

그렇게 생각하자 백련귀의 온몸에 소름이 돋아 올랐다.

그때 철군패가 크게 숨을 들이켰다. 그리고 오랫동안 되뇌어 왔던 이름을 불렀다.

"고명희!"

*   *   *

구주천가의 무인들이 오태산의 절을 뒤지고 있을 때, 반천련의 무인들 역시 오태산의 으슥한 곳을 샅샅이 뒤지고 있었다. 그들은 돌멩이 하나, 부러진 나뭇가지 하나 허투루 보지 않고 의심 가는 것이 있다면 철저히 살폈다. 그런 과정에서 구주천가의 무인들과 부딪쳐서 싸우기도 했고, 피해자도 다수 양산했다. 하지만 반천련은 결코 단월을 포기하지 않았다.

단월이 탈취한 연판장은 중요한 물건이었다. 연판장이 구주천가에 들어가는 순간 반천련에 가입한 문파들의 정체가 밝혀질 것이다. 그렇게 된다면 구주천가에 대항하겠다는 반천련의 목표도 물거품처럼 사라지고 말 것이다.

그 때문에 반천련에서는 위험을 무릅쓰고 오태산에 정예들을 투입했다. 그들을 이끄는 자가 바로 은구사자였다. 은구사자는 여전히 은빛 가면으로 얼굴을 가린 채 반천련의 무인들을 지휘했다.

"반드시 그년을 잡아야 한다. 연판장이 구주천가의 손에 들어간다면 모든 것을 처음부터 다시 시작해야 한다. 어떤 희생을 감수해서라도 반드시 그녀를 끌고 와야 한다."

생각보다 단월의 행동이 기민하고 예측이 불가능했기에, 은구사자는 이제 갓 반천련에 가입한 자들의 도움까지 청해야 했다.

은구사자가 곁눈질로 옆을 슬쩍 보았다.

그의 곁에 예전에 보지 못했던 여인 한 명이 있었다. 언뜻 보면 평범해 보이는 여인이었다. 특징 없는 얼굴과 평범한 이목구비. 굴곡진 절륜한 몸매만 뺀다면 하나도 특별할 것이 없

는 여인이었다. 하지만 은구사자는 결코 여인을 평범하게 볼
수 없었다.

'저 얼굴은 본련의 시비의 얼굴. 그렇게 단시간 안에 시비
의 얼굴을 자신의 것으로 만들다니.'

인피면구나 얼굴의 근육을 단순히 조절하는 개념이 아니었
다. 말 그대로 그녀는 상대의 얼굴을 각인해 자신의 얼굴에 덧
씌웠다.

누구도 그녀의 진정한 얼굴을 알지 못한다고 했다. 심지어
는 그녀와 함께 왔던 사람들조차 말이다.

은구사자가 도움을 요청했을 때 그들은 여인을 내주었다.
그녀라면 믿을 수 있을 거라고 말하면서 말이다. 확실히 그녀
는 여러모로 범상치 않았다. 지닌 바 무공의 깊이도 추측하기
힘들었지만, 무엇보다 은구사자를 놀라게 한 것은 그녀의 추
적술이었다.

광활한 오태산에서 그녀는 놀라울 정도로 정확하게 단월의
흔적을 추적하고 있었다. 만일 그녀가 아니었다면 단월을 추
적하는 일은 한참이나 늦어졌을 것이다.

'과연 련주님이 십이사조라는 자들을 높이 평가할 만하군.
그녀가 이 정도의 능력을 지녔을진대, 과연 다른 이들은 얼마
나 강한 힘을 지녔을 것인가? 그들은 분명 우리의 행보에 큰
도움을 줄 것이다.'

그녀가 무슨 생각을 하는지 도저히 알 수 없었다. 그녀는 타

인의 얼굴로 자신을 위장할 뿐 아니라, 절대 자신의 속내를 드러내지 않았다. 때문에 생명이 없는 인형을 보는 것 같은 착각이 간혹 들곤 했다.

그렇게 은구사자가 잠깐 상념에 잠겨있을 때 갑자기 엄청난 굉음이 산 아래에서 울려 퍼졌다.

콰앙!

얼마나 위력이 컸던지 은구사자의 발밑에까지 충격과 진동이 전해졌을 정도였다. 그러나 은구사자는 크게 신경 쓰지 않았다. 지금은 이런 사소한 일에 신경을 쓸 여유가 없었다.

그가 여인에게 말했다.

"갑시다, 관설 소저."

그 순간, 한 줄기 외침이 오태산에 울려 퍼졌다.

"고명희!"

쿠우우!

일진광풍이 불었다.

제 8장

풍운오태산(風雲五台山)

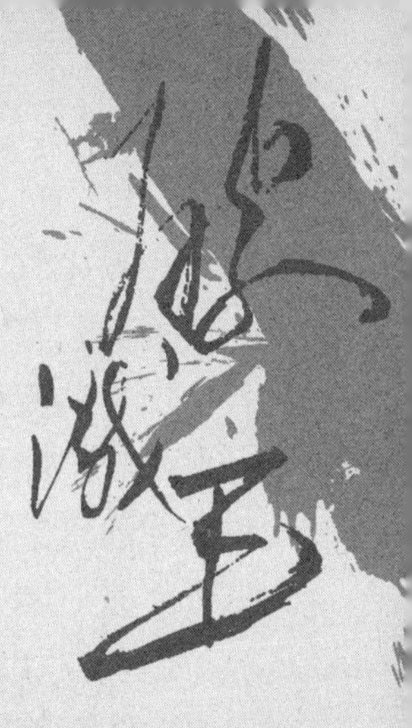

포위망이 점점 좁혀오고 있었다. 이미 이백 개가 넘는 사찰이 수색을 당했고, 나머지 절들에서도 실시간으로 수색이 이뤄지고 있었다.

단월이 고개를 들어 산 아래를 내려다보았다. 마치 토끼몰이를 하듯 오태산 전체를 수색해 들어오는 구주천가의 무인들이 보였다. 반대편에서는 반천련의 무인들이 단월의 흔적을 쫓아 추적해 들어오고 있었다.

이제까지는 잘 피해왔지만, 그마저도 거의 한계에 이르렀다고 볼수 있었다. 지금 그녀가 있는 곳은 통원사(通原寺)라는 사찰이었다. 통원사는 칠백 년이 넘는 역사를 가진 사찰로, 처음

이곳에 지어졌을 때부터 무영문에서 후원을 해온 절이었다. 그 때문에 그들은 기꺼이 단월을 위해서 숨을 곳을 내줬다.

사실 무영문이 이제까지 통원사를 후원해온 것도 비상시를 대비하기 위함이었다. 무영문의 후원을 받은 통원사는 무영문을 위한 비밀 공간을 마련해두었다. 그곳이 바로 지금 단월이 있는 곳이었다.

통원사의 입구에는 거대한 불상이 있다. 높이만 십 장에 이르는 거대한 불상의 내부에는 능히 십여 명이 머물 수 있는 공간이 있었고, 불상의 발바닥을 통해 지하로 들어가면 오태산 뒤쪽으로 통하는 지하통로가 나타난다. 이 모든 것이 통원사에서 무영문을 위해 만들어둔 것이었다.

오태산에 들어온 이후 단월은 불상의 내부에서 숨어 지냈다. 하지만 이제 그마저도 한계에 달했다. 구주천가는 집요하게 그녀의 흔적을 추적해오고 있었고, 이제 이곳이 들통 나는 것도 시간문제였다.

이제 결정을 내려야 할 때라는 사실을 단월은 알고 있었다. 이곳에 남아있든, 혹은 비밀통로를 통해 탈출을 하든, 어느 쪽이든 쉽지 않을 것은 분명했다.

"아가씨 어떻게 하시겠습니까?"

남정옥이 조심스럽게 물었다. 하지만 단월은 쉽게 대답하지 못했다. 그녀는 불상의 눈을 통해 밖을 내다보면서 자신의 생각을 정리하고 있었다.

얼마 전 그녀에게 은밀히 하나의 서신이 전달됐다. 구주천가와 반천련의 천라지망을 뚫고 전달된 서신에는 단 한단어의 글이 쓰여 있었다.

멸제(滅帝).

혹시나 적에게 서신이 들어갈 것을 우려해 단 한 단어만 적혀 있었다. 뜬금없이 쓰인 글자였지만, 단월은 그것이 어떤 의미인지 단숨에 알아차렸다.

'어떤 수를 썼는지 모르지만, 아버지가 멸제를 움직였다. 이 말은 곧 멸제가 온다는 뜻.'

고가주루에서부터 멸제를 주목해온 단월이었다. 아비인 고산도의 뜻을 모를 단월이 아니었다. 중원에서 단월에게 도움을 줄 문파나 사람은 없었다. 중원에서 도움을 얻을 수 없자 새외의 신흥강자로 떠오른 멸제를 끌어들인 것이 분명했다.

무슨 수로 멸제를 끌어들였는지는 모르지만, 일단 그를 만나야 살 가능성이 조금이라도 있었다.

'아버지가 어떻게 멸제를 끌어들였는지 모르지만, 일단은 그를 만나야 한다. 그가 정말 소문만큼의 무위를 갖고 있다면 내가 살아남을 가능성이 조금은 있을 것이다.'

그렇게 그녀가 생각을 정리할 때 갑자기 큰 굉음과 함께 진동이 발을 통해 온몸으로 전해졌다.

"이건?"

단월의 얼굴에 의혹의 빛이 떠올랐다.

단 한 번의 진동이었지만, 그 충격이 심상치 않게 느껴졌다.

"적이다."

"남쪽에 적이 나타났다."

곳곳에서 구주천가가 동원한 무인들의 목소리가 울려 퍼졌다.

"적이라니?"

단월이 미간을 찌푸렸다.

이곳에 구주천가의 적이라 할 만한 자들은 반천련의 무인들밖에 없었다. 분명 그녀가 이곳에 있는 동안에도 구주천가와 반천련의 무인들이 몇 번인가 격돌했지만, 그것은 어디까지 국지전 수준이었지, 이렇게 화포가 터지는 수준의 격돌은 한 번도 일어나지 않았다.

"그렇다면 반천련과 구주천가가 정면으로 붙었단 말인가?"

분명 그녀의 품에 있는 연판장은 두 문파가 명운을 걸고 격돌할 만한 가치가 있었다. 하지만 그렇다고 하더라도 정면으로 격돌하기엔 너무 이르다는 것이 단월의 생각이었다.

오태산 전체에 깔린 무인들이 술렁이는 것이 느껴졌다. 분명 그들을 술렁이게 만드는 그 무언가가 나타났다.

그때였다.

"고명희!"

한 줄기 사자후가 오태산 전체를 쩌렁쩌렁 울렸다. 그 목소리가 어찌나 창대하던지, 오태산에 있는 사찰들의 범종이 일제히 울렸다.

대애앵!

수백 개의 종소리가 울림과 동시에 사자후에 깜짝 놀란 새들이 날아오르고, 짐승들이 앞다퉈 달아났다. 사람들은 사자후에 기가 질려 얼굴이 핼쑥해졌다.

우웅!

단월이 은신하고 있던 불상도 사자후에 부르르 떨리고 있었다.

"도대체 누가?"

남정옥이 이를 악물었다.

방금 전의 사자후는 그로서도 생전 처음 경험하는 엄청난 위력을 갖고 있었다. 그는 이제까지 단 한 번도 인간의 사자후가 이런 위력을 갖고 있으리라고 생각하지 못했다.

그 순간, 다시 한 번 사자후가 울려 퍼졌다.

"고—명—희! 나, 철군패다!"

사내의 음성에 반응해 또다시 수백 개의 종이 일제히 울음을 토해냈다. 그것은 실로 엄청난 장관이었다. 오태산 전체에 있는 범종이 사내의 사자후에 대답을 하는 것 같았다.

"고명희라니?"

그 순간 단월은 마치 벼락을 맞은 것처럼 몸을 부르르 떨었다.

세상에 알려진 그녀의 이름은 단월이었다. 그녀의 본명을 아는 사람은 몇 명 없었다. 심지어는 단월의 호위무사인 남정옥조차 그녀의 본명이 단월인 줄 알고 있었다.

그녀의 아비와 종제영을 제외하면 본명을 아는 사람은 오직 한 명뿐이었다.

이제는 기억도 아득한 이십 년 전에 만났던 한 아이. 마치 운명처럼 그 아이에게 끌렸었고, 그래서 자신의 본명을 이야기해주었다. 그 후로 그녀는 단월로 자랐고, 결코 자신의 본명을 타인에게 이야기하지 않았다.

"군……패, 너인 기니? 네가 온 거니?"

단월이 자신도 모르게 그의 이름을 불렀다.

왜인지는 몰랐다. 그냥 그가 자신을 부르는 거라는 생각이 들었다.

"아가씨, 아는 사람입니까?"

"그것을 확인할 방법은 단 한 가지뿐이에요."

"설마 나가시려는 겁니까? 하지만 그것은 너무 위험합니다. 적의 함정일지도 모릅니다."

"그럴 수도 있겠죠. 그래도 확인해야 해요."

"아가씨?"

"그가 나를 부르고 있어요."

단월의 눈빛이 단호해졌다.

"그에게 가겠어요."

                    *   *   *

우우웅!

엄청난 사자후에 어지간한 혈포사신대조차 사자후에 영향을 받아 안색이 변했다.

화진천의 표정이 침중해졌다. 그 역시 사자후에 담긴 가공할 역도를 느낀 것이다. 얼마나 엄청난 기운이 담겨 있는지, 그의 신경이 미친 듯이 곤두서 아프게 자극하고 있었다.

이제까지 강호를 종횡하면서 단 한 번도 느끼지 못한 강렬한 위압감이 사자후를 타고 그의 피부로 전해지고 있었다.

굳이 눈으로 보지 않아도 알 수 있었다. 엄청난 강적이 출현했다. 더구나 그는 대놓고 스스로의 존재를 드러냈다. 그만큼 자신의 무력에 자신이 있다는 뜻이었다.

"고명희가 그녀의 본명인가? 그렇다면 그녀의 원군이 왔단 뜻인가?"

"어쩌면 저희들의 시선을 분산시키려는 적의 양동지계일지도 모릅니다."

"그럴지도 모르지."

궁일현의 말에 화진천이 고개를 끄덕였다. 분명 그럴 가능성도 있었다. 하지만 그의 직감은 그렇지 않다고 말하고 있었다.

"이것은 분명히 그녀를 부르는 소리다. 그녀가 부름에 답할지는 모르지만, 나는 반드시 그를 봐야겠다."

“대주님.”

“나의 피가 그의 외침에 반응하고 있다.”

화진천의 눈빛이 스산하게 가라앉았다.

그동안 억눌러두었던 투쟁심이 다시 들끓어 오르고 있었다.

“문상께서는 반드시 연판장을 회수해오라고 하셨습니다.”

“알고 있다.”

“내가 그에게 갈 것이다. 너희들은 이곳에 남아서 그녀의 움직임을 예의주시하라.”

“대주님?”

“이것은 너희들의 대주가 아니라 한 사람의 무인으로서 부탁하는 것이다.”

“알겠습니다.”

화진천이 이렇게까지 이야기하자 혈포사신대도 더 이상 이의를 제기하지 못했다. 그들은 무인으로서 화진천의 자부심이 얼마나 큰지 잘 알고 있었다.

화진천이 목소리가 들린 방향으로 달려가자 혈포사신대가 반대편으로 몸을 날렸다. 그들이 수색을 하던 방향이었다.

궁일현이 소리쳤다.

“어디에서 그녀가 출현할지 모른다. 각별히 신경 쓰도록.”

“예!”

“반드시 그녀를 잡아 연판장을 회수해야 한다. 필요하다면 살수를 써도 좋다. 연판장은 무조건 회수해야 한다.”

“예!”

대답을 하는 혈포사신대의 음성엔 살기가 가득했다.

* * *

단월은 비밀통로를 통해 밖으로 빠져나왔다. 다행히도 그녀가 빠져나온 출구 근처에는 아무도 없었다.

출구를 나온 직후, 그녀와 남정옥은 남들의 시선을 피해 수풀이 우거진 곳으로 이동했다. 나뭇가지와 바위에 옷이 찢겨져 나갔지만, 단월은 개의치 않았다.

남정옥이 앞서가는 단월을 근심어린 눈으로 바라보았다. 그는 내심 단월이 평정심을 잃은 것이 아닌가하는 생각을 했다. 하지만 설령 그렇다고 하더라도 그녀를 따르는 것이 그의 도리였다. 그는 묵묵히 단월을 따랐다.

남정옥은 기감을 극도로 끌어올렸다. 이제부터 그들은 주위의 위협에 맨몸으로 노출되어 있었다. 단 한 순간이라도 방심한다면 안전을 보장할 수 없었다.

단월을 보면 그녀가 떠올랐다.

모든 것을 바쳐 사랑했지만 지켜주지 못한. 이제는 수많은 세월이 흘러 얼굴조차 희미했지만, 단월을 볼 때마다 그녀가 떠올랐다. 그래서 그렇게 단월을 지키기 위해 애를 쓰는 것인지도 몰랐다.

'기필코 그녀를 이 지옥 같은 곳에서 내보낼 것이다. 내 모든 것을 다 바쳐서라도 말이다.'

남정옥은 다짐을 하며 걸음을 옮겼다.

남들의 시선에 닿지 않도록 조심하다보니 이동속도는 느릴 수밖에 없었다. 시간이 꽤 흘렀는데도 거리상으로 보면 그렇게 많이 이동한 것이 아니었다.

단월과 남정옥은 사자후가 들린 방향으로 똑바로 향하고 있었다. 아직까지 강렬한 울림이 느껴졌다. 그의 목소리가 남아 단월의 귀에 울려 퍼지는 것 같았다.

'군패가 분명해. 그가 나를 부르고 있어.'

평상시 누구보다 이성적인 단월이었다. 하지만 철군패의 목소리를 듣는 순간 가슴이 먹먹해지고, 심장이 거세게 뛰었다. 마치 운명의 부름을 들은 것처럼 말이다.

그렇게 얼마나 걸었을까? 갑자기 전방에서 바스락거리는 소리가 들리더니 누군가 불쑥 모습을 드러냈다. 일행들과 홀로 떨어져 근처에서 큰일을 보던 자였다.

주위에 인기척이 없기에 약간은 안심을 하고 있던 남정옥과 단월의 안색이 변했다. 놀란 것은 모습을 드러낸 사내도 마찬가지였다. 그가 낯익은 단월과 남정옥의 모습을 보고 입만 벙긋 거렸다.

그들 중 제일 먼저 반응하고 움직인 것은 남정옥이었다. 남정옥이 사내를 제압하기 위해 몸을 날리는 그 순간 사태를 파악한 사내가 목에 걸고 있던 호각을 크게 불었다.

삐익!

서걱!

남정옥의 검이 뒤늦게 사내의 몸을 갈랐다. 사내는 피를 뿌리며 쓰러졌지만, 이미 호각소리가 울려 퍼지고 난 다음이었다.

남정옥의 안색이 딱딱하게 굳었다.

"적에게 들킨 것 같습니다."

"할 수 없군요. 전속력으로 달릴 수밖에."

"괜찮겠습니까? 아가씨."

"남 호위님, 저도 오기의 일원이에요. 믿으세요."

"알겠습니다. 제가 길을 뚫겠습니다."

"알겠어요."

단월이 순순히 고개를 끄덕였다.

남정옥이 앞장서 달려가기 시작했다. 호각소리에 달려온 적들이 여기저기서 모습을 보이고 있었다. 그들은 남정옥과 단월을 발견하고 달려오기 시작했다.

연판장을 탈취하면 구주천가로부터 큰 보상을 받을 수 있다는 사실이 그들의 이성을 날려버렸다. 그들은 괴성을 지르며 단월과 남정옥에게 다가왔다.

"다가오는 자, 누구를 막론하고 베어버리겠다."

남정옥이 단호한 음성을 토해냈다. 그러나 연판장을 노리고 오는 자들 중 누구도 그의 말을 듣지 않았다. 이미 그들은 보상에 눈이 먼 상태였다.

남정옥은 다가오는 이들을 가차 없이 베어냈다. 그가 검을 휘두를 때마다 서너 명의 무인이 피를 흩뿌리며 쓰러졌다. 그 때문에 남정옥의 몸은 피로 붉게 물들었다.

단월도 감춰두었던 무공을 펼쳤다. 그녀를 우습게보고 달려드는 자들을 상대로 비전의 무공인 옥령소수를 펼쳤다. 그녀가 손을 휘두를 때마다 자색과 흰색의 기운이 일어나 상대를 쓸어버렸다.

콰콰쾅!

그들의 격돌로 주변의 모든 것이 파괴되었다. 나무가 잘려나가고, 수풀이 허공으로 흩날렸다. 남정옥과 단월은 그 사이로 질주했다.

"헉헉!"

숨이 턱 끝까지 차오고 심장이 입 밖으로 튀어나올 듯 격렬하게 뛰었다. 그래도 그들은 결코 멈추지 않았다. 하지만 점점 그들을 가로막는 적들이 강해졌다.

처음엔 단순히 구주천가의 부름을 받고 달려온 중소문파의 무인들뿐이었지만, 시간이 흐를수록 강한 무인들이 속속 모습을 드러냈다. 그 때문에 단월과 남정옥의 발걸음도 점차 더뎌져가고 있었다.

"연판장을 내놔라."

“연판장만 내놓으면 목숨을 살려주겠다.”

신분을 막론하고 그들은 연판장에 대한 탐욕을 숨기지 않았다.

자영문(紫英門), 소명장(昭明莊) 등 널리 알려진 문파의 무인들은 물론이고, 전혀 들어보지 못한 문파의 무인들까지도 단월을 향해 달려들었다. 그런 이들을 막느라 남정옥의 몸은 점점 피투성이로 변해가고 있었다.

“아무도 아가씨를 건들 수는 없다.”

남정옥의 눈에 살기가 번들거렸다.

그의 광기어린 폭주에 수많은 무인들이 나가떨어졌다. 단월은 그의 뒤를 따르며 옥령소수를 펼쳤다. 두 사람의 절기가 합쳐지자 어마어마한 위력을 발휘했다. 마치 가을에 낙엽이 지듯 많은 무인들이 쓰러졌다.

그렇게 거침없이 질주를 하던 두 사람의 움직임에 제동이 걸린 것은 한 부류의 무인이 나타나면서부터였다.

“거기까지다.”

슈우우!

강렬한 외침과 함께 어마어마한 크기의 창강(槍)이 남정옥과 단월을 향해 내리꽂혔다.

‘강기?’

그 순간 남정옥은 다른 방향의 적을 상대하느라 창강을 상대할 시간적인 여유가 없었다. 그를 대신해 단월이 나섰다. 옥령소수를 극성으로 끌어올리자 그녀의 손에도 수강(手)이 맺혔다.

콰아앙!

창강과 수강이 격돌하며 단월의 몸이 크게 흔들렸다. 아무래도 수세를 취했기에 그녀가 손해를 본 것이다. 하지만 그녀는 기죽지 않고 전방을 바라봤다.

순간 단월의 눈동자가 흔들렸다.

다부진 체격에 붉은 장포를 입은 사내. 손에 들고 있는 창마저도 온통 붉었다. 창의 표면에는 비상하는 용이 양각되어 있었다. 천하에 수많은 사람들이 있었지만, 이런 특징을 가진 남자는 오직 한 명뿐이었다.

"광……혈룡 묵원상."

"오랜만이오, 단월 소저."

"당신도 우리를 막아설 생각인가요?"

"당신의 품에 있는 연판장은 능히 그럴만한 가치가 있소."

"대단하군요. 오기의 한 명인 당신이 움직일 정도라니."

"당신도 그 때문에 움직이지 않았소? 피장파장이오."

묵원상은 연판장에 대한 탐욕을 숨기지 않았다.

누가 뭐래도 단월이 가지고 있는 연판장은 천하의 향방을 좌우할 수 있는 엄청난 물건이었다. 연판장만 가지고 있다면 구주천가나 반천련 양측과 유리한 입장에서 협상할 수도 있을 것이다.

묵원상의 뒤에는 조가장의 무인들이 있었다. 조소소와 조미려가 단월을 바라보고 있었다.

"당신들도 내 품에 있는 연판장을 원하나요?"

"죄송해요, 단월 소저. 하지만 우리에겐 정말 절실히 연판장이 필요해요."

"알 것 같군요."

조미려의 미안한 듯한 표정에 단월이 냉랭한 목소리로 대구했다. 그러자 어린 조소소가 눈을 반짝였다.

"언니는 연판장을 본 모양이군요."

"그래! 나는 분명히 연판장을 봤다."

"언니는 결코 봐서는 안 될 것을 보았군요."

"조가장이 연판장에 이름을 올렸기 때문이냐?"

단월의 대답에 조소소가 고개를 끄덕였다.

단월의 표정이 어두워졌다.

표면적으로 조가장은 구주천가와 협력관계였다. 모두가 그렇게 알고 있었다. 하지만 단월이 가지고 있는 연판장에는 분명 조가장주 조원태의 이름과 수결이 적혀 있었다. 그 말은 곧 조가장이 반천련에 가입했다는 뜻이었다.

그렇다면 광혈룡 묵원상이 왜 자신의 앞을 가로막은 건지 이해가 됐다. 그는 조미려와 약혼한 사이. 처가가 될 조가장의 위험을 그냥 두고 볼 수만은 없었을 것이다.

주위를 둘러보았지만, 보이는 것은 온통 조가장의 무인들뿐이었다. 단월이 입술을 지그시 깨물었다. 광혈룡 묵원상은 그녀와 같은 오기의 반열에 오른 무인이었다. 상대하기도 까다로울뿐더러 무엇보다 마음에 걸리는 것은 그와 함께 온 조가장의 무인들이었다. 그들은 이제까지 그녀가 상대했던 어떤 무인들보다 강력한 기도를 풍기고 있었다. 더군다나 그들에겐 반드시 연판장을 빼앗아야 할 이유가 있었다.

단월이 차가운 목소리로 말했다.

"내 맹세하건대, 이 자리를 무사히 빠져나가면 조가장을 가만두지 않겠어요."

"그건 무사히 빠져나갈 수 있을 때 이야기죠."

조미려가 마찬가지로 차갑게 대꾸했다.

조가장의 명운이 걸린 일이었다. 사사로운 정을 개입시킬 수는 없었다. 그러다보니 자연 그들의 분위기는 냉랭할 수밖에 없었다.

묵원상이 앞으로 나서며 말했다.

"다른 이들이 달려오기 전에 끝냅시다."

"그렇게 쉽게 뜻대로 되지는 않을 거예요. 당신은 분명 오늘의 결정을 후회하게 될 거예요."

"그럴지도."

묵원상이 고개를 끄덕이며 붉은 창을 단월을 향해 겨눴다. 그런 묵원상에게 조소소가 나지막한 소리로 속삭였다.

"그녀의 무공인 옥령소수는 변화에 강하지만, 힘을 앞세운

패도적인 공세에는 약점을 보여요. 그 점을 노리시면 될 거예요.”

조소소의 음성은 단월에게도 들렸다.

그제야 단월은 조소소의 별명이 소제갈이라는 사실을 깨달았다. 조가장에 조그만 제갈공명이 있어 대국을 주재한다는 이야기가 무영문의 정보에 들어온 적이 있었다.

그때는 크게 생각하지 않았는데, 이제와 조소소를 보니 그 말이 과히 틀리지 않은 것 같았다. 조소소는 이미 단월이 익힌 옥령소수의 강점과 약점을 꿰뚫어보고 있었다.

단월은 지금의 위기를 헤쳐 나가기 위해서는 조소소를 넘어야 한다는 사실을 깨달았다. 하지만 그전에 먼저 묵원상을 거쳐야 했다.

이번엔 단월이 묵원상에게 선공을 펼쳤다. 여기서 기에 밀리면 끝장이라는 생각에 먼저 움직인 것이다. 단월이 움직이자 남정옥이 조가장의 무사들을 상대했다.

촤촹!

옥령소수와 묵가창이 격돌하며 쇳소리를 토해냈다.

묵원상의 창은 붉은색의 창강을 쉴 새 없이 토해냈다. 그가 제아무리 절대지경에 근접했다지만 창강을 이렇게 쉴 새 없이 형성할 수 있다는 사실은 실로 경이적인 일이었다.

묵가는 묵원상을 위해서 각종 영약과 벌모세수를 아낌없이 펼쳤다. 그 덕에 묵원상은 나이에 어울리지 않는 강력한 내공을 소유하게 되었고, 그런 내공을 바탕으로 창강을 토해내고 있었다.

쿠콰쾅!

창강에 스친 모든 것이 초토화되고 있었다. 단월은 그런 묵가창에 대항해서 옥령소수의 절초들을 펼쳐냈다. 하지만 조소소의 지적처럼, 그녀의 옥령소수는 힘으로 압도하는 상대의 공격에 열세를 면치 못하고 있었다.

무공의 고하 문제가 아니었다. 무공의 특징 때문에 생기는 문제였다. 옥령소수는 힘이 약한 여자가 익히기에 가장 적합한 무공이었고, 묵원상의 묵가창은 남성이 가진 힘을 극대화시키는 패도적인 무공이다보니 상성이 맞질 않았다.

쾅 쾅!

묵원상은 모든 것을 부숴버릴 듯이 들고 있는 창을 휘둘렀다. 하지만 밀리기는 해도 단월 역시 그렇게 호락호락 당하지만은 않았다.

멀리서 조소소가 눈을 빛내며 미소를 짓고 있는 모습이 보였다. 자신이 예측하는 대로 상황이 돌아가자 자신도 모르게 자신감을 표출한 것이다.

그러나 그녀의 입가에 채 웃음이 가시기도 전에 돌발사태가 일어났다.

퍼억!

"큭!"

쉴 새 없이 단월을 압박하던 묵원상이 갑자기 왼쪽 어깨를 부여잡고 뒤로 물러났다. 그의 어깨에는 마치 도장이라도 찍힌 듯 깊은 상처가 생겨나 있었다.

"이건?"

그러나 단월은 대답 없이 무공을 펼쳤다.

분명 겉으로 보이는 초식은 분명 옥령소수의 그것이었다. 하지만 그 위력은 천양지차로 달라져 있었다.

갑자기 돌변한 단월의 무공에 묵원상이 뒤로 밀렸다. 단월은 그의 창을 교묘하게 피해 가슴팍으로 접근했다. 그녀의 오른손 다섯 손가락이 묘하게 오므려져 있었다.

그 모습을 보는 순간 묵원상은 하나의 무공을 떠올릴 수 있었다. 그가 창으로 자신의 가슴을 막으며 소리쳤다.

"그 무공은 오련조화인(五蓮造化印)이구나."

콰앙!

말이 끝남과 동시에 묵원상이 뒤로 훌훌 날아갔다. 분명히 창으로 막았건만 묵원상의 몸을 십여 장이나 날릴 정도로 오련조화인은 위력적이었다.

묵원상을 날려버림과 동시에 단월은 조미려 남매를 향해 쇄도했다.

경악하는 표정을 짓는 조소소에게 단월이 차가운 음성을 내뱉었다.

"내 무공이 옥령소수 하나일 뿐이라고 생각했느냐?"

당황한 조소소가 아무런 말도 못했다.

조미려가 조소소를 지키기 위해 앞으로 나섰다. 하지만 단월의 서슬 퍼런 기세 앞에 조미려의 모습은 너무나 위태해보였다.

오련조화인은 옥령소수와 상호보완이 되는 무공이었다. 옥령소수가 유(柔)의 무공이라면, 오련조화인은 강(强)의 무공이었다. 단월은 매우 오래전에 옥령소수의 약점을 파악하고, 보완하기 위한 연구를 했다. 그런 끝에 찾아낸 것이 바로 오련조화인이었다.

본래 불문의 무공인 오련조화인은 다른 무공도 포용할 수 있는 성질을 가지고 있을 뿐만 아니라, 유난히 극강한 위력을 자랑했다. 옥령소수와 오련조화인 두 가지의 무공을 동시에 익힌 후, 단월은 자신의 선택이 결코 틀리지 않았음을 깨달았다.

두 무공은 동시에 익혔을 때 서로를 보완하며 최고의 위력을 발휘한다. 더구나 투로도 거의 비슷해서 육안으로만 보면 옥령소수인지 오련조화인인지를 구별하기 힘들었다.

쿠우우!

단월의 오련조화인이 조미려에게 격중하기 직전이었다.

"멈춰라!"

외마디 외침과 함께 누군가 단월에게 달려들었다. 그의 도가 단월의 옆구리를 노리고 있었다. 결국 단월은 그의 공격을 막기 위해 억지로 초식을 회수할 수밖에 없었다. 억지로 공력의 흐름을 바꾸었기에 내부의 경혈이 흔들렸다.

쾨앙!

그 순간 습격자의 검과 단월의 오련조화인이 격돌했다. 그 순간 단월은 막대한 충격을 느낌과 동시에 피를 흩뿌리며 뒤로 나가떨어졌다.

"흐윽!"

단월이 피를 울컥 토해냈다. 억지로 공력의 흐름을 바꾼 탓에 내상을 입고만 것이다. 내장이 울리는 충격에 단월은 입도 제대로 열지 못하고 한쪽 무릎을 꿇었다.

단월을 습격한 남자가 차가운 목소리로 말했다.

"방자하구나. 감히 연판장을 갖고 도주한 것으로도 모자라 구주천가의 협력자인 조가장의 여식에게 상해를 입히려고 하다니."

새로이 나타난 인물은 혈포사신대의 부대주인 궁일현이었다.

궁일현의 뒤에는 어느새 혈포사신대가 도열해있었다. 단월의 출현 소식을 들은 그들이 전력으로 달려온 것이다.

내장이 진탕된 단월이 아무 말도 못하고 궁일현을 노려보았다.

낭패한 것은 묵원상과 조가장의 무인들도 마찬가지였다. 그들은 반드시 단월을 살인멸구하고 증거를 인멸해야 했다. 그러지 않으면 조가장의 미래는 없었다.

조소소가 소리쳤다.

"저희들이 그녀의 도주를 막고 있었어요."

"수고했다. 조가장의 도움은 잊지 않을 것이다. 이제부터는 우리 혈포사신대가 맡겠다."

"알겠어요."

조소소가 고개를 끄덕였다.

그녀는 영악하게도 지금이 한발 물러서야 할 때라고 판단했다. 단월이 그런 조소소를 노려보았다. 하지만 내장이 울려 어떤 말도 할 수 없었다.

궁일현이 소리쳤다.

"뭣하고 있느냐? 어서 그녀를 제압해 연판장을 취하지 않고."

"예!"

혈포사신대가 대답과 동시에 단월을 제압하기 위해 달려들었다. 단월은 막대한 충격을 입은 몸을 억지로 몸을 일으켜 세웠다.

그 모습을 보며 조미려가 속삭였다.

"어쩌려고 그러느냐?"

"우리는 이미 실기했어. 섣불리 지금 끼어드는 것보다 모든 일이 끝난 후 연판장을 빼앗는 것이 훨씬 나아. 어차피 그녀는 혈포사신대를 당할 수 없어. 그러니까 우리는 기회를 봐서 연판장을 뒤로 빼돌리기만 하면 돼."

동생의 말에 조미려가 한숨을 내쉬었다.

가끔씩 보면 그의 동생은 열다섯 살이라는 나이가 무색할 정도로 차가운 말을 아무렇지 않게 했다. 세상에는 그저 조가장의 총명하고 아름다운 둘째딸로 회자되고 있었지만, 기실 그녀의 심계는 어른들을 무색하게 할 만큼 뛰어난 면이 있었다.

'어린아이의 순진함과 책사의 간악함을 동시에 지니고 있는 아이. 이 아이를 어찌해야 할까?'

조미려는 조가장에 돌아가 조소소를 따끔하게 혼내야겠다고 생각했다. 하지만 지금은 조소소의 말처럼 기회를 두고 볼 수밖에 없었다. 연판장이 혈포사신대의 손에 들어가면 모든 것이 끝이었다.

"으음!"

묵원상이 전장에 뛰어들 기회를 잡지 못하고 단월을 노려봤다. 그의 어깨에는 다섯 개의 꽃잎이 활짝 피어난 연꽃 모양의 상처가 각인되어 있었다. 단월의 오련조화인에 당한 상처였다.

단월이 오련조화인을 익히고 있는 줄 몰랐기에 그만 불의의 일격을 허용하고 만 묵원상이었다. 그 때문에 그의 자존심은 상할 대로 상한 상태였다.

같은 오기의 일원이었지만, 그는 항상 다른 이들보다 자신이 뛰어나다고 생각했다. 단월의 일격은 그런 그의 자부심을 산산이 깨는 충격적인 것이었다.

묵원상이 창을 꼬나들고 전장을 노려봤다. 그의 손이 부르르 떨리고 있었다.

그 순간 단월은 혈포사신대를 상대로 힘겨운 싸움을 하고 있었다. 이미 묵원상을 상대로 전력을 다한 단월이었다. 공력이 고갈된 상태에서 구주천가의 최정예라고 할 수 있는 혈포사신대와 싸우는 것은 그녀로서도 힘겨운 일이 아닐 수 없었다.

혈포사신대는 '구주천가의 검'이라고 불리는 화진천의 수족이었다. 그만큼 강력한 무공을 소유했고, 제대로 싸울 줄 알았다. 한 치의 어긋남도 없이 꽉 물려 돌아가는 톱니바퀴처럼, 혈포사신대는 단월을 몰아붙였다.

카카캉!

불꽃이 튀고, 쇳소리가 울려 퍼졌다.

"헉헉!"

점점 거친 숨이 단월의 입을 비집고 나왔다. 숨이 턱 끝에까지 차올랐다. 그래도 그녀는 멈출 수 없었다. 멈추는 순간이 죽음이란 것을 알기 때문이었다.

'내가 죽는 것은 상관없지만, 연판장만큼은 어떻게 하든 아버지에게 보내야하는데.'

지금 당장은 어떻게 위험을 모면했다지만, 연판장이 없다면 결국 무영문은 멸망의 길을 걷고 말 것이다.

단월은 이를 악물며 더욱 힘을 냈다. 하지만 혈포사신대는 그런 그녀를 상대로 냉혹하게 검을 휘둘렀다.

혈포사신대의 부대주 궁일현이 소리쳤다.

"금마대진(禁魔大陣)을 펼쳐라."

그의 말이 끝나기도 전에 혈포사신대의 움직임이 바뀌었다. 혈포사신대는 단월을 포위한 채 서서히 옭죄어 왔다. 단월의 움직임이나 역공을 원천봉쇄하면서 말이다.

금마대진은 혈포사신대가 반드시 적을 죽이기로 작정했을 때만 사용하는 진법이었다. 그 말은 곧 단월을 반드시 척살하기로 마음먹었다는 것과 다르지 않았다.

핏!

혈포사신대의 검이 단월의 어깨를 스쳐지나가며 긴 자상이 생겨났다. 단월은 그 외에도 몇 군데 자잘한 상처를 입었지만, 지혈을 할 여유조차 없었다. 그만큼 상황은 급박하게 돌아갔다.

"흐윽!"

단월의 입에서 억눌린 신음성이 터져 나왔다. 종아리 부근에도 자상을 입었기 때문이다. 그 여파로 단월의 몸이 휘청이더니, 그대로 한쪽 무릎을 꿇고 말았다.

그 틈을 놓치지 않고 혈포사신대원들이 검을 찔러왔다. 피하려 했지만 상처를 입은 다리에 힘이 들어가지 않았다.

'이대로 끝인가?'

단월은 최후를 예감했다.

그 순간 주마등처럼 그녀의 머릿속을 스쳐지나가는 사람들. 자신의 죽음에 슬퍼할 아비 고산도와 종제영, 그리고 또 한 명의 얼굴.

'내가 죽으면 너는 슬퍼해주겠지. 그렇지? 군패야.'

단월이 눈을 감았다.

퍼억!

그녀의 몸이 들썩였다. 그러나 아무런 충격도 느껴지지 않았다. 단월이 슬며시 눈을 떴다. 그러자 자신의 앞을 가로막고 있는 어떤 남자의 등이 보였다.

지난 몇 달 동안 자신의 그림자처럼 붙어 있었던 남자. 그래서 너무나 익숙했던 남자의 등이었다.

"남 호위님."

"아가씨."

단월의 부름에 남정옥이 뒤돌아봤다. 그의 입가에 시커멓게 죽은피가 흘러나오고 있었다. 그가 단월을 대신해 혈포사신대의 검을 몸으로 막은 것이다.

"왜 그러셨어요?"

"아가씨만큼은 사셔야 합니다. 이대로 지기엔 아가씨는 너무 젊습니다. 크윽!"

남정옥이 다시 선혈을 토해냈다. 그렇지 않아도 조가장의 무인들과 싸우면서 엄중한 상처를 입었던 가슴이 또다시 붉게 물들었다.

남정옥은 눈앞이 흐릿해지는 것을 느꼈다. 단월의 얼굴이 흐릿하게 보였다. 오래전 헤어졌던 그녀와 단월의 얼굴이 겹쳐 보였다.

남정옥은 억지로 몸을 일으키려 했다.

'아가씨만큼은 내가 지키겠다.'

죽더라도 자신이 먼저였다.

남정옥은 이를 악물었다. 그러나 그의 의지와 달리 그의 몸은 말을 듣지 않고 있었다.

궁일현이 그 모습을 무심한 눈으로 바라보았다.

"주인을 지키려는 것은 가상하나, 거기까지다."

혈포사신대가 남정옥과 단월을 향해 검을 휘둘렀다.

'이젠 정말 끝인가?'

단월의 눈이 암담해졌다.

그 순간이었다.

콰앙!

마른하늘에 뇌성이 울려 퍼지더니 보이지 않는 충격이 혈포사신대를 강타했다.

"크아악!"

"흐억!"

마치 폭풍에 휩쓸린 가랑잎처럼, 단월과 남정옥을 향해 검을 찌르던 혈포사신대가 사방으로 날아갔다.

"크윽! 무슨?"

갑작스럽게 일어난 일에 궁일현이 눈을 잔뜩 찌푸리며 전방을 바라봤다.

그 순간 그는 자신의 앞을 가로막고 있는 거대한 생명체를 볼 수 있었다. 네 개의 붉은 눈이 그를 노려보고 있었다. 한참을 살펴본 후에야 그는 그것이 거대한 말과 그 위에 탄 사람의 눈이라는 사실을 알아볼 수 있었다.

"너, 너는 누구냐?"

쾅!

그러나 대답대신 돌아온 것은 무지막지한 주먹질이었다. 궁일현은 말 위에 탄 남자의 주먹질을 검으로 막았지만, 무려 십여 장이나 날아가 나뭇등걸에 부딪치고 나서야 겨우 몸이 멈췄다.

"우웩!"

궁일현이 죽은피를 토해냈다.

그제야 말 위에 탄 남자가 단월을 내려다보았다.

"오랜만이야."

거칠고 탁한 음성이었다.

단월이 고개를 들어 말 위에 올라탄 남자를 바라보았다. 그녀의 눈이 크게 떠졌다.

"군……패?"

"미안! 많이 늦었지."

“정말 군패구나. 정말 네가 나를 불렀구나.”

이십 년의 세월이 흘렀건만 단월은 한눈에 철군패를 알아보았다. 가물거리기만 했던 철군패의 어린 시절 얼굴이 지금의 모습에 겹쳐 보였다.

주르륵!

단월의 뺨으로 눈물이 흘러내렸다.

“정말 너였구나. 네가 와줬어. 나를 부르는 게 넌 줄 알았어.”

“내 목소리를 들으면 움직일 줄 알았지. 역시 내 생각이 맞았구나.”

철군패가 화왕에서 내렸다.

쿵!

그가 내딛는 발소리가 마치 거대한 바위처럼 사람들의 가슴을 짓눌렀다.

눈물이 멈추지 않았다. 죽음의 순간에도 눈물을 흘리지 않았던 단월이었다. 하지만 철군패를 보면서부터 흐르기 시작한 눈물은 멈출 줄 몰랐다.

단월이 억지로 눈물을 훔쳤다. 그녀의 소맷자락이 온통 눈물로 얼룩졌다.

철군패가 그런 단월을 안아들었다. 철군패의 품에 안겨서야 단월은 자신이 눈물을 흘리는 이유를 깨달았다.

모두가 철군패 때문이었다. 철군패의 몸에서 느껴지는 거대한 기운이 주위의 위협에서 그녀를 안온하게 만들었다. 그의 품안에 있는 것만으로도 절대적인 안전을 느끼는 것이다.

단월이 철군패의 얼굴을 쓰다듬으며 말했다.

"많이 컸구나."

"이십 년이 지났잖아. 그런 너는 전혀 변하지 않았구나. 여전히 조그맣고, 여전히 예뻐."

이미 단월의 얼굴을 가렸던 면사는 어디론가 날아가고 없었다. 면사 밖으로 드러난 그녀의 얼굴은 초췌했지만, 눈이 부시게 아름다웠다. 하지만 그 얼굴 속에 이십 년 전 꼬마 명희의 모습이 그대로 담겨 있었다.

고명희가 기쁜 얼굴을 했다.

"정말?"

"그래! 정말이야. 고명희."

"내 이름, 아직 기억하고 있었구나."

"내가 어떻게 잊을 수 있겠어. 나는 너와 함께한 시간을 결코 잊지 않았어."

단월의 얼굴에 흐릿한 미소가 어렸다. 웃고는 있지만, 그녀의 얼굴은 무척이나 창백했다. 지금 당장 조치를 취하지 않는다면 생명이 위험할 정도였다.

철군패는 단월을 조심스럽게 화왕 위에 태웠다.

푸르르!

거친 숨소리를 토해냈지만, 화왕은 단월을 거부하지 않았다. 철군패는 이어 남정옥을 태웠다. 남정옥은 기식이 엄엄했다. 그가 입은 모든 상처는 단월을 지키다 얻은 것이었다. 철군패는 그에게 빚을 졌다고 생각했다.

"휴!"

철군패가 나직이 한숨을 내쉬며 일어섰다.

그가 주위를 둘러보았다.

모두가 그의 등장에 낭패한 얼굴을 하고 있었다.

혈포사신대, 조가장의 무인, 그밖에 숲속에 은신하고 있는 무인들까지도. 그들의 숨결, 그들의 시선 하나까지 모두 피부에 느껴졌다.

단월이 천하를 모두 적으로 돌렸다더니 과연 그런 것 같았다. 이토록 많은 자들의 추적 속에서도 단월은 꿋꿋이 자신을 지켰다. 이제부터는 자신이 지켜야 할 차례였다.

붉은 창을 들고 있는 묵원상이 그의 앞을 가로막았다.

"당신은 누구요?"

"또 물어보는군."

"다시 한 번 묻겠소? 당신은 누구요?"

묵원상의 말에 철군패가 화왕위의 단월을 다시 한 번 바라보았다. 창백해진 얼굴에 금방이라도 쓰러질 것 같은 그녀의 모습이 철군패의 가슴을 울컥하게 만들었다.

철군패가 한 자 한 자 자신의 이름을 말했다.

"철군패, 그것이 내 이름이다."

"나는 당신의 진실한 정체를 물었소. 당신은 누구…… 큭!"

콰앙!

말을 채 끝마치지도 못하고, 묵원상이 철군패의 강력한 주먹질에 뒤로 튕겨나갔다.

우웅!

철군패의 주먹을 막은 묵가창이 고통으로 울음을 터트리고 있었다. 묵원상은 오 장이나 날아간 뒤에야 겨우 멈춰 설 수 있었다. 그제야 묵원상은 볼 수 있었다. 가공할 존재감을 드러내기 시작한 철군패를.

"말했잖아, 내 이름은 철군패라고. 그리고 너희들에게 지옥을 보여줄 이름이기도 하지."

쿠우우!

철군패가 살기를 드러내자 일진광풍이 사방으로 미친 듯이 퍼져나갔다.

"크윽!"

"으음!"

철군패의 가공할 살기에 노출된 무인들의 안색이 급변했다. 그들 중에는 조가장의 조씨 남매도 있었다.

"언니."

"아무래도 심상치 않구나. 오늘은 득보다 실이 많겠어. 설마 그가 그녀의 응원군이었을 줄이야. 너는 혹시 그의 정체를 알고 있느냐?"

"그때는 확신하지 못했지만, 이제는 확실히 알겠어요. 얼마 전에 장성 밖에 한 명의 절대무인이 나타났다는 이야기를 들었어요. 수십 년 동안 새외를 지배해온 십이사조의 세상을 끝낸 남자. 그는 무척이나 덩치가 크다고 했어요. 그리고 자신만큼이나 큰 말을 타고 다닌다고 했지요. 바로 저 남자처럼요."

"그럼?"

"새외사람들은 그를 가리켜 멸제, 혹은 파멸왕이라고 부른다 했어요."

"멸제?"

조미려의 눈동자가 흔들렸다.

비록 이름조차 들어본 적이 없지만, 그 별호의 느낌만으로도 살을 떨리게 만들기 충분했다.

쿵!

철군패가 만중보로 바닥을 찍었다. 그의 살기가 대지를 관통해 주위로 퍼져나갔다.

철군패의 거친 음성이 울려 퍼졌다.

"모두 나와."

후웅!

그의 외침이 사자후가 되어 숲속을 쩌렁쩌렁 울렸다. 단월을 부르던 예의 외침이었다. 그의 사자후에 수풀이 마치 폭풍이라도 만난 것처럼 흩날렸고, 가까이 있던 사람들이 고막에서 피를 흘리며 비틀거렸다.

사람들의 얼굴이 핼쑥하게 질렸다. 차원이 다른 철군패의 존재감에 기가 꺾이고 만 것이다. 그러나 모두가 그런 것은 아니었다.

"여기에 있었군."

몇몇 사람들이 철군패와 단월이 있는 공터로 모습을 드러냈다. 그중에는 뒤늦게 추적해온 혈포사신대주인 화진천도 있었고, 반천련의 은구사자도 있었다. 그리고 은구사자의 곁에 묘령의 여인도 있었다.

단월을 노리는 모든 자들이 모습을 드러냈다.

화진천이 단월과 철군패를 번갈아 바라보았다.

그의 표정이 침중하게 굳었다.

그는 조씨 자매가 속삭이는 소리를 똑똑히 들었다.

"당신이 멸제인가?"

철군패의 시선이 화진천을 향했다. 화진천의 불같은 시선을 받으며 대답했다.

철군패는 미소를 지었다.

"이제 모두 모였군."

〈6권에서 계속〉